MA VIE SERA PIRE QUE LA TIENNE

Williams Exbrayat

Ma vie sera pire que la tienne

Roman noir

Phénix Noir

Éditions IFS

Éditions IFS - Collection Phénix Noir
Drève de la Charte 13
BE - 1083 Bruxelles
Belgique
Tél. : +32.493.220.888

Site internet : **www.editions-ifs.com**
Email : info@editions-ifs.com

ISBN : 9782390460084
Publié et imprimé en Europe (Septembre 2020)
Dépôt légal : Bibliothèque Royale de Belgique - D/2020/13.387/04

Si tu mets au monde ce qui est en toi, ce que tu mets au monde te sauvera. Si tu ne mets pas au monde ce qui est en toi, ce que tu ne mets pas au monde te détruira.

Évangile selon Philippe

I

CLOCHES CÉLESTES

Il faudrait faire une anthologie des vies infâmes.
Guillaume Le Blanc

1

J'ai la gueule en feu et la peau cramée par le soleil. Le jaja est censé tout faire oublier, mais en cet instant, je me dis que j'enfile les emmerdes comme des perles avec la régularité d'un coucou suisse.

La voiture, échouée sur le bas-côté, fume comme un sapeur. Plus d'huile dans le moteur. Quand on pique une tire dans un bled où le mariage consanguin est monnaie courante, faut s'attendre à ce type de désagrément. Foutue époque. On ne peut même plus faire confiance aux gens qu'on barbote.

Le ciel est d'un bleu parfait, et le soleil tape fort. C'est l'été. La canicule. La couenne colle sous les vêtements. Une légère brise vient rafraîchir l'air ambiant. C'est encore respirable. Pas tout à fait l'enfer.

Autour, la campagne s'étale à perte de vue. Des collines boisées et des champs perdus. Quelques maisons isolées, disséminées ici et là, paraissent bien calmes. Au loin, une voiture est en approche. Le bruit du moteur déchire la campagne, mais ce n'est rien en comparaison des hurlements de Mycose qui ruinent mes tympans. Il tient sa jambe droite. Elle pisse le sang. Un joli trou dans la cuisse. La peau est noire autour de la blessure. Brûlée. À l'intérieur, la guerre des tranchées en technicolor.

Paulo lui fait un garrot. Dans une autre vie, il était infirmier. Un bon, il paraît. Il a gardé le geste sûr, mais sa lucidité est restée consignée dans la bouteille de blanc qu'il vient d'écluser en douce y a pas dix minutes. Il s'échine sur la jambe valide de Mycose tout en récitant un mantra appris lors d'une beuverie avec un drôle de gars qui était dans sa période « je fais des petits tas de sable avec des bonzes tibétains ».

Paulo, ç'a beau être le cerveau de la bande, il fait des trucs vraiment bizarres. C'est comme la fois où je l'ai retrouvé au petit matin (après une nuit de godaille carabinée), les genoux et la tête posés sur le sable et les fesses pointant vers le ciel. Il ronflait, peu concerné par les vagues qui venaient lui fouetter le visage au rythme de la marée. Il avait entamé une prière avant de sombrer. À croire que l'alcool le rend mystique, Paulo.

La voiture n'est plus qu'à une centaine de mètres. À son bord, la peste et le choléra réunis. Les cavaliers de l'Apocalypse. Des gars solides comme des buffets normands et armés jusqu'aux dents. Ils nous ont en point de mire ; trois petites choses perdues dans la pampa. J'ai les sphincters qui lâchent un à un. La rencontre est inéluctable. Va falloir faire face. J'ai peur. J'en crèverais tellement j'ai les foies. L'idée de partir en courant au milieu des champs me traverse l'esprit, mais impossible d'abandonner Paulo et Mycose. J'ai la loyauté fidèle. Je m'assois près de Mycose et pose sa tête sur mes cuisses. Il douille salement. Un rictus de douleur défigure son visage glabre et émacié. Je caresse ses longs cheveux filasse qu'il n'a pas lavés depuis des lustres. Paulo s'attaque enfin à la bonne jambe. Je ferme les yeux. Ça me calme. Je repense à cette journée. Elle avait si bien débuté. Je me demande encore comment on s'est fourrés dans un tel merdier.

2

Paulo, dans ses rares moments de sobriété, a des idées épatantes. Ce n'est pas qu'il ait inventé l'eau chaude, ni même l'eau tiède, mais il a le sens de la rapine. C'est inné chez lui comme la bibine et la déveine. Voilà qu'il nous embarque, Mycose et moi, dans son projet estival : la tournée des grands-ducs en rase campagne. Du tourisme sur mesure pour scélérats. C'est un truc qu'il a déjà fait. Visiter des villas de rupins désertées l'été, c'est une idée de génie, et à la portée de n'importe quel abruti, d'autant que la topographie se prête parfaitement à l'exercice. Les maisons sont éloignées les unes des autres. Aussi, nous pouvons opérer au grand jour sans nous faire remarquer. Après un repérage au millimètre, Mycose est catégorique : elles n'attendent que nous. *Du tout cuit.* On jette notre dévolu sur une grande bâtisse au crépi rouge et aux larges fenêtres pour se faire la main. Le propriétaire n'a pas choisi la meilleure teinte pour être discret. Elle est immense la baraque, et avec ses colonnades grecques, elle pue le nouveau riche à plein nez.

Mycose et moi, on se charge du ratissage en règle avec une obsession commune pour l'argenterie. Paulo reste dans la bagnole, le regard vissé sur le rétroviseur. Il a l'air super intelligent avec cette mine pénétrée. Il laisse tourner le moteur ; prêt à démarrer en trombe au cas où les choses prendraient une drôle de tournure.

C'est par le garage qu'on fait notre entrée. Les portes ne résistent pas longtemps à Mycose. C'est comme les pintes de 8.6 qu'il écluse en moins de cinq secondes. Ça me laisse sans voix.

Un superbe pick-up rouge vif, flambant neuf et aux vitres teintées, en éclabousse un max dans le garage avec son imposante calandre chrome argenté à l'avant. Il dispose à l'arrière d'un long plateau avec toit rétractable. La classe internationale. Maintenant que je squatte la maison de mon oncle, il pourrait nous être très utile pour des travaux.

Soudain mon pouls s'emballe. Des gouttes perlent sur mes tempes. J'ai un sacré coup de chaud. Un vent de panique. Je me jette sur le capot du 4x4 sous le regard stupéfait de Mycose et pose ma main sur la tôle.

Froide.

La tôle est froide.

Mycose hausse les épaules en pénétrant dans la maison avec la délicatesse d'un pachyderme en rut.

— Y a personne. Détends-toi et n'oublie pas que Mycose ne se trompe jamais.

Voilà qu'il parle de lui à la troisième personne. Il souffre parfois de « melonite » aiguë. J'ai des principes de vie, moi. Ne pas accorder trop de crédit à un gars qui a développé la plus belle collection de champignons sur son corps en est un. Au bout de quelques minutes, j'ai déjà oublié ma crise de calcaire et je charge à tour de bras. Ça me rappelle les cadences de l'usine de corderie que j'ai quittée il y a quelques semaines, en grand saigneur. Avant de claquer la porte, j'ai laissé le contremaître, ce connard de Romain, sur le carreau dans une grande mare de sang. Une façon franche et amicale de lui signifier que je ne pouvais pas le blairer et que sa danse de dindon autour de Leila, il pouvait se la carrer où je pense. Pas touche à Leila. Y a pas que moi qui le dis. Ses frères, Redouane et Malik, la surveillent comme du lait sur le feu. À croire qu'elle a un truc spécial, Leila ou c'est juste parce que c'est une fille, et que pour une raison ou une autre, c'est emmerdant pour eux.

En dépit des objets de valeur qu'on compile dans nos sacs, Mycose est déçu. Foutrement déçu. Il a fouillé toutes les chambres. Pas d'affaires de gonzesses. Pas de tenues affriolantes, pas de dessous coquins. Que dalle à se mettre sous la dent. Rien pour lui rappeler que lui aussi il a eu un jour une vie conjugale.

Mycose décide de faire sa pause syndicale dans la cuisine. Accolé au frigo, il s'envoie du saucisson à la régalade en faisant couler un tube de mayonnaise dans sa bouche. Le spectacle est pénible pour mes yeux et mes oreilles. Et dire que ce gus était comptable pour une grosse boîte. C'était avant que sa femme le plaque et qu'il la remplace par la liche.

Mycose manque de s'étouffer une première fois. Il racle sa gorge. Son visage tourne au rouge écarlate. Il se donne de l'air en s'éventant de la main puis lève les yeux au plafond. Ça ne lui apporte aucun réconfort. Des larmes coulent sur ses joues, mais il finit par tout avaler dans un grand bruit de déglutition. Il me regarde d'un air abruti et s'empresse de répéter la même opération avec le sourire d'un gamin qui s'apprête à faire une nouvelle bêtise. Je me dis que la vie est belle. Jouir sans entrave de ce qui ne nous appartient pas, c'est ma définition du paradis !

Le bonheur est fugace. Je détecte du bruit derrière la porte située entre la cuisine et le salon, des pas lourds sur des marches d'escalier en bois. Je fais signe à Mycose d'arrêter sa mastication. Il s'exécute, les bajoues pleines. À croire qu'il fait des réserves pour l'hiver.

J'entends maintenant des voix. Merde, plusieurs gars s'apprêtent à débouler dans le salon. Si on ne file pas fissa, on risque de finir dans les annales du crime ; du mauvais côté, celles des victimes.

La porte s'ouvre. Un homme à la courte stature et large des épaules apparaît dans l'embrasure. Il est suivi de deux autres gars d'apparence plus grande et sèche. Trois hommes en blouses blanches nous font face. Des masques chirurgicaux et des lunettes de protection cachent leur visage.

Dans leurs yeux, la surprise.

Dans les nôtres, la crainte.

Le trapu sort un pétard de compétition de sa blouse et le pointe sur nous avec une froide assurance.

Interdits et figés, on doit faire l'effet de deux Bambis pris dans les phares d'une voiture la nuit. Mycose a une fulgurance que seule sa nature imprévisible (ou sa promptitude à enchaîner les bourdes) est capable de mettre en œuvre dans de pareilles situations. La vue du flingue bloque le passage de sa dernière bouchée. Dans un bruit de raclement de gorge effrayant, il en recrache le contenu en direction de nos assaillants. À défaut d'armes de destruction massive, l'arrosoir à viande assaisonnée à la mayonnaise fait son petit effet. On en profite pour se faire la malle par la porte de la cuisine qui donne sur le jardin.

Paulo, bien calé à la place du conducteur, voit débouler un bien triste gibier pris en chasse par une meute de prédateurs. Il est aux fraises, Paulo. Ses deux calots vitreux ne laissent présager rien de bon. Je pige illico. Il vient de téter une boutanche en douce dans la voiture. J'accélère. J'arrive à hauteur de la portière arrière ; je suis hors d'haleine. C'est à ce moment précis que Paulo choisit d'enclencher une marche arrière tambour battant. La voiture décrit un superbe arc de cercle dans la cour en faisant voler de petits cailloux blancs. Elle finit sa course dans… Mycose qui était à la traîne.

Le temps s'arrête ; pas pour nos poursuivants. Ils courent à toute blinde. Ils ont jeté leurs masques et leurs lunettes, laissant apparaître des mines peu avenantes.

Le petit malabar souffle comme un taurillon dans l'arène. Ses jambes moulinent à toute vitesse et il avance drôlement. Les deux autres tentent de suivre tant bien que mal.

Mycose se relève miraculeusement, l'air de rien. C'est de la vieille carne solide, à moins que l'alcool l'ait rendu totalement insensible à la douleur. Il époussette son vieux jean élimé et son tee-shirt défraîchi à l'odeur douteuse. Mycose et l'hygiène, ça fait trois.

J'ouvre la portière arrière et lui fais signe de monter. En réponse, j'ai droit à son plus beau sourire tandis qu'un coup de feu retentit.

Mycose s'effondre dans mes bras. Une balle vient de lui perforer la jambe. Ni une ni deux, je le tire sur la banquette de la voiture. Dès qu'il touche la moleskine, Paulo démarre en trombe sous les sifflements des balles. Je baisse la tête et je me retrouve à quelques centimètres de Mycose. Son visage a perdu tout éclat. Il douille sévère, le bougre. Je relève tout doucement la tête et me retourne pour jauger la situation. Des blouses blanches volent dans le ciel tandis que les trois hommes détalent en direction du garage.

Le pick-up !

Paulo appuie sur le champignon.

Son visage est grave. Au bout de quelques kilomètres, la voiture hoquette. Elle broute sérieusement. L'habitacle sent le brûlé. Une fumée blanche s'échappe du capot. Paulo voit rouge, mais pas autant que le clignotant de la jauge d'huile. On n'a pas réchappé à d'imposants gaillards, à des rafales de balles pour finir sur le bas-côté de la route à cause d'une négligence. Le futur n'a jamais été aussi proche. Et je sens qu'on va s'en prendre plein la gueule après ce casse foireux.

3

Les portières du 4x4 claquent. Des gifles pour mes oreilles. J'ouvre les yeux. Trois silhouettes noyées dans la lumière crue d'un milieu d'après-midi. Elles s'approchent d'un pas résolu. Je protège mes yeux avec mes mains. Le soleil tape fort. Foutrement fort. Une enclume sur ma tête. Avec le stress, j'ai perdu des litres de gnôle. Une odeur vinaigrée imprègne mes vêtements. Ma transpiration. Faudrait que je mette le holà sur la piquette, sinon je vais finir comme un pickle.

Mycose continue à gémir comme une petite bête. Il crève sous mes yeux. Je lui caresse les cheveux. La couleur de son visage est en train de virer au gris. Déformé par la douleur, j'ai du mal à le reconnaître. Un mec qui douille, c'est plus vraiment le même homme.

Paulo s'est levé après avoir terminé le garrot. Il s'est mis en retrait derrière nous, et se tient au garde-à-vous. Les mains levées au ciel, il continue à réciter son mantra en boucle. Son incantation confine à l'absurde et n'empêche en rien la froide avancée de nos poursuivants.

Le râblé à la mine patibulaire se poste devant nous. Il nous toise avec mépris comme deux étrons de clébard posés sur le macadam. Il tient dans sa main le flingue qui a canardé Mycose. Les deux autres sont en retrait à bonne distance. Il y a là un grand escogriffe fagoté d'oripeaux informes avec un œil qui dit merde à l'autre. Il ne paraît pas à son aise. On dirait un savant fou qui découvre le monde pour la première fois et qui constate à son grand étonnement que ça ne ressemble pas aux équations qu'il a couchées sur son tableau noir. L'autre gars, plus massif, a la gueule de l'emploi. Mâchoire et épaules carrées, il regarde la scène de ses petits yeux brillants. Il a le regard de celui qui domine la situation ; y a pas de doute, c'est le caïd de la bande.

— Daron, fait le court sur pattes à son chef. Il a l'air salement amoché. Je ne l'ai pas raté !

Sa voix est étrangement aiguë pour sa corpulence. Il lui manque peut-être quelque chose au niveau de l'entrejambe, mais je n'éprouve pas le besoin d'en discuter avec lui.

Il tapote du pied la jambe blessée de Mycose qui pousse un cri à glacer le sang.

Avant même que je puisse récriminer dans un geste idiot de rébellion dont j'ai le secret, je me ramasse un violent coup de crosse qui me fait valdinguer en arrière. Je me retrouve les quatre fers en l'air et je contemple le ciel qui s'en fout royalement.

— Ta gueule, fait-il de sa voix de crécelle.

— J'ai encore rien dit.

— De la prévention, connard. J'aime pas ta sale petite gueule de merdeux.

Je passe la main sur mon front. Un filet de sang coule entre mes doigts. Derrière moi, Paulo continue ses logorrhées. Elles redoublent d'intensité à mesure qu'il prend ses distances avec nous.

Daron quitte le grand échalas et vient se poser devant moi. J'ai le bas de ses pantalons en spectacle. Je lève les yeux. Il prend une cigarette et craque une allumette ; ses yeux bleus délavés se perdent dans le vert des champs.

— Dis donc, tu peux dire à ton pote de la mettre en veilleuse, fait-il. La campagne, ça se savoure en silence. Et puis Rico, il est un peu sensible de la gâchette au cas où tu ne l'aurais pas remarqué. Tu ne voudrais pas qu'il fasse un nouveau carton.

J'avale ma salive avec difficulté.

— On a à causer tous les deux, reprend-il. D'homme à homme.

J'opine mollement du chef tout en essayant de me relever. Mes articulations craquent. J'ai l'impression d'avoir pris vingt ans. Je me tourne vers Paulo. Je lui signifie par un simple regard appuyé de la mettre en veilleuse. Il obéit sans sourciller. Il reste debout avec un air niais, la bouche grande ouverte. Ses yeux fixent un point dans l'horizon.

— Et Mycose ?

— Quoi Mycose ?

Je montre du doigt mon pote sur le sol avec la jambe en charpie.

— Il a besoin d'aide. Il va crever.

L'homme ne bronche pas. Des volutes de fumée s'échappent de ses doigts jaunis par le tabac.

— Ça va dépendre de toi, mon garçon, dit-il en me fixant avec intensité. Que de toi.

Il prend une dernière grande bouffée, jette le mégot à ses pieds et l'écrase en faisant riper ses semelles crêpes sur le bitume brûlant. L'idée qu'il puisse faire la même chose avec ma gueule me traverse l'esprit.

— Je vais passer l'éponge sur le fait que toi et tes petits copains ayez pénétré dans une propriété privée sans y être conviés. Et comme je suis d'une grande mansuétude, je vais te proposer un deal.

— Un deal ?

— Oui, un deal.

— De quel genre ?

— Du genre qui ne se refuse pas. Tu vas faire un petit truc pour nous. En échange, je vous laisserai partir toi et tes potes. Même que Rico déposera ton gars blessé à l'hôpital le plus proche dès que tu commenceras le test. Trois fois rien.

— Et je dois tester quoi au juste ?

L'homme me sourit. Ses dents ressemblent à de grands dominos.

— Ça, c'est une surprise !

Puis il me détaille de bas en haut :

— T'es en bonne santé ? Pas de soucis au niveau du cœur ? C'est important d'avoir le palpitant en bonne santé.

— Merde, mais c'est quoi toutes ces questions ?

Daron regarde sa montre.

— Tu crois qu'il lui reste combien de temps à vivre à ton gars ? Deux, trois heures, un peu plus, un peu moins. Tu ne voudrais pas avoir sa mort sur la conscience. Tu sais, c'est moche les regrets. Alors, réponds à mes questions et après, ferme-la.

— Putain, je fais. Mon cœur, c'est du béton armé et j'ai une santé de fer. Maintenant, faites ce que vous voulez de moi, mais faites-le vite.

4

Faire rentrer six gaillards dans un pick-up n'est pas une mince affaire, surtout quand y en a un qui pisse le sang et que deux autres sont pétrifiés de peur par le reste de la troupe qui est lourdement armée.

La vieille baraque de mon oncle, notre crèche depuis des semaines (surtout depuis que le vieux a tiré sa révérence) me manque. Je pense aussi à Leila, à ses yeux pétillants et à ses longues boucles noires qui lui descendent dans le dos. Des jours qu'elle ne m'a pas donné signe de vie. J'ai peur que ses barbus de frères l'aient renvoyée au bled juste pour me faire chier. Les mécréants n'ont pas la cote avec eux ces derniers temps.

La voix puissante de Daron me ramène à la réalité. Il montre du doigt Mycose.

— Mettez-le à l'arrière du pick-up.

Rico et le grand échalas s'exécutent. Mycose crie de plus belle, mais ça ne sert à rien. Il est jeté sans ménagement sur le plateau du véhicule. Rico sort un mouchoir en papier de sa poche et le lui fourre dans la gueule.

Daron appuie sur une télécommande. Le toit rétractable se referme sur Mycose. Un avant-goût de ce qui l'attend pour l'éternité si on n'accélère pas la cadence.

Coincé sur la banquette arrière entre Rico qui me tient en joue avec l'air aussi pénétré qu'une actrice porno et Paulo qui a mis la sourdine, je n'en mène pas large. J'ai toujours fui mes responsabilités et là, j'ai un sacré retour de boomerang. Je suis dans l'obligation de ne pas merder. C'est une question de survie.

Il fait 40 degrés dehors et je frissonne. Devant Paulo, Daron s'est retourné et nous fixe de ses yeux cruels. Il tient dans sa main un flingue qui ne demande qu'à s'exprimer.

La grande gigue est bien calée au volant. Sa conduite calme épouse à la perfection les courbes, mais ça n'empêche pas Mycose de valdinguer à l'arrière du véhicule dans de grands cognements sourds et métalliques. Dans un virage un peu plus sévère, Paulo tente de se faire la malle en essayant d'ouvrir la portière. Un geste désespéré. Le verrouillage centralisé des portes est un concept qui semble lui avoir échappé. Sa main actionne dans le vide la poignée intérieure. Il lance un regard pitoyable à Daron qui en retour lui colle une baffe magistrale. Sa tête cogne la vitre puis il revient à sa place initiale, la joue marquée au fer rouge par le plat de la main de Rico. Des larmes coulent sur son visage rougi. Ça me fait tout drôle de le voir chialer. La claque lui fait l'effet d'un café salé. Il dessoûle en un temps record et quand on est une poche à gnôle, la lucidité est la pire chose qui puisse arriver, surtout dans une situation aussi désespérée.

Retour à la case départ : la maison de rupins, ses colonnades nouveau riche vulgaires, son crépi rouge, et nos belles gueules d'abrutis. Mycose reste dans le pick-up avec le mouchoir coincé dans la bouche. Dès qu'on rentre dans la maison, je suis séparé de Paulo. Il reste au salon en compagnie de Rico qui le ligote façon rôti de veau (avec sa ficelle) et le fait asseoir sur le canapé. Paulo n'a plus de réaction. Il se laisse faire. C'est un homme fini.

— José, fait Daron à l'attention du grand escogriffe. Passe devant. Je m'occupe de notre invité.

J'emboîte le pas de José sous la menace du canon froid du flingue de Daron. On se retrouve devant la porte d'où sont sorties toutes nos emmerdes quelques minutes auparavant. Nous empruntons sous une lumière flemmarde un escalier qui craque sous nos pas, et nous débouchons sur un espace exigu meublé d'une vieille armoire métallique et un bureau d'écolier. L'ensemble donne sur une grande bâche opaque en polyane.

José ouvre la porte du vestiaire. Il en ressort des blouses, des charlottes, des gants en latex et des masques chirurgicaux. Il pose les affaires sur la table en faisant trois petits tas bien distincts. Je comprends que c'est le moment de se déguiser. Une fois bien apprêtés, nous avançons vers le film Polyane que José écarte de la main. Nous pénétrons en file indienne dans une petite salle où règne une forte odeur de chimie. Mes narines et mes yeux picotent sérieusement.

Daron me fait asseoir à une petite table située devant la bâche en plastique.

— Tes mains.

Je sens le contact désagréable des menottes sur mes poignets. Je regarde autour de moi.

Des pompes à vide, des éprouvettes et des sacs de produits chimiques. Dans le fond de la cave, une console avec un ordinateur et de grandes cuves en plastique bleu.

Incroyable. ON A TROUVÉ LE MOYEN DE BRAQUER UN LABORATOIRE CLANDESTIN.

Daron balance devant moi un petit sac plastique. Le contenu me laisse perplexe : une dizaine de cachetons couleur marron verdâtre.

— Un mélange d'amphétamines boostées à la molécule de théophylline, fait José.

Je le regarde comme s'il parlait une autre langue.

— Un simple psychostimulant, reprend Daron. Dans les années 80, les yuppies bouffaient des amphés pour perdre du poids. Aujourd'hui, on propose une nouvelle gamme, plus dans l'air du temps, pour s'envoyer en l'air.

— S'envoyer en l'air, répète José en pouffant de rire.

Daron lui lance un regard glacial et reprend :

— Nous sommes d'honnêtes artisans et nous avons des clients très exigeants. On veut s'assurer de la qualité optimale de notre nouveau produit avant de le lancer et c'est là que tu interviens.

— Et si je crève ?

— Tout de suite, les grands mots. Tu ne crèveras pas. Explique-lui, fait Daron à l'attention de José.

L'homme ajuste des lunettes.

— Quand la substance pénétrera tes neurones, elle libèrera de la noradrénaline qui agira sur ta concentration et de la dopamine qui te donnera l'impression d'être Superman.

Daron acquiesce d'un hochement de la tête.

— Bon, maintenant Clark Kent va se mettre à table. Parce qu'à défaut de sauver le monde, il doit sauver sa peau et celle de ses potes.

J'ouvre le sachet d'amphétamines, ce qui n'est pas simple quand on a des menottes aux poignets. Je prends un cachet entre mes doigts. D'aspect grossier, il ne m'inspire guère confiance. Mais je n'ai pas le choix. Paulo et Mycose comptent sur moi. Si je survis à cette merde, on sera libres.

Après une grande inspiration, j'avale cette merde chimique.

Daron prend son téléphone et appelle Rico. La conversation est laconique. Dès qu'il raccroche, il me tend un pouce comme pour me rassurer quant au deal que nous avons passé. Je demande :

— Et Paulo ?

— Rico lui a donné un tranquillisant. Il va faire un petit somme sur le canapé le temps que ton autre gars soit amené à l'hôpital.

Rivé à ma chaise, de la chimie dans le ventre, j'attends les premiers effets. J'ai l'impression d'être plus vieux que le monde, et pourtant j'ai le sentiment de n'avoir jamais rien appris.

5

— Il ne se passe rien !

Daron est tendu. Il regarde sa montre. Une bonne demi-heure que j'ai pris le cachet, et aucun effet.

— Faut attendre encore un peu, fait José qui scrute mon minois avec attention. Ça va venir. Fais-moi confiance.

— Confiance ? s'emporte Daron. Ça fait des semaines que tu me dis ça. Tu crois que Patron va attendre encore longtemps ? Il va nous mettre à l'amende, c'est ça qu'il va faire.

— La chimie demande du temps.

— Merde, t'es pas payé pour écrire une thèse. T'es censé reproduire une drogue d'amateur. En Syrie, ils font des tonnes de captagon, et sans matos.

José n'a que faire des récriminations de Daron. Il est absorbé par mon visage et ses moindres variations.

— Ça commence, fait-il en s'approchant de moi.

Il sort de sa poche un stylo qu'il pointe sur mes yeux. Daron vient le rejoindre.

— Regarde. Sa pupille se dilate.

Il appuie sur le cul du stylo. Un faisceau de lumière jaillit.

— C'est ce que je pensais. Pas de réaction des pupilles à la lumière.

— C'est bon signe ?

— Très bon, Daron. Il est en pleine montée.

Il pose le dos de sa main sur mon front.

— La sudation est élevée. Il a un coup de chaud. J'ai peut-être eu la main lourde sur le dosage.

Pour être exact, je suis une fournaise. En l'espace de quelques secondes, un brasier d'une rare intensité envahit mon corps. Je regarde autour de moi. Tout va bien, le monde n'a pas changé, mais à l'intérieur ça va très vite. Trop vite. Mon cœur palpite, s'emballe. Je crains qu'il claque, qu'il explose. Ma cage thoracique se contracte. J'ai du mal à respirer. J'ai besoin d'air. Je ferme les yeux. Les battements de mon cœur ralentissent. Je prends de grandes inspirations. Je me calme et régule le flot de mes sensations. La situation est maintenant sous contrôle. De la lave en fusion coule dans mes veines. Je suis un volcan. Un putain de volcan prêt à exploser.

Daron semble satisfait, mais il veut autre chose. Il prend le stylo lampe torche des mains de José et le plante dans le haut de mon bras. Je ne bronche pas.

— Putain de merde, lâche Daron. C'est pas croyable.

— Il ne sent rien, ajoute José. Patron va être content. De la chimie qui fabrique des monstres insensibles, c'est ce qu'il veut, non ?

Daron appelle Patron avec son téléphone tandis que José retourne à son ordinateur pour y consigner avec minutie l'ensemble de ses observations.

Il n'est pas le seul à emmagasiner des informations. Ma capacité à saisir le réel est déconcertante. Je me sens presque intelligent. OK, j'ai les mains attachées, mais pour le reste, je suis libre de mes mouvements. José est absorbé par la rédaction de ses notes. La clé des menottes se trouve sur la table de José tandis que Daron peste contre son téléphone qui subit des coupures intempestives. Il me garde à l'œil par intermittence.

Au moindre faux pas de sa part, je lui saute à la gorge.

L'occasion arrive plus vite que prévu.

Daron se tourne vers le mur comme pour mieux capter le signal.

Bingo !

Je lance une attaque éclair. Me saisissant du plateau de la table que j'utilise comme bouclier, je me jette sur Daron avec une rare énergie. Il a juste le temps de pivoter pour me faire face qu'il se mange la table et moi derrière. Le choc lui fait lâcher son téléphone. Je le pousse et le coince contre le mur. Le voilà réduit à une simple garniture de putain de club sandwich. *Allo, Daron, qu'est-ce qui se passe ?* C'est la voix de Patron.

Daron est rouge pivoine, mais il ne s'avoue pas vaincu pour autant. Il force sur ses avant-bras pour tenter de se dégager. Mais rien n'y fait. Je ne desserre pas mon étreinte malgré le peu de prise que j'ai sur la table à cause des menottes.

Il éructe, vocifère et me crache dessus.

— Bouge-toi bordel de merde, hurle-t-il à l'adresse de José. Le flingue… dans ma poche !

José entend tout, mais il reste prostré le cul sur sa chaise. Il est le meilleur pour compiler des chiffres dans un tableur Excel, mais pour la castagne, c'est une burne intégrale. Il a le courage d'une autruche.

Avec l'énergie du désespoir, Daron arrive à se dégager de mon étreinte. La table valdingue sur le côté. Il souffle comme un bœuf, mais il a l'œil qui frise. Il a repris du poil de la bête. Il s'apprête à bondir sur moi quand son pied glisse sur le sachet en plastique qui contient le captagon. Il met un genou à terre. Je profite de la situation pour lui asséner un terrible coup dans le visage en utilisant mes deux mains liées, à la manière d'une batte de baseball. Le choc est violent et sa tête vient rebondir sur le sol. Dans un réflexe, comme si j'avais été conditionné pour tuer, j'écrase sa tête avec mon talon. Un crac terrible sous ma semelle. Le résultat, je le regarde sans aucune émotion. Derrière moi, José pleurniche. Je fouille les poches de Daron à la recherche de son flingue. Une affaire de quelques secondes. Je mets en joue José qui est horrifié par ce qu'il vient de voir.

— Ne me tue pas, fait-il en m'implorant.

— La clé des menottes.

Il tâtonne sur la console avec des gestes empressés et maladroits.

— Dépêche-toi.

J'ai du mal à reconnaître ma voix. Elle est froide. Une lame d'acier.

— Je l'ai, fait-il en la prenant dans sa main. Ne me fais pas mal. Je t'en supplie.

Il me libère en tremblant, puis il pointe du doigt les cuves bleues.

— Y a plein d'argent à se faire ici. Regarde, elles sont remplies d'amphétamines. De quoi inonder le marché et devenir riche.

Je reste menaçant et silencieux.

— Y a du liquide aussi. Beaucoup de liquide. Dans la console. Le tiroir central. Tu peux tout prendre. Il y a au moins 50 000 euros en petites coupures.

Il baisse les yeux et regarde le stylo-lampe torche planté dans mon bras.

— Tu peux le garder si ça te fait plaisir.

— Tu sais ce qui me ferait vraiment plaisir ?

L'homme secoue la tête de manière compulsive.

— La merde que tu fais, je veux que tu en croques.

José secoue la tête.

— Je ne peux pas. J'ai une malformation cardiaque. Si j'en prends, je vais clamser. Patron sera furieux. Il te retrouvera. Il te fera la peau.

— Rien à foutre. Gobe !

Je prends une poignée d'amphétamines dans la cuve la plus proche et la lui fourre dans la bouche. Il se débat, mais j'ai le dernier mot. Je sens une légère odeur d'ammoniac. De l'urine coule entre ses jambes et forme une flaque à ses pieds.

— Maintenant, tu vas faire un gros dodo et peut-être qu'en te réveillant tu seras encore en vie.

Avant même qu'il comprenne quoi que ce soit, je lui colle une droite qui le sèche. Il s'écroule sur le sol comme un château de cartes, le nez dans sa pisse.

J'arrache le stylo de mon bras. Il reste allumé et arrose le mur pour rien. Je ne ressens aucune douleur. Je suis focus sur le reste de ma mission : mettre Rico hors d'état de nuire et sauver mes amis. Je suis dans un jeu vidéo et je passe au niveau suivant, encore plus fort et plus déterminé. Je suis un bon soldat. Un sacré bon soldat. La difficulté me rend meilleur.

Je monte les escaliers quatre à quatre et arrive dans le salon. Paulo n'est plus sur le canapé. La maison est vide. J'entends le bruit d'une bouteille qu'on jette par terre. Ça vient de dehors. Rico, torse nu, se tient debout devant un trou, une bière à la main. Une pelle est plantée à côté d'un pack de bières déjà bien entamé. Rico regarde devant lui. La luminosité est moins forte en cette fin d'après-midi. Dans le ciel, des avions silencieux laissent des traînées blanches.

— Eh connard, fais-je à Rico. Reprends ta pelle, va falloir creuser plus profond.

L'homme se retourne et me dévisage. Il comprend la situation et lève sa bière. Il porte un toast.

Je tire. Sa tête explose dans une gerbe de sang. Rico tombe à la renverse dans le trou qu'il a creusé.

Je m'approche. Je vois sous son cadavre ceux de Mycose et Paulo recouverts grossièrement de chaux. Je devrais être anéanti par cette vision d'horreur, mais il n'en est rien. Dans toute guerre, il y a des pertes.

L'essentiel est de gagner la guerre et la guerre, je l'ai gagnée. Tout seul. Comme un grand.

Je prends une bière dans le pack éventré. Je la descends d'une traite en me disant qu'il y a des jours de merde pires que d'autres.

6

Des milliards d'étoiles dans le ciel et une dizaine de cadavres de bières à mes pieds. Debout dans le noir, je chiale comme un veau. Jamais la maison de mon oncle ne m'a paru aussi vide. La descente est rude. Je mesure l'étendue du désastre. Mycose et Paulo ne sont plus là. Et j'ai tué. Oui, j'ai tué. Salement en plus.

Disco Boy, le bouledogue bringé de mon oncle, me tient compagnie. Enfin si on veut. Il déprime sévère depuis que son maître est mort. À la nuit tombée, c'est toujours la même rengaine. Il pointe son museau et quémande avec sa bouille déprimée une ration de liche. À sa deuxième gamelle houblonnée du soir, il renifle le bas de mes pantalons, couine mollement et s'en va chancelant dans le potager. Après plusieurs tours sur lui-même, il souffle et se couche sur une bande de terre noire. Sa niche est de l'autre côté, mais il s'en fout. Il préfère la présence de deux bouts de bois en forme de croix. La tombe de Luigi ; l'œuvre de Paulo et Mycose. Je me suis bien gardé de déclarer sa mort aux autorités. Une baraque à l'œil et une pension de retraite qui tombe tous les mois, c'est mieux que de gratter des grilles du Millionnaire.

Disco Boy soupire. Il regarde les cimes des arbres. Elles se balancent dans le vent. Le clebs se lève, grogne et démarre en trombe. Ses petites pattes touchent à peine le sol. Il disparaît dans les grandes herbes en jappant.

Mon palpitant s'emballe. Je prends le flingue que j'ai piqué à Daron, et emprunte le même chemin que Disco Boy. J'ai une boule au ventre. Et si tout n'était pas fini ? Et si José avait survécu à la prise massive de drogues ? Et s'il avait prévenu son patron pour me retrouver, moi, le fric et leur putain de came ? Tapi dans les bois, l'ennemi déploie ses forces. Invisible à mes yeux, il s'apprête à fondre sur moi. Je ne le connais pas, mais lui sait de quoi j'ai été capable sous l'emprise de la drogue. Sa drogue.

La traversée des graminées est un vrai supplice. Elles vont et viennent, m'effleurent, se jouent de moi. Je ne sais pas si ce sont les effets secondaires de la drogue, mais j'ai les nerfs à fleur de peau.

Mauvaise nouvelle, Disco Boy n'aboie plus. Je vais pour l'appeler, puis me ravise. Pas question de me faire remarquer. J'atteins les grands arbres à la lisière de la propriété sans encombre. Le chien est couché. Il ventile sévère après sa course effrénée et regarde droit devant lui. Une forme massive émerge des arbres d'un pas hésitant. Des bois immenses. Un cerf. Aussi majestueux soit-il, ça reste qu'un animal. Peu de chance qu'il réclame la came et le fric, et la probabilité qu'il m'embroche reste faible, bien que les statistiques soient toujours à relativiser avec un gars verni comme moi. Il s'arrête, hume l'air et fait tourner ses grands yeux globuleux. Une odeur musquée, celle des grands gibiers, imprègne l'air. Il y a autre chose. Une exhalaison métallique. Du sang. Son flanc gauche est labouré en profondeur. Des litres d'hémoglobine se perdent sur l'humus. Je contemple le spectacle de ses chairs putrides quand je sens une présence derrière moi. C'est là. Ça avance lentement, sournoisement, ça rampe au sol et c'est prêt à bondir. Un frisson parcourt mon échine. Disco Boy grognasse, montre les dents, mais refuse de faire face. Il a peur. Et moi aussi.

Brusquement, le cervidé se met en branle, et d'un coup de reins formidable, disparaît dans les fourrés. Il est aussitôt pris en chasse par la chose derrière moi. Elle passe comme une balle sur mon flanc en émettant de petits ricanements. De la joie pure. Je ferme les yeux et serre les fesses. Le petit corps de Disco Boy se blottit tout contre moi. Il tremble. À moins que ce soit moi. Quand j'ouvre les calots quelques secondes plus tard, une forme élancée au pelage brun roux s'enfonce dans les bois. Mon oncle m'avait parlé d'une Bête rousse qui rôdait dans la région. Elle était venue du jour au lendemain. Un cancer foudroyant. Elle semait la panique dans les troupeaux et s'attaquait aussi aux bêtes sauvages.

Puis plus rien, à part le bruissement des feuilles dans les arbres.

Disco Boy retourne dans le jardin en dodelinant du croupion. Je reste interdit au milieu des arbres. Avec les effets de la drogue, je peine à distinguer le vrai du faux. Je me baffe le visage pour m'assurer que je ne rêve pas. J'ai ma réponse. Je hurle comme un con sous la lune. Quand je passe quelques minutes plus tard devant Disco Boy, j'ai la joue à vif et les carreaux humectés. Le clebs ronfle dans sa niche au milieu des plants de tomates et de patates. Sa gamelle est vide. Il s'est étourdi à la bière avant de se coucher. Je me prépare à faire de même.

Arrivé à la maison, je m'affale sur le canapé, une bière à la main. Je suis rincé. Je ferme les yeux en espérant trouver le sommeil. Un défilé morbide s'impose à moi : le visage fracassé de Daron, les yeux exorbités de José, la tête explosée de Rico et le blanc de la chaux sur les corps de Mycose et Paulo. La nausée au bord des lèvres, je me lève pour trouver une maigre consolation en passant la tête par la fenêtre du salon. Mais c'est con la campagne la nuit. On voit que dalle à part plusieurs points blancs en enfilade qui se détachent dans le noir. Ils avancent en file indienne sur la route en face de la maison. Des phares mal réglés pointent vers les cieux.

On vient à moi. Il y a bien la ferme du vieux Franck un peu plus haut, mais elle est abandonnée depuis qu'il a cassé sa pipe il y a une paire d'années. Ça y est. Le reste de la troupe des trafiquants de drogue m'a trouvé. C'est une armée qui se présente à ma porte. C'est bien trop d'honneur qu'on me fait. Après tout, je ne dois ma capacité de destruction massive qu'à la mauvaise chimie qu'ils ont fabriquée.

Les phares des voitures s'éteignent un à un. Encore un virage en tête d'épingle et le cortège prendra la direction de la maison.

L'attaque est imminente.

J'ouvre la fenêtre, siffle le chien. Pas de réaction. Qu'il aille au diable.

Gestes empressés. Perle de sueur sur mon front. Désorganisation totale. Je panique. Je prends une grande respiration. Pas le moment de flancher. Pas maintenant. Je ferme toutes les portes. Je prends la carabine de Luigi qu'il planque sur l'armoire du salon. Je la charge jusqu'à la gueule.

Je fais le point : j'ai un flingue avec trois balles, une carabine et une boîte de six cartouches calibre 12 x 25, idéal pour la chasse au lapin. Pas vraiment un arsenal militaire, mais de quoi piquer les fesses de mes assaillants.

J'appuie sur l'interrupteur. La maison plonge dans le noir. Je me poste devant la fenêtre avec pour perspective de faire un dernier carton avant de rejoindre Paulo et Mycose au paradis des cloches célestes.

7

À sa retraite, mon oncle avait renoncé au confort moderne. Avec le petit pécule qu'il avait amassé en trimant à l'usine, il avait acheté un corps de ferme à l'abandon. Sans attache, il y vivait depuis dans le plus grand dénuement. Tout ce qu'il possédait servait à cultiver la terre. Pas de téléphone, pas de télévision. Juste un vieux tracteur, des outils rouillés et une carabine pour braconner. Peu de monde se risquait à venir le voir. La route était longue et harassante. Les derniers kilomètres à peine carrossables réfrénaient les plus vaillants et motivés. Mais Luigi s'en foutait. Les relations humaines, ce n'était pas son affaire. Il avait son chien ; le reste, ça se résumait bien souvent à une litanie de problèmes, alors autant s'en passer. Moi aussi je ferais bien l'impasse sur ces visites nocturnes, mais voilà, des caisses remplies de gars prêts à en découdre sont en approche, comme autant d'emmerdes qui viennent cogner avec force à ma porte.

Depuis la fenêtre du salon, je guette l'ennemi. Il tarde à faire son apparition. L'attente est interminable. La guerre psychologique, c'est déjà la guerre !

Une voiture freine à l'entrée de la propriété. Tous feux éteints, elle reste là pendant de longues secondes. Puis à ma grande surprise, elle bifurque en direction des terres du vieux Franck. Elle est suivie par une autre. Puis ça s'emballe. Une étrange procession silencieuse d'une cinquantaine d'unités passe devant la maison sans s'arrêter.

Quand le cortège s'est éloigné, je perçois un bruit sourd et répétitif : des infrabasses dantesques. Je percute. Des jeunes investissent les terres isolées du vieux Franck pour goûter aux joies estivales d'une free party sauvage.

Je ris nerveusement. La descente causée par le captagon me rend abruti. PA-RA-NO. Je suis usé, mâché. Je suis un vieux chewing-gum collé à son angoisse. Une fatigue spectaculaire s'empare de moi. Je glisse au sol, lâche la carabine. La crosse tape sur le parquet élimé. Je suis en nage. J'enlève mon tee-shirt. J'éponge comme je peux. Il n'y a plus de sourire sur mon visage. Une veine bleue sur ma main. Elle palpite. Ma peau est presque diaphane. Des spasmes ridicules envahissent mon corps. Mes nerfs lâchent un à un. Ils se détricotent. Je fonds, me liquéfie. Bientôt je serai réduit à l'état d'une flaque de sueur malodorante, et je disparaîtrai à tout jamais. J'essaye de me relever. Mes jambes flageolent. Elles me lâchent. Je vacille. Je me sens seul. Plus de Mycose et Paulo à mes côtés pour rendre la vie si joyeuse, si éthylique ; et Leila qui ne répond toujours pas à mes supplications téléphoniques. Luigi m'avait pourtant bien prévenu : « Les femmes, c'est chouette en poster pour se tirer une pignole en douce, mais si tu veux la tranquillité, faut s'en éloigner comme de la peste. » Je hoquette sérieusement avant d'être pris d'un effroyable sanglot. Des larmes coulent sur mon visage. Je pleure en me prenant la tête dans les mains.

Un nouveau bruit m'empêche de m'épancher trop longtemps sur ma vie, mon œuvre et mon mauvais karma. Une portière claque. Puis une deuxième. Je retiens mon souffle. J'ai de la visite.

Je me redresse et jette un coup d'œil furtif depuis la fenêtre. Une lumière blanche arrose la façade. Deux gars devant un combi Volkswagen : voilà pour le topo. C'est maintenant le jardin qui est éclairé comme au grand jour. Les deux gars explosent de rire. Y a quoi de drôle à reluquer un potager la nuit ? Après avoir repris leur sérieux, les deux hommes se séparent.

Un grand chauve à l'allure athlétique s'en va d'un pas décidé pour prospecter du côté des dépendances. Sa main est posée sur un fourreau qui court le long de sa jambe. Il porte un marcel blanc et un pantalon noir large plissé. L'autre gars d'apparence plus juvénile se dirige vers la porte d'entrée. De longues dreadlocks lui descendent jusqu'au cul. Le bruit de la pierre d'un briquet, puis une forte odeur d'herbe s'invite dans mes narines. Le loquet tourne, mais la lourde ne s'ouvre pas. Il n'insiste pas et rejoint son collègue. Après une petite discussion, ils conviennent de visiter le garage.

Une putain de mauvaise idée !

J'ai oublié de le fermer, ce qui est d'une bêtise affligeante quand on a piqué à des trafiquants de drogue un rutilant pick-up et un bidon bleu rempli de came. Je cavale dans le salon pour rejoindre le garage par la porte du salon. Peine perdue. Les importuns sont déjà à l'intérieur et jouent de la lampe torche.

Je pointe la carabine. Ils écarquillent les mirettes.

Surprise ! Y a un gars sorti de nulle part qui vous braque avec une arme pour chasser le lapin.

Le jeune à la coupe rasta lève les mains sans broncher tandis que l'autre se montre moins docile. Il tient fermement son fourreau en position d'attaque, laissant apparaître le tranchant de la lame.

— Toi, le samouraï, tu vas lever tes mimines bien haut, sinon je t'éclate la cervelle.

Il s'exécute en tirant la tronche.

Son jeune camarade prend la parole d'une voix calme :

— Moi, c'est Peck et lui, c'est Taz. On veut pas d'histoire.

— Alors qu'est-ce que vous foutez dans mon garage en pleine nuit ? Le concept de propriété privée, ça vous dit quelque chose ?

Je me fais rire en donneur de leçon, moi le squatteur qui y a pas douze heures, étais dans une situation similaire à la leur. Dans un éclair de lucidité, je me rappelle que je suis torse poil, les yeux rougis par mes chialeries et un teint blême à foutre la frousse à un croquemort. Mon œil droit clignote nerveusement (j'ai tout d'un psychopathe dragueur ou d'un lapin myxomatosé post-dépressif), et je mens, oui je mens de façon éhontée en tremblant de tout mon corps.

Peck a l'air de trouver la situation amusante. Il esquisse un sourire, histoire de se donner un peu de contenance ou bien c'est la beuh qu'il fume qui a des effets spectaculaires sur sa gestion du stress. Note pour plus tard : vendre cette merde de captagon, acheter des tonnes d'herbe, faire un feu de joie tous les soirs et le traverser à poil en chantant *La Javanaise*.

— C'est un malentendu. Quand on est passés tout à l'heure, y avait pas de lumière, on pensait que c'était abandonné. Quand on s'est rendu compte qu'on n'avait pas d'eau, on s'est dit qu'on en trouverait ici.

— Désolé mon gars, mais je ne suis pas d'humeur à faire porteur d'eau.

— Pas de problème, on va y aller.

Il amorce une timide reculade avec son comparse.

— Au fait, vous êtes agriculteur ?

— Qu'est-ce que ça peut te foutre ?

— Je fais des études en agronomie. Vous ne devriez pas utiliser toutes ces merdes, en montrant du doigt le bidon bleu. L'engrais, c'est mauvais pour la terre.

— Je me mets au bio dès que toi et ton pote vous mettez les voiles. Promis.

Les deux gars marchent lentement à reculons jusqu'au combi. Taz prend une dernière fois la parole :

— Au fait, y a un chien dans votre jardin, il a pas l'air bien. Il a les quatre fers en l'air et il bouge pas.

— Il dort.

— Il dort ?

— Il cuve.

Peck affiche une mine perplexe tandis que Taz me lance un dernier regard à faire glacer un Inuit. Le camion recule lentement jusqu'à l'embranchement et prend la direction de la fête qui bat son plein.

Je rentre, et ferme cette fois tout à double tour. Je me sers un petit whisky (OK je finis la bouteille) et gobe une poignée de Lexomil (OK je finis la boîte). Je regarde mon téléphone. Toujours pas de nouvelles de Leila. Je la rappelle. Ô grande surprise, je tombe sur son répondeur. Je lui laisse un long message, mais la cohérence de mes propos me paraît sujette à caution. De plus en plus cotonneux, j'ai la sensation de parler avec une éponge dans la bouche. Je raccroche. Ma tête tourne. Je suis pris de vertige. Black-out. Des papillonnements parcourent tous mes membres. Ce serait presque agréable, si on met de côté que je viens de me manger le sol dans un bruit assourdissant.

J'alterne des moments de lucidité où je contemple les moindres aspérités du sol et des moments de rêveries étranges. Je suis sur une route de campagne au volant du pick-up. Il fait beau et chaud. Les vitres sont grandes ouvertes. La radio crache *Sweet Jane* du Velvet Underground. À l'arrière, Paulo et Mycose se querellent à propos d'une boutanche aux trois quarts vide. Devant moi, une voiture à la carrosserie défraîchie tourne au ralenti. Je profite d'une ligne droite pour la doubler. Arrivée à hauteur, la conductrice, une jeune femme à la crinière rousse, se tourne vers moi. Son visage me glace le sang. L'orbite de ses yeux est vide et noire. Sa bouche grande ouverte se déforme. Il en sort un cri effrayant. Elle vomit des centaines de petits cachets. Paniqué, je me retourne vers Paulo et Mycose qui sont dans le même état que la jeune automobiliste. Les hurlements deviennent insoutenables et m'agressent si fortement les tympans que je lâche le volant pour me couvrir les oreilles. Le pick-up fait une embardée vers la droite, et finit sa course dans le fossé. L'arrêt buffet est violent ; le réveil tout autant.

Il y a encore des cris. C'est moi qui hurle comme un con tout seul dans le noir.

8

J'émerge au petit matin, la gueule en vrac et le corps en miettes. Je déambule dans un capharnaüm sans nom à la recherche de mon tee-shirt. Il est posé en boule sur le sol au milieu des immondices que je laisse traîner depuis des semaines. Il pue la mauvaise sudation, les excès en tout genre, mais il fera l'affaire. Dehors, les aboiements de Disco Boy me cassent les oreilles. Y a mieux comme bande-son quand on est patraque. J'ai envie de dégobiller, mais je n'ai rien dans l'estomac à part un début d'ulcère. J'ai besoin d'air et de soleil. J'ai besoin d'une bonne photosynthèse.

Triste spectacle. Sous une lumière blanche et rasante, Disco Boy court comme un dératé en décrivant de grands cercles dans le jardin. Il bave et sa langue touche presque le sol. Je beugle d'une voix éraillée comme si je venais d'engloutir le contenu d'un cendrier. Rien n'y fait. Il poursuit un animal qui n'existe que dans sa tête.

Je ne mets pas longtemps pour comprendre ce qui se passe.

La porte du garage est grande ouverte. La serrure a été forcée dans la nuit. Le pick-up n'a pas bougé, mais le bidon bleu n'est plus là. La came a été volée. Enfin, la came que j'ai volée a été volée. Devant l'entrée du garage, des cachets sont éparpillés sur le sol. J'ai dû en faire tomber hier soir en déchargeant les bidons du pick-up. À moins que mes barboteurs nocturnes aient travaillé comme des sagouins. Ce qui est certain, c'est que Disco Boy en a gobé, et depuis, il est dans un trip canin qui consiste à courser une proie imaginaire jusqu'à l'épuisement de ses forces vitales.

J'y suis : Peck et Taz, mes visiteurs du soir ; c'est certain, ils ont fait le coup. Ils m'ont délesté de la drogue en profitant de mon abrutissement passager et d'un Disco Boy aux abonnés absents, cuvant sa bière au fond du jardin.

Peck avait les yeux partout. Peck a pipé tout de suite ce que contenait le bidon. De l'engrais, tu parles.

Peck, t'es un gros malin !

Ni une ni deux, je grimpe dans le pick-up et file en direction des terres du vieux Franck. Disco Boy s'est glissé sur la banquette à l'arrière du véhicule et fait les cent pas. Il gémit à la manière d'un petit chiot qui réclame de l'attention.

Ta gueule sale clebs, j'ai d'autres choses à faire que de gérer le cas déplorable d'un chien alcoolique et drogué...

Les jeunes n'y sont pas allés de main morte. Le temps d'une nuit, le champ est dévasté. Une véritable décharge sauvage à ciel ouvert. Des sacs plastiques volent au vent, des tessons de boutanches évidées parsèment la terre sèche et du matos sono avec des disques vinyles de Cardiak et Psycho sont à l'abandon sur le bord de la route. Devant moi, une glacière multicolore est remplie de bières encore fraîches. Une bénédiction. De quoi me remettre à l'endroit, avant de me mettre à l'envers (ce qui résume assez bien ma vie de buveur).

Coup d'œil circulaire en tétant la meilleure bière du monde. Pas de traces du bidon dans le champ. Disco Boy me rejoint. Il n'a toujours pas l'air dans son assiette. Je fais couler un filet de bière qu'il lape de sa petite langue râpeuse. À défaut de le rendre jouasse, ça le réveille un peu. Il se met à japper en direction de corbeaux qui jouent des ailes et ponctuent leur communication de croassements au milieu du champ. Le plus imposant des volatiles pique le sol et s'empare de quelque chose dans son bec large et noir. Il s'envole en déployant son imposante voilure sombre, poursuivi par le reste de la troupe.

Dans le ciel bleu azur, un étrange ballet se déroule sous mes yeux : une bataille aérienne de corbins qui se prennent pour des avions de chasse. Les poursuivants harcèlent le fuyard. Ce dernier fait preuve d'une belle agilité pour éviter les coups de bec et les serres acérées. De la haute voltige. Avec les rayons du soleil, le plumage du chapardeur se pare de reflets bleus. Il en est presque beau. La flamboyance dans la cavale. Changement de tactique. Les assaillants optent pour une attaque frontale. Ils percutent le fugitif de tout leur poids. Ce dernier lâche sa prise qui tournoie dans le ciel comme des pales d'hélicoptère avant de tomber à quelques mètres de moi.

La nuée de volatiles fait du piqué en mode escadron de la mort, mais c'est Disco Boy qui arrive le premier. Les oiseaux se posent à distance raisonnable et manifestent leur mécontentement.

Rrok. Rrok. Rrok.

Disco Boy ne semble guère intimidé. Il mâchouille, le regard vide. J'amorce une approche en douceur, mais l'enfoiré de clebs grogne en montrant les dents. C'est toujours la même chose avec cet assisté ; quand il s'agit de partager, y a plus personne. Je mets les mains et tire sur ce qui me semble être un bout de plastique couleur… chair. RECTIFICATION, ce que je touche est organique ; je répète, c'est soyeux et élastique. De la peau. Du cartilage roule sous mes doigts. Disco Boy secoue la tête et ne cède pas d'un millimètre. Ça l'amuse de me faire chier. Parfois je me demande s'il ne me fait pas payer la mort de son maître.

J'y suis pour que dalle, OK, sale clébard vicelard.

Ce n'est pas ma faute si Luigi avait une cirrhose carabinée et que sa détestation du corps médical a eu raison de lui. Paulo, en ancien de la maison hospitalière, l'avait prévenu : la gnôle c'est bien pour les bien portants. Luigi lui avait sorti son plus large sourire d'enfoiré en se resservant une louche de pastis maison à foudroyer tout gazier disposant d'un métabolisme normal.

Aux grands maux, les grands remèdes. J'ai l'arme fatale pour faire lâcher ce sale cabot ingrat ; le piège canin ultime que j'ai nommé : MA VOIX. Je me mets à hurler à la manière d'un loup sous le regard circonspect des volatiles. Disco Boy arrête sa mâche et me regarde d'un air dépité. Ses yeux s'humectent. Il va verser sa petite larme. Il lâche ce qu'il a dans la gueule et se met à hurler à son tour.

Bingo !

Le truc, c'est que je ne me suis pas préparé à cueillir une oreille humaine parfaitement tranchée. Je pense aussitôt à Taz et à son sabre. Il a dû gober une pilule, s'échauffer, et finir par tailler dans le lard du premier venu. Cette came, c'est de la merde en branche qui rend encore plus tarés les secoués du bulbe. Je regarde l'esgourde avec dégoût. Elle est dans un sale état. Les corbeaux et Disco Boy sont passés par là. Merde, il y a un gars qui se trimbale dans la nature avec une oreille en moins. Je songe à la ramasser et à aller à l'hôpital le plus proche, puis je change d'avis. Désolé mon gars, faut oublier la stéréo. Moi, je vais éviter les emmerdes juste pour voir ce que ça fait.

Disco Boy est déjà parti en direction de la maison. En plus d'être un oublieux de la pire espèce, il est d'une nature boudeuse et renfrognée. Je regarde une dernière fois l'oreille et l'abandonne aux corbeaux qui se ruent sur elle dès que j'ai les talons tournés.

La nature est rude pour ceux qui prennent le temps de l'étudier, mais elle est captivante comme les objets qu'on ne possède pas. Au-dessus de moi les roches calcaires se mélangent à la terre brune et au vert des arbres ; les premiers pans du Massif central. Ce n'est pas d'un exotisme tordant, mais on serait bien là, Leila et moi. On ferait une belle fournée de mouflets et on se tiendrait à l'écart du monde. Je mettrais le holà sur la boisson. Je cultiverais des légumes et couperais du bois tout l'automne parce que dans le coin, l'hiver, ça pique comme la moutarde. Mais Leila ne me donne pas de signes de vie. Il y a quelque chose qui cloche. Elle ne me laisserait pas sans nouvelles. Leila et moi, c'est interstellaire.

Changement de programme. Un homme amoureux est un fieffé abruti et quand un fieffé abruti est amoureux, ça défie les lois de l'entendement. Direction l'usine que j'ai quittée il y a quelques semaines en laissant sur le carreau le contremaître, ce connard de Romain.

Leila est d'équipe du matin. Elle sort à treize heures. Elle part la première avec sa copine Jézabel pour choper le bus. Ces deux-là sont inséparables. J'ai l'impression que Jézabel ne peut pas me saquer. Je dis ça parce qu'elle me regarde toujours d'un air dégoûté. Les filles, elles ont l'amitié territoriale, un truc qu'un gars ne peut pas comprendre.

Maintenant que j'ai de la thune, on pourrait prendre un nouveau départ, Leila et moi. Elle, loin de ses frères et moi, loin de... moi.

Leila, je m'inquiète pour toi. C'est affreux. Mon cerveau vrille dès que je pense à toi.

Mais au fond, je le sais : c'est pour moi que je tremble.

9

Ce qui était vraiment déplaisant, en plus de devoir se lever aux aurores, c'était le bruit des machines. Pas une seconde de répit pendant huit heures d'affilée. Obligé de gueuler pour se faire comprendre et de tendre les oreilles jusqu'à sentir l'haleine chargée en petit déjeuner des collègues. L'enfer sur terre, surtout que côtoyer des cons au quotidien n'arrangeait rien. Le vacarme et la promiscuité du genre humain, j'ai appris à les supporter à grands coups de liche.

Je suis rentré à l'usine grâce à mon oncle. On y faisait de la corde et de la ficelle, des milliers de kilomètres consignés dans d'énormes bobines. Les femmes s'activaient sur les têtes de tressage et les machines de conditionnement. La maintenance et la grosse manutention, c'était l'affaire des hommes. Quand le patron n'était pas là, cette petite enflure de Romain, contremaître de son état, prenait les commandes. Il faisait surtout le coq devant les nouvelles recrues. L'usine avait sa petite réputation, de la corde naturelle de qualité française. Tu parles, on bossait sur des fibres synthétiques bon marché. On revendait la came avec une marge confortable aux grossistes et aux distributeurs qui à leur tour s'en mettaient plein les fouilles. Une belle enculade pour le consommateur ; le capitalisme moderne ou la multiplication du profit par la multiplication des intermédiaires.

Quand Leila s'est pointée dans les locaux d'emballage avec sa blouse trop grande et un minuscule sourire, ça a fait pschitt dans ma tête. J'avais trouvé ma muse. Pendant des mois, j'ai fait tomber en rade la pelotonneuse sans éveiller les soupçons juste pour me retrouver près d'elle. C'était un sacré boulot, mais je n'ai pas eu d'augmentation pour ça. Au début, Leila était un peu farouche. Elle me regardait froidement avec ses grands yeux noirs et ses réponses consistaient en des hochements de tête ou des phrases monosyllabiques. OK, je n'étais pas le premier gars à lui tourner autour, mais avec autant de maladresse, elle n'avait jamais vu ça. Peu à peu, elle s'est déridée et on a commencé à se voir en dehors du boulot.

J'ai découvert une autre Leila ; celle des rêves panoramiques et de la vie en grand. Quand elle parlait, c'était comme si elle avait oublié sa vie en réduction de jeune ouvrière issue de la diversité. Oublié le quartier sensible qui s'embrasait de temps à autre. Oublié deux frères dealers qui flirtaient avec la radicalisation. Oublié un père aux abonnés absents ; il avait tant donné avant de s'étioler peu à peu. Quand, au début des années 90, il avait fui l'Algérie, la guerre civile, et le Groupe islamique armé qui tuait à Alger tous les soutiens du pouvoir en place, le père de Leila, Fati, ne savait pas encore qu'il avait tout perdu. Il ne savait pas encore qu'il n'enseignerait plus la littérature comparée à l'université. Il avait bien un ami en France. Un universitaire comme lui, son bienfaiteur comme il aimait l'appeler, qui lui a trouvé un toit et s'est porté garant, mais impossible de lui trouver une place. Le père de Leila n'a eu droit qu'à un contrat de travail en contrat à durée déterminée dans une entreprise industrielle de nettoyage de bureau. Il n'imaginait pas qu'il passerait sa vie à récurer des chiottes d'ouvriers. Il n'avait pas compris que la France serait pour lui le pays de la déception, du ressentiment, le tombeau de ses illusions, et qu'il léguerait tout cela à ses enfants sans un mot. Leila voulait boucler la boucle : reprendre ses études, avoir un travail qui rende la fierté à son père, croquer le monde, et surtout, ne plus faire partie de l'Histoire des vaincus.

Devant l'usine, j'ai beau penser à Leila très fort, ça ne la fait pas sortir pour autant. Jézabel est la première à décamper. Elle presse le pas sous un soleil écrasant. Leila se fait attendre. Pourquoi je tremble ? Pourquoi je sue de la couenne ? Pourquoi je me sens si mal ? Quand Jézabel passe devant le pick-up, je la hèle. Elle est surprise de me voir, mais son visage renfrogné indique que la surprise ne va pas toujours de pair avec la joie.

— Tu es fou. Romain va sortir. S'il te voit, il va te démolir.

— La dernière fois, c'est lui qui a morflé.

— Tu l'as pris en traître et là, il n'est pas seul.

— Leila ?

— Quoi Leila ?

— Elle est où ?

Jézabel lève les yeux au ciel, monte dans la voiture en pestant. Elle sent un mélange de patchouli et de transpiration. Son tee-shirt ample et très échancré laisse apparaître un bout de sa poitrine. Jézabel est belle. Le hic, c'est qu'elle est gracieuse comme une porte de prison.

— Démarre abruti. J'ai pas envie qu'il me voie avec toi et d'assister à un combat de coqs.

Dans le rétroviseur, j'aperçois Romain qui sort en compagnie de ses sbires. Je klaxonne, sors ma main par la vitre et propose un superbe doigt d'honneur. Je démarre en trombe sous le regard médusé du contremaître.

— T'es vraiment trop con, fait-elle en allumant nerveusement une clope.

— Leila ?

— Mais t'as que ça à la bouche. Elle s'est fait porter pâle et pas la peine de me demander des nouvelles, je n'en ai pas. Elle a ses petits secrets, Leila.

— Ses frères ?

— Quoi ses frères ? fait-elle en haussant les épaules.

— Ils lui ont d'abord imposé le voile, maintenant ils l'empêchent de sortir et de me voir. Peut-être même qu'ils l'ont déjà renvoyée au bled.

— Je ne sais pas ce qu'elle t'a dit exactement, mais si elle met le voile, c'est juste pour éviter les emmerdes avec les petits cons du quartier, qui ne font pas la différence entre une femme et un morceau de barbaque. C'est toujours aux femmes de faire preuve d'intelligence et là, s'adapter à son milieu, c'est faire preuve d'intelligence.

Quant à ses frères, c'est pas des radicaux décérébrés. C'est juste qu'ils sont rentrés en religion pour avoir ici quelque chose qu'on leur refuse dans leur propre pays.

— Et avoir quoi ?

— De la dignité. De la putain de dignité. Et pour ta gouverne, Leila n'est pas une petite fille soumise. Alors, arrête de penser avec tes couilles de phallocrate et ta vision étriquée d'Occidental.

Je suis habitué aux saillies féministes de Jézabel. Elle a une vision radicale des rapports hommes-femmes qui pourrait se résumer par l'élimination du premier sexe par le second.

— Je m'inquiète quand même pour Leila.

— Tu devrais plutôt t'inquiéter pour toi, tu as vraiment une sale gueule.

Je jette un regard dans le rétro. J'ai des cernes violacés, des yeux vitreux et un visage diaphane. OK, je suis en forme paralympique.

À sa demande, je l'arrête à l'entrée du quartier. Elle ne veut pas être vue dans un pick-up, sinon elle sera bonne pour un défilé de tout le quartier chez elle et des explications à n'en plus finir.

— Si t'arrives à la joindre, dis-lui de me rappeler ou de passer à ma nouvelle crèche.

Je trouve une feuille dans la boîte à gants et fais un plan grossier de la route qui mène jusqu'à chez mon oncle.

— J'ai de la thune, de quoi voir venir.

Je ne sais pas pourquoi je dis ça. Ça provoque un drôle de truc chez Jézabel. Elle me caresse le bras (pile sur la blessure) en minaudant. Ça sonne faux et je vois bien qu'au fond je la dégoûte comme tous les autres mecs.

— Tu serais finalement un bon parti.

— Arrête ton char, tout le monde sait que ta partie, ce sont les nanas.

Elle sort du véhicule en faisant claquer la porte. Elle me fait un bras d'honneur spectaculaire, puis jette son mégot sur la vitre de la voiture. Elle articule deux syllabes : CON-NARD ; Jézabel ou la douceur du papier abrasif.

Des idées, j'en ai quelques-unes, mais des bonnes, c'est plutôt rare. Paulo aimait me rappeler que je faisais souvent le mauvais choix, au mauvais moment et avec les mauvaises personnes. C'était comme si j'étais marqué par le sceau des inadaptés. La connerie n'est pas une excuse, mais elle permet de se beurrer le cœur léger. On sait qu'on n'a rien à attendre. C'est foutu dès le départ ; les dés sont pipés. J'accepte ma défaite. Je suis un vaincu et le mal, je ne le fais qu'aux bouteilles que j'écluse sans ménagement.

Faire le tour du quartier à bord d'un pick-up rouge pour retrouver Leila en sachant qu'on est recherché par des dealers n'est pas exactement une idée lumineuse. Je navigue entre des immeubles aux façades délabrées écrasés par la chaleur. Le ravalement, c'est dans la tête des politiques qu'il le faudrait. Je m'arrête devant chez le père de Leila, une grande barre déprimante où du linge flotte sur des petits balcons ouverts au vent. Au quatrième étage, les volets sont fermés. On dirait qu'il n'y a personne.

Des jeunes se protègent du soleil devant l'immeuble. Ils font de grands gestes et parlent fort. Rien n'a changé. Il y a quinze ans, j'étais déjà là, assommé par la chaleur entre les mêmes barres d'HLM. J'habitais à la lisière du quartier et je venais y traîner mon ennui. On jouait au foot à même le bitume. On râpait nos jeans, nos joggings et nos chaussures. Je les laminais tous. J'étais Dieu balle aux pieds. Bordel, comment j'ai fait pour foirer dans les grandes largeurs le seul talent que je n'aie jamais eu ? On pensait marques ; on rêvait luxe. On cultivait le vide dans nos têtes à renfort de grands gestes. On brassait surtout du vent, mais on le faisait avec force et emphase. Après tout, on n'avait pas grand-chose d'autre, fallait qu'on crée le spectacle nous-mêmes. J'ai envie d'aller frapper chez le père de Leila, mais les jeunes changent rapidement d'attitude. Ils commencent à s'intéresser au pick-up. Ils forment une grappe et se mettent à discuter entre eux. De temps à autre, j'ai droit à un regard furtif. Je suis un intrus, un fricoteur en repérage. Un des gamins prend son téléphone. Je suis repéré. Avec ma chance, ils sont de mèche avec les dealers que j'ai commencé à décimer. Je démarre au quart de tour avant que les choses s'enveniment. Je sors du quartier en trombe. Au bout de quelques kilomètres, une Audi aux vitres teintées me colle au cul. J'accélère. L'Audi accélère. Je l'entraîne sur un terrain qui m'est plus favorable : les petites routes de campagne. J'espère la semer.

Mauvais calcul. Elle me colle à l'arrière-train. À chaque virage, je perds du terrain. La route se rétrécit ; les courbes se resserrent ; ma conduite est au cordeau. À l'abord d'une courbe serrée, mon téléphone sonne. Je regarde la route ; je regarde mon téléphone. Je reconnais le numéro. Je décroche. Leila !

10

J'aime bien crapahuter dans les bois, mais pas avec une patte folle et le nez en chou-fleur. Et je ne parle même pas de ceux qui me coursent. Je ne sais pas qui ils sont, combien ils sont, à quoi ils ressemblent et encore moins d'où ils sortent (à part d'une Audi aux vitres teintées) ; ce qui est certain, c'est que le danger s'approche à grande vitesse. J'entends un souffle et le mouvement régulier de pas derrière moi dans les broussailles. Ça galope comme des cabris derrière moi, malgré le terrain accidenté. Je me suis bien arrangé les jambes. Du carpaccio de cuisses, autant dire que je déguste. Je clopine tant bien que mal en évitant les chutes et en m'agrippant aux branches. Le moindre dévers est une sévère complication, mais je m'accroche. Survivre. Je n'ai que ça en tête. C'est mon nouveau mantra. Paulo serait fier de moi. Je m'impressionne dans cette folle détermination. Je serais même prêt à me serrer la paluche, à m'autocongratuler et à me tresser une couronne de laurier, mais voilà, mon pied cogne sur une vieille souche et je me retrouve le nez dans des broussailles. Fin de parcours. Il y a un gars au-dessus de moi. Il est là. Il me jauge. Il me regarde avec un air amusé. Il semble un peu étonné par la petite chose qu'il a coursée. Une certitude : un homme à terre, c'est un truc qui le botte.

Avant le rideau final, petit retour en arrière ou comment passer d'une situation mal embarquée en voiture à une situation désespérée à pied.

Ma mère me disait toujours que les bonshommes, ça servait à que dalle et qu'il ne fallait pas compter sur eux. Mon père n'était pas un mauvais bougre. C'est juste qu'il n'était pas foutu de faire deux choses en même temps sans faire des conneries. Aussi, dans un grand élan de sagesse, quand il daignait rentrer à la maison, il restait avachi sur le canapé à regarder la télévision, et pas question qu'il fasse autre chose ; et c'était avec un courage silencieux qu'il essuyait les orages courroucés de ma génitrice.

J'aurais dû suivre l'exemple de mon vieux : accepter que dans la famille les gars n'étaient pas des foudres de guerre et qu'entre répondre à l'appel de Leila ou tenir le volant à l'amorce d'un virage de la mort, il fallait choisir.

Bref, je calcule mal ma trajectoire ; je braque que dalle avec une main, et je me retrouve dans le décor. Le pick-up devient incontrôlable ; il poursuit sa course folle en dévalant une pente raide dans les bois. Je suis salement balloté. La descente dure des plombes avant que le 4x4 vienne s'encastrer dans un grand chêne. Pour le coup, le temps s'arrête. Première constatation après le choc, l'airbag conducteur n'a pas fonctionné et c'est ma truffe qui a trinqué en venant percuter le volant. Mon museau ressemble à une jolie petite taupe étoilée. Le sang coule comme vache qui pisse sur l'intérieur cuir. Je peste contre le constructeur. Je lui promets un procès dantesque si je ressors vivant — une affaire à plusieurs millions ; je prendrai les meilleurs avocats de France — avant de me raviser : *Mec, t'as volé cette tire à des trafiquants de drogue !*

Plus haut, sur la route, une voiture vient de s'arrêter. Les portières claquent et j'entends plusieurs voix. On recherche le pick-up et ma jolie gueule de fraise tagada. Faut pas traîner ici. Je me dépêtre tant bien que mal de la ceinture de sécurité, mais impossible d'ouvrir la portière. Je balance un grand coup d'épaule. Elle ne bronche pas. Je remets le couvert avec plus d'intensité. Je m'écrase lamentablement sur l'intérieur de la portière.

Passer les jambes (et accessoirement le reste du corps) par une vitre que l'on vient de briser est une très mauvaise idée, mais quand c'est une question de survie, on le fait sans se poser de questions, même si après on regrette d'avoir des scarifications sur tout le corps.

Je m'enfonce dans les bois en laissant sur mon passage un filet rouge et des bouts de verre qui tombent de mes jambes. À moins qu'ils soient culs-de-jatte, aveugles, peu enclins à la course d'orientation et possiblement débiles congénitaux pour ne pas voir les traces que je laisse, je n'ai aucune chance de semer mes poursuivants.

Un petit quart d'heure plus tard, le cul dans les ronces, je suis l'objet de la contemplation amusée d'un homme à la peau ébène.

Impeccablement endimanché, il n'a pas souffert de la course poursuite que je lui ai imposée. Aucune trace visible de transpiration. Pas le souffle coupé. Rien. Il est comme un sou neuf. Il me regarde avec amusement comme une petite chose :

— Je me demande comment Rico et Daron ont pu se faire dézinguer par toi. Tu as l'air si… inoffensif.

J'entends souffler et pester au loin. Un homme de taille moyenne, avec un léger embonpoint ventral, la barbe drue soigneusement taillée et les cheveux plaqués à grand renfort de Pinto, avance péniblement dans les bois. Il porte des vêtements sur mesure. Il pourrait être classe, mais il ne l'est pas. Il s'éponge le front avec un mouchoir blanc. Il transpire à grande eau. Son parfum musqué se mélange aux senteurs des sous-bois.

— C'est donc ÇA qui a décimé ma meilleure équipe, fait-il en me détaillant comme un morceau de bidoche. Tu aurais dû voir ce bordel dans la cave : la drogue, le sang, Daron. On s'est donné un mal de chien pour tout nettoyer. Je te parle même pas de José qui, avec ce que tu lui as mis dans le groin, va rester perché toute sa vie.

— ÇA a un putain de nom, je fais.

— Et comment *ÇA* s'appelle ?

— Je ne te le dirai pas.

— Je vois. Un chieur. Un petit conseil : n'ouvre pas ta grande gueule si t'as rien à dire. T'as l'air déjà bien mal en point, mais c'est rien par rapport à ce qui t'attend si tu coopères pas un minimum. Alors, tu vas arrêter de faire le guignol et tu vas parler utile. Où sont ma came, mon fric et mon…

Il s'arrête un instant et regarde son homme de main.

— Mon pick-up. Je crois bien que je viens de le voir encastré dans un arbre. C'est bien ça ?

Le grand black joint ses mains au niveau de l'entre-jambe comme s'il avait à annoncer le décès d'un proche :

— C'est bien ça Patron, votre voiture a affronté un chêne et il semblerait qu'elle ait perdu.

— Putain de merde, cette histoire commence à me coûter un fric monstre.

Il se tourne vers moi et lâche, passablement énervé :

— Bon, fini de rigoler. Où sont la thune et le matos ?

— Je ne parle pas à un gars qui est à la solde des islamistes.

Les deux hommes me regardent et explosent de rire.

— Tu entends ça Youssef ? Des islamistes ! Mais où il va chercher des idées pareilles ?

Il reprend son air sérieux en moins de deux.

— Pour ta gouverne, je suis un capitaliste. Mon Seigneur, c'est le marché. J'écoute les moindres soubresauts du monde, enfin le monde d'ici-bas, celui des biffetons, pas celui d'en haut. La religion est une affaire bien trop compliquée pour moi. Au risque de te décevoir, je suis là pour la maille, rien que pour la maille.

Il essuie une nouvelle fois son front. Le tire-jus commence à faire la gueule.

Il reprend :

— La demande de captagon est en pleine expansion. L'Europe est devenue le terrain de jeu des terroristes, mais les djihadistes, c'est une approche bien trop limitative pour moi. On est à l'heure du divertissement. Ce que je veux, c'est inonder le marché avec une drogue facile à fabriquer, de qualité française et à usage récréatif.

— Depuis quand se faire exploser dans la foule, c'est récréatif ?

— Les consommateurs font ce qu'ils veulent. S'il y a des illuminés dans le lot, c'est pas mon problème. Je m'en fous des motivations de chacun. Et tu sais quoi, les petits blancs-becs qui aiment bien s'encanailler pour pas cher boufferont ma drogue djihadiste, pour connaître le grand frisson. Quant aux...

Il s'arrête brusquement et semble chercher ses mots.

— Merde, comment on dit déjà ?

— Vous voulez sans doute parler des jeunes descendants d'immigrés du Maghreb et du reste de l'Afrique ? fait Youssef.

— C'est ça. C'est une putain de belle formulation. Bref, notre cœur de cible si tu préfères, on peut compter sur lui dans un grand réflexe communautaire pour adopter massivement ma dope. Y a bien la bouffe halal, la mode vestimentaire islamiste, alors pourquoi pas une drogue 100 % djihadiste, 100 % française. Si ça c'est pas du syncrétisme, je ne sais pas ce que c'est. Tu sais, moi j'ai un grand cœur. Je suis pour le rapprochement des peuples, même si je lui préfère de loin le contentement de mes bourses.

Le discours du commercial du captagon me fait froid dans le dos. Le cynisme moderne dans toute sa splendeur. Le pire, c'est qu'il n'a pas fini son laïus.

— Le capitalisme, c'est comme une grosse partie de baise bien crade. T'as intérêt à avoir des idées bien salaces et à bander super dur si tu veux participer à la grande fête du cul. Bon, maintenant que tu as eu droit à un cours d'économie moderne gratis, tu vas me dire ce que tu as fait de MON fric et de MA came ?

Je souris. Je n'ai plus que ça. Ça fait office de dignité.

— Des petits blancs-becs ont eu l'air d'apprécier ta dope. Ils l'ont embarquée hier soir et tu peux en être certain, ils t'en feront une belle publicité dans les pages faits divers ces prochains jours. Quant à ton flouze, tu peux dire à ton boy de frapper bien fort, parce que je ne dirai rien. Que dalle.

Patron secoue la tête.

— T'es un peu basané pour un Français de souche, mais tu penses comme eux. T'es vraiment pas arrangeant. Tu te dresses sur tes ergots, tu fais le fier alors que t'as déjà les deux pieds dans la merde. Je crois que t'as pas encore compris. Va falloir rendre ce que tu as pris sinon tu vas mourir. Mais avant, Youssef va se faire un malin plaisir de te faire souffrir.

— Je vous emmerde, je ne dirai rien.

Patron regarde les cimes des arbres. La lumière perce entre les branches. Il fait chaud et moite. Sa chemise est maintenant détrempée.

— Bon, finissons-en. On retrouvera l'argent et la dope par un autre moyen. Bute-le. J'aime pas sa tête de vainqueur.

J'entends le gazouillis des oiseaux.

— Si tu crois en quelque chose, fait Youssef, c'est le moment de faire une dernière prière, sinon on se dit à plus tard en enfer.

11

L'homme à la peau ébène sourit. Je ferme les yeux.
Un clic. Le bruit d'une déflagration.
Une gerbe de sang sur mon visage.
Des bouts de cervelle sur mon tee-shirt.
Mon bourreau s'effondre.
À mes pieds, une bouillie rouge et blanche informe.
Sa cervelle, l'horreur du monde.

Patron s'est déjà mis à l'abri derrière un arbre. Il est bien plus leste qu'il n'y paraît. Dans sa main, une arme. Pas question de faire de la figuration, il réplique sans s'émouvoir au feu nourri de son assaillant. Ça canarde sec. C'est emmerdant quand on est à la croisée des tirs. Je reste au sol et rampe jusqu'au cadavre de Youssef. J'ai en point de mire le flingue de mon bourreau. Je rampe et je me saisis de l'arme. À une cinquantaine de mètres, au milieu des arbres, un cri. Un homme est à terre. Il est touché. C'est le tireur embusqué. Patron est satisfait. Il vient de faire un joli carton. Il me jette un regard plein de suffisance, mais son répit est de courte durée. Déboulant de nulle part, un homme saute par-dessus moi et vient plaquer Patron avec une rare violence. Un beau plaquage en règle avec le bruit des os qui craquent en prime. Une lutte acharnée s'engage au sol. J'entends crier, éructer. Une nouvelle détonation. L'assaillant se lève, chancelle et vient se cogner contre un arbre. Il glisse sur le tronc et sa tête s'écrase sur des racines noueuses. Cuit, mort, terminé.

PATRON souffle. PATRON se relève. PATRON est rouge pivoine. PATRON essaye de remettre sa veste en place, mais elle lui tombe toujours aussi mal. PATRON s'époussette et regarde le ciel. Décidément les promenades en forêt, ça ne réussit pas à PATRON. PATRON enlève la terre de ses chaussures. PATRON jure. Des Derbie Classic Long Wingtip de chez Thom Brownechez à 800 euros la paire. Il passe son mouchoir sur le cuir grainé couleur marron. Il frotte en crachant dessus. Quand PATRON a fini son petit ménage, PATRON s'approche de moi. PATRON sourit en pointant son arme sur ma trogne, mais PATRON n'a pas prévu une chose, c'est que je flingue PATRON. Une belle bastos dans le bide, à bout portant.

Il grimace, tangue vers l'avant en tentant de cacher ses viscères qui se font la malle. Il met un genou à terre puis le deuxième. Il reste dans cette position de dévotion, mains croisées au niveau du nombril. La mort se fait attendre. Quand je passe devant lui, il tente de me dire quelque chose. Des bruits gutturaux sortent de sa bouche. Je lui dis d'aller se faire foutre et le laisse à ses borborygmes ; j'ai mieux à faire : en premier chef, savoir qui sont ses assaillants. Y en a un qui n'en finit pas de geindre dans les bois tandis que l'autre est maintenant à mes pieds, la tête contre les racines d'un châtaignier. Je retourne le corps. Je le reconnais : Malik, le plus jeune des frères de Leila. Il s'est fait pousser la barbe et s'est taillé la moustache. Il porte des habits larges qui rappellent une djellaba. Ses yeux sont grands ouverts et pourtant il est mort.

Je vais en direction de l'autre gars. Je n'ai pas trop de doute sur son identité. Le dos calé contre le tronc d'un chêne, il est mal en point. Il pisse le sang comme une écumoire. C'est Redouane, l'autre frère de Leila. Son arme gît à ses pieds et il a déjà la couleur d'un mort.

— Leiiii... laaaaa... fait-il en me voyant.

Il reprend son souffle, et à l'expiration, il fait une jolie bulle de sang avec sa bouche.

— Où est... ma sœuuuuuur ?

J'hallucine !

— J'allais te demander la même chose. Je croyais qu'elle était avec toi et ton frère.

Redouane secoue la tête. Il prend appui sur ses bras et essaye de se redresser un peu, mais la douleur est trop intense. Il se cambre en grimaçant.

— Elle a disparu... C'est pas la première fois. Jé... JÉZ... AAABEEL m'a appelé... Elle m'a dit... que Leila était avec toi... dans le quartier... dans un...

— Un pick-up rouge super voyant, je sais.

Il dodeline de la tête. Il m'agrippe le bras avec le peu de force qui lui reste.

— Il faut la protéger. Tu me promets de la protéger ?
— Mais de qui ?
— D'elle-même.

12

— Walden, Candide !

Une voix puissante casse ma petite routine du moment, qui consiste à alterner pensée positive pour oublier la douleur et réflexion intense sur Leila. Après une bonne demi-heure d'errance dans les bois, je retrouve mon chemin. J'arrive à me situer. Je suis dans la forêt domaniale juste au-dessus de la ferme du vieux Franck, à deux ou trois kilomètres tout au plus de la maison. J'espère arriver avant la nuit, mais à la vitesse à laquelle je traîne ma carcasse cabossée, l'affaire semble bien mal embarquée.

— Walden, Candide !

La voix tonne une nouvelle fois avec autorité.

Deux immenses chiens à poil ras couleur crème sortent des bois et me font face à une cinquantaine de mètres. Ils me regardent la tête penchée. Ils sont perplexes devant le triste spectacle que je leur offre. Un vieil homme sort à son tour des fourrés, avec un grand bâton à la main qui lui fait office de canne. Il porte à ses pieds de grosses chaussures de marche. De superbes écrase-merdes qui tranchent singulièrement avec ses petites jambes blanches et maigrelettes. Il rejoint d'un pas énergique les deux chiens qui se mettent à remuer la queue et à danser frénétiquement de l'arrière-train.

— Z'avez vu la Bête rousse ?

Je fais les gros yeux en haussant les épaules.

— Si vous venez de là, vous l'avez vue pour sûr. Elle était chez moi y a pas dix minutes. Walden et Candide l'ont prise en chasse, et elle a pris la poudre d'escampette par les bois. Elle a dû sortir par là et partir dans votre direction.

Je secoue la tête avec un air navré. Je n'ai pas envie de lui dire qu'elle a élu domicile pas loin de chez mon oncle et qu'elle s'amuse le soir avec les cerfs du coin.

Le vieil homme me détaille de ses petits yeux gris vert. Mon état délabré ne semble pas l'émouvoir plus que ça. Il reprend :

— Elle a encore attaqué ce matin. Un troupeau. Deux vaches ont fini dans une ravine. Puis elle a sauté à la gorge d'un veau et l'a laissé exsangue avant de repartir l'air de rien. Elle attaque pour s'amuser. Ce n'est pas commun ça. Cette bête est malade.

Ce qui n'est pas commun, c'est de cambrioler sans le savoir la planque de dangereux trafiquants, de voir ses amis morts dans un grand trou de terre noire et de tuer juste pour survivre, mais je mets la sourdine, et dans un effort incommensurable, je fais mine de m'intéresser.

— Appelez la fourrière, les pompiers ou je ne sais pas, la poulaille, dis-je en regrettant aussitôt ma dernière proposition tant la campagne regorge de cadavres et qu'elle serait un terrain propice à l'enquête du siècle.

— Pas la poulaille, fait-il sèchement. Je ne l'aime pas. Maddog, mon fils en fait partie à Paris. Un vrai con celui-là. Si le vois, je le…

Il se calme aussitôt.

— Désolé, les enfants sont souvent une source de grandes déceptions pour les parents, dis-je en arrivant à son niveau.

Les chiens m'entourent et me font une fête terrible. Ils me reniflent et s'excitent à cause du sang qui coule sur mes jambes. Le vieux donne une nouvelle fois de la voix. Les clebs se calment et se mettent à arpenter le sentier, la truffe collée au sol et la queue bien droite tendue vers le ciel.

— Vous avez l'air bien mal en point.

— J'ai connu des jours meilleurs.

— Comment vous avez eu votre compte ?

— J'ai embrassé un arbre. Il a pas aimé.

Le visage du vieil homme reste impassible. Il sort de sa poche un petit téléphone portable d'un autre âge.

— Ma compagne veut que je le garde toujours avec moi, des fois que je me perde en chemin ou que je me pète la bobine dans les sous-bois. Je peux appeler les secours si vous voulez ?

— Ça va aller. J'ai juste besoin d'un bon lit (et d'une pharmacopée éthylique de premier ordre, mais ça, je le garde pour moi).

Je m'éloigne de lui en traînant la patte. Je sens qu'il a toujours les yeux rivés sur moi.

— Attention à la Bête rousse, fait-il. Bientôt elle mangera le monde.

Je lève la main pour le saluer sans me retourner (j'ai ma dose de tarés pour le restant de mes jours). Je taille la route en claudiquant. Les derniers kilomètres n'en finissent pas. Plus je m'approche de la maison, plus mes forces déclinent. La nuit tombe. Le ciel bleu noir prend des teintes orangées. J'aperçois enfin le toit de la baraque. Ça devrait me réjouir, me donner un supplément de force, mais c'est tout le contraire qui se passe. J'ai les jambes coupées. Plus d'énergie.

Putain, avance ! Ce n'est pas le moment de lâcher.

J'ai beau me haranguer. Rien n'y fait. Je suis figé sur place. Mon corps refuse de faire un pas de plus. Je m'agenouille en me maudissant. Mes yeux se ferment. Je suis cloué au sol et je pèse une tonne. Mon esprit est déjà ailleurs. Il divague quelque part entre les crissements des grillons dans les herbes et la ouate des nuages.

Une langue râpeuse me lèche le visage. C'est Disco Boy qui prend soin de sa tireuse à bières et de son pourvoyeur de croquettes. Ses petits couinements n'y font rien. Je ne suis plus certain de faire encore partie des vivants.

Quand j'ouvre les yeux, je suis allongé sur un lit dans la chambre de mon oncle. Je ne sais pas comment j'ai atterri là. Je sens bon et j'ai reçu des soins. Des bandages couvrent le haut de mes cuisses et mon visage collectionne des petits bouts de sparadrap. Je n'ai pas vraiment mal, mais je suis ensuqué comme si je me réveillais après une biture homérique. Sur la table de chevet, un élément de réponse quant à mon état : une boîte d'un puissant antalgique et un grand verre d'eau à moitié vide. La radio du salon crache de vieux standards de la chanson française. Ça me donne des haut-le-cœur. J'ai l'impression que je vais mourir. Je me lève. Ma tête tourne. J'ai les jambes dures comme du bois. Je me traîne jusqu'au salon. Tout est impeccablement rangé. Le monticule de linge sale et les cadavres de bouteilles d'alcool qu'on a laissés Paulo, Mycose et moi pendant des semaines ont disparu. Une merveilleuse odeur m'attire vers la cuisine. Une viande mijote en compagnie des meilleurs aromates dans une grande cocotte en fonte. Un navarin d'agneau. Je goûte à la sauce ; elle est divine. Je mets le nez dehors. Il fait déjà sombre. Je ne sais plus quel jour on est.

Un bout de bois vole dans le ciel et tombe à mes pieds. Disco Boy déboule en trombe et s'en empare en grognant de plaisir. Il me regarde. Je ne sais pas s'il remue la queue pour moi ou par l'excitation du jeu. En tout cas, il n'a pas l'air mécontent de me voir. Il tortille son petit corps musclé de molosse miniature.

À dix mètres de moi, une silhouette se détache dans le soleil couchant. C'est Leila. Elle porte une robe légère et pas de voile à l'horizon.

— Tu es réveillé ? dit-elle l'air de rien comme on si on s'était quittés la veille.

— Merde, t'étais où ?

Avec un air malicieux, elle me montre du doigt le chemin qui va vers la ferme du vieux Franck.

— Je veux dire tu étais où ces derniers jours ? Tout le monde te cherchait et moi, j'avais si peur qu'il t'arrive quelque chose.

Elle s'approche de moi et pose un doigt sur mes lèvres.

— Je suis là maintenant. C'est le plus important.

Il se passe des choses en moi que je ne comprends pas. Je suis à la fois si colère de son absence et si heureux de la retrouver. L'amour, c'est les montagnes russes. Faut avoir le cœur bien accroché.

— Tu as mangé ? reprend-elle d'une voix enjouée, comme si elle avait senti mes tourments intérieurs.

Je fais non d'un léger hochement de tête.

— Assieds-toi, je reviens.

Elle part en direction de la maison en chaloupant de l'arrière-train tandis que je couine en investissant une chaise en plastique, dernier reliquat d'un salon de jardin que Mycose a brûlé un soir de beuverie. Il avait parfois des tendances pyromanes ; il pouvait rester des heures à regarder du plastique fondu.

Quelques minutes plus tard, j'engouffre une énorme assiette de viande accompagnée de pommes de terre rissolées que je fais glisser avec un grand verre de vin rouge. Repu et enivré (ce qui n'a rien à voir avec mes muflades réglementaires), mes craintes se sont dissipées comme par enchantement et je me sens mieux, oui je me sens foutrement bien.

Leila, j'aimerais que cet instant recommence tout le temps.

Elle me regarde avec gourmandise de ses deux grandes billes noires. Je suis une bien triste friandise, assis sur ma chaise en plastique et écorché de toute part. Pour une raison qui m'échappe, elle a l'air de s'en accommoder. Elle se lève et fait glisser les bretelles de sa robe d'été. Le tissu effleure sa peau hâlée. Elle est nue devant moi ; sublime et fière ; une Amazone. Elle s'avance lentement. Ses petits seins aux pointes brunes ont un galbe parfait. Mes yeux effleurent son nombril en forme de pleine lune. Il y a quelque chose de magique dans ce corps. Je suis absorbé par sa toison sombre et délicate. Elle s'installe sur moi et pose ses lèvres sur les miennes. Elle se joue d'abord de moi avec sa langue puis m'embrasse à pleine bouche. Sa respiration devient plus ample et profonde. Je me cale sur la sienne.

— Caresse-moi, fait-elle au creux de mon oreille.

Je m'exécute en silence (je veux entendre la moindre vibration de son corps). Mes doigts glissent sur sa peau soyeuse et je m'enivre de son odeur. Je dessine des runes magiques qui ouvrent des portes secrètes.

— Oui, mes hanches, doucement.

Elle le dit en cambrant les fesses au contact de mes mains. Elle bouge le bassin en décrivant des cercles. Elle émet de petits bruits lascifs. J'enfle de toute part. Elle m'embrasse encore et encore. Elle ne me lâche pas. Elle m'investit. Elle vibre ; une puissance tellurique insoupçonnable ; le ventre de l'univers. Elle m'y convie, mais je ne suis qu'un passager, et je contemple l'embrasement du monde.

— Baise-moi.

Mon corps tout entier est happé par le sien et je regarde le ciel en extase. La nuit est définitivement tombée. Les étoiles restent accrochées au ciel, et moi je suis suspendu aux lèvres de Leila.

13

Je me réveille la nuit en sueur. Dans le canapé déplié du salon, Leila dort paisiblement. Son corps est bouillant. Je me lève sans faire de bruit. J'ai envie d'une bière fraîche. Je me tiens sur le pas-de-porte et regarde les cimes des arbres s'agiter dans le vent. Le bruissement des feuilles est une caresse pour mes oreilles. Une main vient se poser sur mon ventre. Leila m'a rejoint. Elle prend la bière et la porte à ses lèvres.

— Et si on partait demain ? fait-elle. J'ai envie de voir la mer. J'ai envie de voir la Corse.

— Tu veux voir Colomba, c'est ça ?

Elle sourit.

— Tu me connais bien. Elle compte tant pour moi.

Je ne le sais que trop bien. Beaucoup de nos discussions tournaient autour d'un personnage d'une nouvelle qu'elle avait lue quand elle était encore au collège. Une révélation pour elle. Colomba, une femme au caractère bien trempé au cœur d'une vendetta entre deux familles corses, tourmentée par un deuil impossible et un désir de représailles, exerçait sur elle une fascination dévorante. Elle était une sorte de modèle, ce qui avait quelque chose d'inquiétant, car Colomba était mue par un esprit de vengeance insatiable. Sa fascination augmenta encore quand elle apprit que le romancier s'était inspiré d'une vraie personne pour la création de son personnage : Colomba Catalelli, qui vécut au dix-neuvième siècle dans le petit village corse de Fozzano.

— Tu m'as promis de m'amener là-bas, fait-elle. Je crois que c'est le moment. J'ai la voiture de mon père. Elle n'est pas de toute première jeunesse, mais elle tiendra le coup.

— Il faut de l'argent pour y aller. Beaucoup d'argent.

— Mes frères m'ont tout piqué, une fois de plus.

Mon visage se rembrunit aussitôt. Je n'ai pas le courage de lui dire que Redouane et Malik pourrissent dans les bois en compagnie de deux autres dealers et qu'ils ne lui piqueront jamais plus rien.

— Et toi, tu n'as pas un petit bas de laine qui traîne ? Un peu d'argent au fond d'un tiroir ?

Elle me prend le bras comme l'avait fait la veille Jézabel. Je ne sais pas pourquoi, mais cette caresse me met hors de moi. Sans doute parce qu'elle vient tout de suite après le mot « argent ».

— T'es là pour le fric ? C'est ça. C'est ma thune qui t'intéresse.

— Mais de quoi tu parles ?

Au lieu de me calmer, j'accentue le malaise avec une nouvelle salve de reproches. Je ne contrôle plus rien. Les vannes sont ouvertes. Ça sort tout seul.

— Je n'ai pas de nouvelles de toi depuis des jours, j'avais peur et tu rappliques la bouche en cœur quand je parle de fric à ta meilleure amie. Il y a comme qui dirait un lien de cause à effet qui me dérange.

Le visage de Leila se décompose.

— Je suis là pour toi. Tu ne comprends pas. Je t'aime, même si t'es un SALE CONNARD.

Elle me prend la main, mais ça ne fait qu'empirer les choses. Sa peau est maintenant froide comme celle d'un serpent. Tout me paraît faux. J'ai la nausée. Je recule. J'ai besoin de sortir de son étreinte ; de m'éloigner d'elle.

Leila, ne me touche pas ; c'est horrible comme la morsure de l'hiver.

Je me sens mal. Il y a quelque chose qui ne tourne pas rond, mais je ne sais pas exactement quoi. Disco Boy répond pour moi. Il sort de sa niche en jappant. Il me rejoint à toute blinde et grogne sur le pas-de-porte devant Leila. Mais ce n'est pas contre elle qu'il en a. Il y a autre chose… et c'est tapi à l'intérieur de la maison.

Leila n'en mène pas large dans l'embrasure de la porte. Elle a rentré ses épaules et jette un coup d'œil furtif derrière son dos en espérant ne voir personne. Je l'écarte de mon bras.

— Reste derrière moi, je fais comme le gars qui va se faire trucider dans les films d'horreur.

Je pénètre dans le salon avec l'assurance du cochon qui va à l'abattoir.

Ma mâchoire se crispe et mes poings se serrent. Disco Boy aboie de plus belle. Il convulse tellement qu'on dirait qu'il lévite. Je fais un pas supplémentaire…

Une vive douleur à la nuque. Je me retourne vers Leila en grimaçant. C'est elle qui vient de me frapper avec le culot de la bouteille. Je tombe au sol. Un peu avant de perdre connaissance, je reconnais la voix de Jézabel qui peste contre Leila.

— T'étais pas obligée de coucher avec lui, salope, fait-elle avec une voix pleine de rage contenue.

J'émerge au petit matin dans un petit box attenant aux dépendances. Depuis un rectangle découpé en haut de la porte, je perçois la lumière du jour. Je me lève, mais je suis attaché. Une grosse chaîne à ma cheville est reliée à un anneau de laiton au mur. Je tire dessus ; rien ne bouge.

Jézabel et Leila retournent la maison pour retrouver le fric. À défaut de mettre la main dessus, elles saccagent tout. Les douleurs se réveillent. Tout mon corps n'est qu'une plaie béante. Ça me lance ; je souffre le martyre. Au bout de quelques heures, Jézabel apparaît dans le rectangle de la porte. Elle a dans sa main un grand verre d'eau avec une boîte de médicaments.

— Je veux parler à Leila, je fais.

— Et moi, je veux ton fric. On a chacun nos priorités et les miennes sont plus importantes que les tiennes. Mais comme je suis sympa, je te propose un marché. Si tu me dis où t'as caché la thune, je te donne les médicaments, de quoi refaire tes bandages et tu ne nous revois plus jamais.

— Ça fait cher les soins.

Les yeux de Jézabel tournent à l'orage.

— Je ne suis pas ton infirmière, connard, je suis juste la femme qui te vole. Le patriarcat, c'est comme le capitalisme, ça se prend à la hussarde.

— Comme une bonne partie de baise avec Leila…

Jézabel sort de ses gonds et me jette le verre d'eau dans la gueule, ce qui a le mérite de me rafraîchir un peu.

— Tu ne t'approcheras plus jamais d'elle, sale porc. JA-MAIS.

Elle tourne les talons en écrasant la boîte de médicaments avec sa main. Elle la jette sur le sol en terre battue de la cour intérieure. Autant dire que les heures qui suivent sont un véritable calvaire. Sans eau ni médicaments, je souffre de la chaleur et je suis abruti par la douleur. Et j'ai soif, tellement soif que je laperais n'importe quelle flaque d'eau croupie. Maigre consolation, Disco Boy vient couiner à ma porte à intervalle régulier. Il repart dès que Jézabel est dans les parages. Ces deux-là ne s'aiment pas.

La femme que j'aime aime une femme qui n'aime pas les hommes. Paulo applaudirait des deux mains ; Mycose descendrait une bouteille en temps record pour fêter ça et mon oncle me referait un cours sur l'impérieuse nécessité de vivre seul si on ne veut pas bouffer des emmerdes à tous les repas.

Un peu plus tard (j'ai perdu le fil des heures qui passent), je suis réveillé par des coups de feu qui proviennent de la dépendance. Jézabel et Leila ont trouvé le vieux fusil de mon oncle. Elles s'amusent à tirer sur des ballots de paille. Elles hurlent, se chamaillent et rient à gorge déployée. Quelques minutes plus tard, Jézabel pointe le bout de son nez et porte le fusil à son épaule.

— T'as l'air d'être vraiment mal en point, mais ça pourrait être pire.

— Ça peut toujours être pire.

— En effet, on pourrait te laisser crever dans ce box. T'inquiète, on te laissera ton chien. Il finira les restes.

— Ce n'est pas mon chien, dis-je passablement énervé.

Jézabel vient de percuter quelque chose dans sa tête. Elle part en appelant Leila.

— L'enfoiré, la maille, je crois savoir où cet abruti l'a planquée.

Disco Boy n'aime pas qu'on s'approche de sa niche. C'est son chez lui. C'est comme sa gamelle. Il n'y a pas de partage possible, encore moins quand il y a de la bière dedans. C'est un clébard acariâtre qui se laisse pas dompter facilement et puis il a ses têtes. Il aimait bien Paulo parce qu'il avait la caresse facile, mais il ne pouvait pas blairer Mycose. J'ai jamais compris pourquoi. Pour Jézabel, on dirait bien qu'il peut pas la sentir. À sa manière de grogner et d'aboyer, Jézabel doit tourner autour de sa niche. Le truc, c'est que les canines toutes dehors, l'intimidation façon clébard, ça ne prend pas. Disco Boy couine lamentablement après un bruit sourd. Il vient de se manger un coup de saton. Maintenant, j'entends des coups de hache. De râles profonds. Les filles se sont mises en action. Les bûcheronnes mettent la niche en pièce. Des cris de joie. Les salopes, elles ont trouvé le pognon. Je l'avais planqué dans le toit de la niche. Un modeste sac-poubelle avec pas mal de fric dedans.

Quelques minutes plus tard, la voiture du père de Leila démarre. Je me mets en boule. Je me fais une raison. Je vais crever dans un box qui a accueilli des décennies de verrats prêts à être saignés. Je pense à Leila. J'y pense tellement fort que quand j'ouvre les yeux, elle est là devant moi. Un tour de passe-passe de ma conscience ? De la magie ? C'est bien elle, en chair et en os. L'expression de son visage est grave. Elle tient Disco Boy dans ses bras. Il me regarde d'un air triste.

— Pourquoi ? fais-je d'une voix larmoyante à peine perceptible.

— C'est comme ça. Y a ni gentils ni méchants, juste des gens qui cherchent en s'en sortir. Parfois c'est au détriment des autres.

— Et moi, je suis les autres.

Leila ne répond pas. C'est la pire gifle que j'ai jamais reçue. J'ai envie de hurler, mais rien ne sort. Je n'ai plus de force. J'aimerais crever sur-le-champ. Leila passe le chien par le rectangle de la porte. Il tombe sur le glacis froid et vient me faire une fête royale. C'est ma consolante, un clébard qui vient me lécher le visage et me piétiner le ventre avec ses petites pattes.

La dernière image que j'ai de Leila est celle d'une femme qui me tourne le dos.

La voiture démarre. Puis plus un bruit. À part ma respiration et celle du chien. Je tire encore et encore sur la chaîne. Elle ne bouge pas. J'abandonne. Je me laisse mourir en caressant Disco Boy qui dort sur moi. Il est paisible. Il ne sait pas ce qui nous attend. C'est une chance. Chez lui, l'éternité, c'est l'instant.

Je mets ma main sur son collier. Il y a comme une grosseur au niveau de l'encolure. Je sens une partie métallique avec des dents entre ses poils et le cuir. Je tire dessus. Une clé. Leila m'a refilé une clé et pas n'importe laquelle ; celle du cadenas de ma chaîne. Un dernier cadeau en guise de compensation impossible : la possibilité de ma survie.

Plongé dans le noir, j'y songe très sérieusement.

ÉPILOGUE

Ce soir, j'ai vu la Bête. Elle est passée dans le jardin sous une lune rougeâtre et un ciel immense. Disco Boy n'a pas bronché. Il a continué à laper sa bière comme si de rien n'était. Il sait qu'elle est là et pour longtemps. Il l'accepte. La Bête est partie vers les grands arbres d'une foulée souple et nonchalante. Elle va où elle veut, comme ça lui chante. C'est sa grâce.

Plus tôt dans la journée, une voiture est montée à la ferme du vieux Franck ; ça arrive parfois : sa famille se rappelant au bon souvenir de cette vieille bâtisse à l'abandon. Dans la voiture, trois hommes et une femme. Je me rappelle le visage de la jeune femme collé à la vitre de la voiture. Il était d'une tristesse infinie.

Je m'en fous. Je vais mettre les voiles. Disco Boy ne le sait pas encore, mais il doit sentir qu'il se trame quelque chose. On ne s'est pas vraiment concertés ; mais tant que je lui donnerai des croquettes et du houblon, tout ira pour le mieux entre nous.

Bientôt, le coin va grouiller de flics et de journalistes, avec le carnage que j'ai fait dans la maison isolée. La Bête rousse sera reléguée aux oubliettes et moi j'oublierai le visage affligé de cette jeune femme.

Adieu la campagne ; bonjour la vie.

II

BRAQUAGE(S)

Chaque être humain porte en lui le germe de la violence tel un virus endormi. La pulsion fratricide, la haine envers l'autre, sont là, prêtes à se propager dès que l'environnement et le climat idéologique s'y prêtent. Personne n'est à l'abri. Aucune société.

Adnan Houballah

1

De tristes réverbères arrosent d'une lumière blafarde la carrosserie immaculée d'un crossover noir grand luxe. Vitres fumées, intérieur cuir, chromes satinés, caméra de recul et assistance au stationnement, il a toutes les options. Il coûte une blinde, mais il a été volé. À son bord, des têtes connues : trois présidents et un chauffeur. Un excellent chauffeur.

La voiture sort de la rocade, emprunte à vitesse réduite une route secondaire et débouche sur un parking planté au milieu d'une zone d'activité sans âme. La nuit est chaude. Sans étoiles. C'est la canicule. L'air est irrespirable.

Le chauffeur se gare. Le choix de l'emplacement n'est pas le fruit du hasard. C'est la meilleure place pour apprécier le spectacle. D'ici, on peut tout voir : les entrées, les sorties, les à-côtés. La devanture du casino scintille en lettres de feu. BABYLONE.

Chirac a l'œil. Il a remarqué une nana bien balancée à l'entrée. Une déesse. Il n'a jamais résisté au spectacle d'une croupe qui se dandine. La femme est superbe dans sa toilette à cinq mille euros. Le galbe de ses jambes confine à la perfection. Elle tient son sac tout contre elle comme s'il était la chose la plus précieuse au monde. De l'autre côté, sa main parfaitement manucurée effleure celle de son faire-valoir du soir : un homme âgé au cuir tanné. À sa décharge, il est plutôt classe dans son complet Corneliani. Chirac l'envie. Chirac le déteste. Il aimerait être à sa place. Une femme du monde, ça doit avoir une saveur unique. Puis il se ravise. Il est là pour le fric, rien que pour le fric.

Hollande a de petits yeux. Ça ne l'empêche pas de fixer le casino avec une remarquable acuité. Il a l'air de rien comme ça — il souffre d'un léger embonpoint et paraît niais de prime abord —, pourtant, c'est un cador de l'observation. Il voit tout ; il note les moindres détails ; il délivre des synthèses précises et circonstanciées. C'est un homme utile. Pour les repérages, c'est le meilleur. Il a tout de suite remarqué le vigile : un grand black massif engoncé dans une veste bon marché. Hollande souffle ; il est satisfait. Comme prévu, c'est l'agent de sécurité parfait pour un casse. Il est aux fraises le gardien du temple. Il regarde à peine le couple entrer dans le casino, trop occupé avec son oreillette. Ça fait si pro, une oreillette ! Le truc, c'est qu'elle est reliée à son smartphone personnel. Les clients ne le savent pas. Ses collègues et sa direction non plus. Sa nana du moment le harangue. Elle a une voix lascive. Elle le presse de venir la rejoindre après son service. Elle n'a pas vingt ans. Elle est parfaitement blonde. Sa peau blanche, presque diaphane, laisse apparaître de jolies veines bleues. Pratique pour se piquer. Le bas de son dos accueille un tatouage tribal. Des fleurs qui se mélangent. Le vigile ADORE, et sa taille de guêpe le rend dingue, surtout quand il lui pète le cul. Son braquemart de 15 mètres de long se met en branle. Il garde la main à la poche. Il a presque mal. Encore trois heures de service. Une torture avec cette gaule de tous les diables.

Sarkozy a lui aussi noté le petit cirque du colosse. Il le sait déjà : le vigile du soir n'est pas un foudre de guerre. C'est du tout bon. Le président fait son petit cinéma dans sa tête. Il pense pour lui. Il pense pour les autres. Il est hyperactif ; il est omniscient. Tout doit être parfait. C'est le chef. Le patron. Rien ne lui échappe, sauf qu'il a fallu trouver un chauffeur à la dernière minute. Karl, le chauffeur attitré, a dû aller en urgence en Italie. Il n'est jamais réapparu. Ça a mis Sarkozy sérieusement en rogne. Revoir le plan à la dernière minute, il n'aime pas. Il regarde sa montre. Trois heures du matin. D'un léger mouvement de tête, il fait signe à ses comparses assis sur la banquette arrière. Hollande se retourne, enlève la plage arrière du coffre et sort un long sac de sport. Chirac ajuste ses gants et son blouson noir.

Des kalachnikovs, des fusils mitrailleurs et une disqueuse thermique. Sarko a déjà une arme dans la poche de sa veste : un Glock 26 ultracompact dont il ne se sépare jamais, même pas pour pisser. Le petit arsenal a été acheté pour trois fois rien. La distribution se fait en silence. Chirac hérite de la disqueuse. C'est le roi de la découpe. Précis, rapide, c'est un expert. Chacun sort de sa poche une feuille pliée en quatre. C'est le plan de route. Sarkozy est intraitable. Tout est noté, détaillé à la seconde près. Chacun a sa partition. Pas de place pour l'improvisation. De l'horlogerie suisse dressée sur du papier 80 grammes.

Sarkozy prend la parole. Sa voix est étouffée, mais elle est dure, cassante, tranchante comme une lame d'acier.

— On respecte tout à la lettre, compris ?

Hollande et Chirac acquiescent de la tête. Sarkozy est souvent imbuvable, mais c'est le cerveau de la bande. Ils ont confiance. Sans lui, ils ne seraient rien.

— Toi, connard, fait Sarkozy à l'adresse du chauffeur, dans cinq minutes, je veux voir la caisse devant l'entrée, le moteur qui tourne et les portières grandes ouvertes.

Sarkozy n'aime pas le chauffeur. C'est Hollande qui l'a dégoté. Une connaissance. Ça reste une pièce rapportée de dernière minute. Ce gars, il ne le connaît ni d'Ève ni d'Adam, il ne le sent pas. Son regard est fuyant, et il semble s'en foutre royalement. C'est peut-être de la nonchalance. Sarkozy emmerde la nonchalance.

Le chauffeur n'est pas idiot. Il sait qu'il n'est pas à la bonne. Il reste tranquille. Il laisse le moteur tourner et regarde droit devant lui, les mains sur le volant. Il pense au fric, rien qu'au fric. Pour le reste, c'est vrai : il en a rien à foutre. Il y a vingt-quatre heures, il fumait de l'herbe chez lui en matant une série qu'il avait déjà vue dix fois. Parfois, il se dit qu'il est trop fainéant, qu'il devrait se bouger un peu plus pour trouver un vrai boulot. Il est loin d'être con, mais il est loin d'être motivé.

Faut pas se tromper, c'est un chauffeur solide. Il sait tenir un volant. Pas un grand pedigree avec une liste comac de casses ; pas un faire-valoir non plus. Aussi, quand Hollande l'a appelé pour dépanner, il a dit OK avec un large sourire. Il a ouvert sa dernière bouteille d'absinthe pour fêter ça. Il l'a bue à grandes gorgées et il s'est vite retrouvé à poil au milieu de son salon à s'égosiller sur *Vicious* de Lou Reed. La pression, il aime ça. Les flics au cul, il gère. Avec l'adrénaline, il se sent vivant. À chaque fois qu'il a le pied collé à l'accélérateur, il bande comme un bourricot.

Les présidents regardent leurs montres. Trois clics. Synchronisation. Le compte à rebours a commencé. Ils ont exactement trois minutes. Au-delà, c'est la MIERDA. Ils ouvrent les portières, et fondent sur Babylone. L'agent de sécurité a juste le temps d'écarquiller les yeux qu'il se mange la crosse du pistolet mitrailleur de Chirac. C'est le râtelier qui trinque. Crac… Les os se brisent. Une douleur terrible l'étreint. Il tombe électrifié sur le dos. La mâchoire saillit vers l'avant et le blanc des yeux contemple un ciel sans étoiles. Il perd connaissance ; la meilleure chose qu'il puisse faire en pareille circonstance.

Babylone est aux mains de trois présidents. Pour une poignée de secondes. Il faut faire vite, bien, être précis et calme. Toujours rester calme. Surtout se cantonner au plan. Rien qu'au plan. Chirac et Hollande traversent le hall et se dirigent vers la grande salle. Elle accueille 117 machines à sous, la caisse centrale protégée par une baie vitrée et une douzaine de tables de jeu, un peu en retrait dans le fond de la pièce.

Sarkozy reste en retrait et garde un œil sur le hall, la salle et les étages. Il supervise. Il est Dieu.

Un cri, suivi d'un autre. Les clients ont compris ce qui se trame. C'EST UN PUTAIN DE BRAQUAGE !

Sarkozy tire une salve de son fusil mitrailleur dans le plafond. Des bouts de plâtre tombent sur la moquette grand luxe du Babylone. Comme prévu, c'est le bordel. Un mouvement de foule désordonné. Des poulets sans têtes. COT COT COT. Ça caquette. Ça glousse de concert. La basse-cour est en ébullition. C'est l'effet recherché ; le premier écrémage. Une deuxième décharge retentit quelques secondes plus tard. Elle s'adresse aux abrutis qui n'ont pas eu les couilles de bouger ; les plus emmerdés maintenant !

La voix de Sarkozy tonne avec autorité :

— Tout le monde à terre. Les mains sur la nuque et les jambes écartées.

Il exhorte ses collègues à accélérer la cadence.

Chirac n'a pas perdu de temps. Il a déjà fondu sur la caisse centrale désertée. Il s'est attaqué à la baie vitrée avec sa disqueuse thermique. Une affaire de quelques secondes. Il s'engouffre dans le trou et remplit ses sacs de billets avec une rapidité déconcertante. Ce mec est un pro du casse. Il est doué. Il va vite. Très vite. C'est un homme d'action. Comme avec les femmes, il est rapide. Dans le métier, on l'appelle Monsieur Trois Minutes, douche comprise.

Hollande est arrivé à la caisse dédiée aux tables de jeu et menace de son arme une hôtesse qui essayait de se cacher, accroupie derrière son comptoir. RI-DI-CU-LE.

Hollande n'est pas très doué pour l'autoritarisme à tout crin, mais il est crédible une kalache à la main. L'hôtesse se lève et se met en branle. Elle est grande et élancée. Un joli brin de fille couleur café crème. Elle est surtout très disciplinée. Ses gestes sont précis. Elle remplit le sac de plusieurs liasses de biffetons. On dirait qu'elle a fait ça toute sa vie. Elle fait de son mieux pour ne pas paniquer. Elle transpire. Elle a PEUR. Elle focalise son attention sur le braqueur ; il paraît que ça aide à garder son calme. C'est ce qu'on lui a dit pendant la demi-journée de formation. Ça ne marche pas vraiment. Son cœur s'accélère. Il va exploser. Elle fait l'effort de tout noter dans sa tête ; ça l'aide à se calmer un peu, et puis le moindre détail a son importance. Les flics aiment bien les témoins structurés. Sahora a toujours été bonne élève. Elle s'exécute. Le braqueur fait 1 m 70, il est un peu corpulent. Il est vêtu de noir des pieds à la tête et il porte un masque ridicule : celui d'un président Flanby.

Elle se demande combien d'années d'études elle pourrait se payer avec ce qu'elle fourre dans ce sac. Et dire qu'elle a accepté ce job d'appoint pour financer un Master Management des entreprises touristiques. Maintenant elle a un flingue sous le nez. Elle est conne. Elle aurait dû négocier une prime.

Hollande la regarde. Il a toujours eu un faible pour les beautés exotiques. Elle a un joli minois et un corps magnifique. Il n'y a pas de doute, la jeune femme est sportive. Il le devine sous un uniforme gris anthracite bon marché. Une gazelle avec de longues jambes fuselées. Il a l'œil. Il n'y a pas si longtemps, elle courait le quatre cents mètres en moins de cinquante-quatre secondes, un temps excellent. C'était chez elle en Guadeloupe, juste avant qu'elle se pète le tendon d'Achille. Mauvais timing. Elle a raté le Championnat de France. Sa blessure a connu des complications. Elle s'est mise à douter. Sa fédération a trouvé une remplaçante, plus jeune et moins blessée, et l'a abandonnée comme une pauvre petite chose. Son père a une fois de plus choisi pour elle. Adieu la course ; bonjour les études supérieures en métropole chez une lointaine cousine.

Sarkozy est satisfait. Tout se passe comme prévu. Tout est sous contrôle. Il se sent fort. Il aime ça. Un regard furtif derrière lui, à l'étage, tout est OK. C'est le moment de rejoindre Hollande pour accélérer la cadence. Y a du biffeton. Comme prévu. Il n'y a pas de menu profit. Sarkozy embarque la boîte à pourboire des employés. Mille euros en petites coupures.

Chirac en a déjà fini avec la caisse centrale. Il rejoint au pas de course les deux autres présidents. Arrivé à leur hauteur, il regarde sa montre. Deux minutes sont passées depuis le début du braquage. Il faut mettre les voiles. Une sortie triomphale. Des chiens sauvages dans la nuit. Il ADORE.

C'est exactement à ce moment que tout se détraque.

2

Deux solides maffres. Ils font face à l'entrée de la grande salle. Ils pointent leurs flingues. Ils ne sont pas là pour plaisanter. Des coriaces. Des durs. Crânes rasés, mines patibulaires, taillés d'un seul bloc, les gars sont des épaulettes sur pattes. Hollande a tout de suite vu. Dans leurs pognes : des SIG Sauer SP2022. Il regarde Sarkozy. Il comprend à son tour. Deux flics en civil. Dans un casino à trois plombes du matin. Qu'est-ce qu'ils foutent là ?

Sarkozy le sait déjà. Les flics ne vont pas tirer. Il y a encore des clients qui font les étoiles de mer sur le sol. Les sphincters de sortie. Parfum d'ambiance : merde pour tout le monde. Les condés ? Ils sont là pour jouer la montre. Attendre les renforts. Changer le rapport de force. Canaliser. Discuter. Écœurer. Puis passer à table après une longue cuisson à l'étouffée.

Chirac, en grand échalas qu'il est, en impose. Dans le civil, il en éclabousserait presque. Il donne l'impression d'assurer en toute circonstance, mais ce n'est qu'une illusion. En réalité, il n'a pas les nerfs solides. Il est fatigué par tous ces braquages et puis c'est un gars à réaction ; une créature pavlovienne ; sans grande nuance. C'est plus fort que lui, dès qu'il y a des nanas dans le collimateur, il a le chapiteau qui pointe. Quand il est sous la menace d'une arme, son cerveau reptilien lui dicte de canarder sec sans sommation. Et comme ce soir il a des amphétamines dans le groin, il est sans filtre. Il arrose les flics de son pistolet mitrailleur sous les yeux médusés de Sarkozy et de Hollande.

Sarkozy n'aime pas les surprises. Hollande n'aime pas que Sarkozy soit surpris. Chirac n'aime pas surprendre Sarkozy. OK, dans Babylone, c'est la chienlit !

Les règles ne sont pas faites pour les chiens. Sarkozy déteste qu'on les enfreigne, surtout quand c'est lui qui les a édictées.

Règle 1 : Un braquage ne s'improvise pas. Il se prépare dans les moindres détails. Il n'y a pas de place pour le hasard. Le braquage est un sport d'équipe de haut niveau.

Règle 2 : L'alcool, les drogues, les stimulants sont interdits. Pas de passe-droit.

Règle 3 : L'équipe se réfère au plan. Rien qu'au plan. Pas d'improvisation. Jamais.

Règle 4 : Les emmerdes sont gérées par Sarko. C'est Sarko qui dit ; c'est Sarko qui fait, c'est Sarko qui fait faire. Sarko, c'est comme Dieu dans la Genèse, en plus petit, et en plus méchant. IMPITOYABLE.

Règle 5 (sacro-sainte) : On ne tue pas de flics. Même pas en rêve. Ce n'est pas une faute morale ; c'est une erreur professionnelle. Un arrêt de mort. Les flics n'oublient pas. Ils ne lâchent rien.

Putain de Chirac, presque un frère. Quinze ans qu'ils se connaissent. Quinze ans qu'ils font les quatre cents coups ensemble. Une amitié virile, à la dure, faite de silence, d'acceptation et de complicité. OK, ça ne rigole pas tous les jours, mais y a du respect et de la réussite, presque insolente. Les chiffres ne trompent pas. Sept braquages en un an à leur actif. Casinos, banques, bijouteries. Tout sourit au gang des présidents braqueurs. Les messieurs propres du cambriolage. C'est la presse qui le dit. Et aujourd'hui, pour le dernier casse, ce conneau d'escogriffe mitraille à sec la poulaille. Merde, qu'est-ce qui est passé dans la tête de Chirac ?

Retour sur terre. Un flic est touché. Un geyser de sang noir sort de sa gorge. Il tourne comme un derviche à la con. Son doigt presse accidentellement la détente de son arme de service. Il arrose à son tour la salle dans une nouvelle figure inventée pour l'occasion : le tourniquet de la mort, avant de s'effondrer sur le dos dans des bruits de déglutition affreux. Allongé, pris de convulsion, il imite à la perfection le volcan en éruption. De la lave en fusion à l'odeur âcre coule sur le sol de Babylone.

Le flic qui se meurt s'appelle Norbert. Un prénom à la con, mais il ne mérite pas de mourir pour ça. Il a deux gamins. C'est un bon père à défaut d'être un bon mari. Sa femme collectionne les cornes. Ulysse, son collègue, se jette sur lui. Plus qu'un partenaire, c'est un ami. Ulysse fait pas de vagues. Il est efficace. Un animal froid qui percute vite. Très vite. C'est un bon flic. À part ça, il passe ses soirées à tailler des bonsaïs et à mater le cul de sa voisine. Ulysse constate les dégâts : son meilleur pote est en train de mourir sous ses yeux. Il appelle les secours. Norbert peut toujours se féliciter d'avoir fait mouche. Une série de tirs en déséquilibre et une balle vient se loger dans la cuisse de Hollande. Il a pas de chance, Hollande. Une pluie de mitraille, c'est pour sa pomme. Bon travail, Norbert. T'es un héros, mais un héros à l'article de la mort.

Hollande est à terre. Il se tient la cuisse.

L'hôtesse est à deux doigts de tourner de l'œil. Elle crie. Ça l'aide à ne pas perdre pied complètement. Chirac s'affole à son tour. Toute cette merde, c'est de sa faute. Putains d'amphétamines, ça l'a rendu trop nerveux. Il a changé de fournisseur ce coup-ci. Rico qu'il s'appelle, un nouveau venu. Un gars avec une tête de mafioso façon old school et des paluches d'ours Kodiak. Il refourgue sa dope à un prix défiant toute concurrence. Un prix de lancement comme il dit, pour un produit appelé à inonder le marché. Du captagon amélioré. L'avenir des amphétamines. Avec ça, plus de fatigue, plus d'appréhension, plus de stress. Que de l'adrénaline. Tu parles. De la merde en barre, surdosée en couilles de taureau. Ça vrille la tête et ça rend teubé. Chirac : tueur de flics. Il se préférait en serreur pour dames.

Sarko est le premier à réagir. Il a les nerfs à fleur de peau, mais il reste lucide. Il s'empare de l'hôtesse qui couine derrière Hollande.

— Ferme-la, sinon je t'explose la tête.

Le canon d'un fusil mitrailleur sous le menton, ça fait toute la différence. Elle obtempère. Elle a du mal à déglutir. Elle est à deux doigts de gerber. Elle a un nouveau statut ; pire que le précédent : bouclier humain.

Chirac réagit enfin. Il aide Hollande à se relever. Il douille. Il sent la morsure de la balle dans sa chair. Il se demande pourquoi les emmerdes, c'est toujours pour lui. Il a envie de hurler de rage, de douleur, mais il ne le fait pas. Il compose avec une conjoncture défavorable. Il veut se montrer à la hauteur des enjeux et faire bonne figure. Surtout devant Sarkozy. L'EX-TRÊME président. Sarkozy le dur. Hollande le mou. Il a trop souvent souffert de la comparaison. Hollande n'est pas la carpette de Sarkozy. Il n'est la carpette de personne. Il veut être à la hauteur. Aussi, il serre son sac rempli de billets et s'accroche à Chirac comme un sale morbaque.

La petite troupe progresse lentement dans la salle des machines à sous ; Sahora devant, Sarko en grand manitou, Chirac et Hollande qui ferment la marche, les bras chargés de sacs. Direction le hall d'entrée.

Sarko ne sait pas encore ce qui a merdé, mais il se promet une enquête minutieuse des faits. Pour l'heure, il garde la tête froide. La recherche des responsabilités attendra encore un peu. D'abord, il faut sortir de ce merdier. L'exercice n'a rien de trivial. Il faut éviter de marcher sur les clients, maintenir un contact visuel avec les flics et deux agents de sécurité qui viennent d'arriver, et garder une pression dissuasive sur l'hôtesse pour s'assurer qu'elle n'entreprenne rien. L'annihiler. Sahora a fermé les yeux. Elle se laisse guider. Elle focalise son attention sur les battements de son cœur. Il cogne si fort dans sa cage thoracique.

Les braqueurs arrivent au niveau des flics et des vigiles. Passage obligatoire vers la sortie. Sarkozy craint cette étape. Tout peut basculer. Les agents de sécurité mettent les mains sur la tête et baissent les yeux (ils sont sages) tandis que Norbert se meurt dans les bras d'Ulysse qui, lui, rentrera à la maison. Personne ne l'attend, mais c'est toujours mieux qu'être mort. Sarkozy croise le regard d'Ulysse. De l'acier trempé prêt à découper les rêves. Le président en chef le sait : ils vont être chassés sans répit. Ça va être la guerre totale. Les tueurs de flics : du gibier de potence.

Sarkozy accélère la cadence dans le hall d'entrée. La tension est extrême. Il se sent presque défaillir. Une nouveauté pour lui.

Dehors, vite !

Il veut disparaître comme une ombre dans la nuit et ne laisser aucune trace.

3

Comme prévu, le crossover est garé à l'entrée de Babylone avec le moteur qui tourne et les portières grandes ouvertes. Le chauffeur a fait le job. Rien à redire. Pourtant, Sarko reste méfiant. Ce soir, rien ne se passe comme prévu et il ne peut s'empêcher de faire le lien avec cette pièce rapportée. Pas de hasard. Il y a une grosse couille dans le potage et le dernier arrivé a toujours tort.

Sur le perron, une chaleur moite colle à la peau. Sahora ouvre les yeux. Elle le regrette aussitôt. Devant elle, le parking est en ébullition. Un ballet étrange de voitures devenues complètement folles se mêle aux mouvements erratiques des clients du casino paniqués. Elle peut ressentir l'adrénaline et les particules de peur en suspension. Elle n'a pas froid et pourtant elle a la chair de poule. C'est la mort qui plane autour d'elle. Au loin, des sirènes hurlantes déchirent la nuit. La poulaille se rapproche. Elle soigne toujours ses entrées. À grand renfort de bruits et d'hormones.

À cinq mètres du crossover, une Mercedes Classe S tente une manœuvre désespérée en voulant éviter un piéton. Elle se mange un réverbère en plein milieu du parking. Les airbags se déclenchent. Du pop-corn dans une casserole de luxe. Une grande brune aux cheveux ondulés sort du véhicule. Chirac la reconnaît tout de suite. C'est la nana aux jambes parfaites qui était entrée dans Babylone à leur arrivée. Elle a perdu de sa superbe. Elle a les traits fatigués, le regard perdu. Elle se met à courir. Un réflexe, plus que le fruit d'une intense réflexion. Elle perd un escarpin. Elle continue en clopinant sans attendre l'homme qui l'accompagnait et qui est resté coincé dans la merko. Il se débat avec l'airbag qui s'est dégonflé. Au prix d'un bel effort de contorsion, il parvient à s'extirper de l'habitacle. Debout, il pose la main sur la portière. Il cherche à reprendre son souffle. Il halète. Son visage rougi se crispe. Une douleur aiguë au sternum le lance, puis c'est au tour du bras. Il fait une attaque.

Les présidents n'en ont rien à foutre. Ils s'entassent dans le crossover ; l'hôtesse coincée entre le chauffeur et Sarkozy ; et les deux autres braqueurs bien calés sur la banquette arrière. Hollande étend sa jambe blessée. Il geint. Pas trop fort. C'est un mou qui joue au dur.

La voiture démarre en trombe en faisant crisser les pneus. Elle sort du parking sans encombre, mais ça se complique rapidement. La fugueuse zigzague en plein milieu de la route. Elle hurle comme une possédée. Le chauffeur klaxonne une première fois, puis fait des appels de phares. Rien n'y fait. La femme continue sa course folle. Le chauffeur ne se démonte pas. Deuxième coup de semonce. Elle s'arrête ; puis se retourne lentement. Son visage est pris dans les phares. Il est déformé par l'effroi. Du Rimmel coule sur sa peau ripolinée à l'excès. Elle pleure et marmonne des choses incompréhensibles. Elle s'approche de la voiture et frappe à la vitre teintée du chauffeur. Un sein flasque s'échappe de sa robe Gucci.

— Aidez-moi. Je vous en prie. Aidez-moi...

Elle geint. Elle implore. Elle gesticule. C'est triste. C'est pathétique. C'est grotesque. Elle s'attaque maintenant à la poignée de la portière qu'elle essaye d'ouvrir. Elle devient folle. Elle explose :

— Salaud, ouvrez cette putain de portière !

Elle tape sur la vitre avec le plat de la main et balance des coups de pied dans la portière. Elle vomit des noms d'oiseaux qui font bander Chirac.

Sarko n'est pas ému. Sarko n'est guère touché par la détresse de cette femme. Il fait signe au chauffeur d'appuyer sur le champignon. La fuite en avant est brutale. La femme ne lâche pas la poignée ; elle glisse sur ses talons avant de s'écraser comme une merde sur le bitume. Le choc est violent. Ses cris sont couverts par l'accélération formidable de la voiture.

Le chauffeur regarde dans son rétro. Il la voit bouger. Elle porte ses mains sur son visage en sang. Elle chiale sur le bord de la route. Elle survivra. Pas comme son gars qui bouffe à pleines dents le bitume du parking.

Un nouveau chapelet d'emmerdes à l'horizon. Version king size. Deux bagnoles de flics sont lancées à pleine vitesse. Rencontre imminente. 5. 4. 3. 2… Un grand coup de volant. Un dérapage tout en contrôle. La première voiture de keufs se met en travers de la chaussée pour faire barrage. Le chauffeur des braqueurs a vu le coup venir de loin. Il s'est décalé vers la droite et fait mordre son véhicule sur le trottoir. La voiture tangue dangereusement. Ça passe. Du bon travail. Pas le temps de se reposer sur ses lauriers. Le deuxième véhicule, une Mondeo boostée à la puce électronique trafiquée, a déjà fait demi-tour et gagne du terrain. Ça va être coton de la semer à la régulière.

Sarkozy regarde Chirac. Il pige aussitôt. Il ouvre la vitre arrière, passe le bras et mitraille sec en visant les pneus et le moteur. Pas simple, l'affaire. La position est inconfortable. Il doit ajuster en déséquilibre, gérer le recul de son fusil mitrailleur et composer avec les aspérités de la route. Il manque de lâcher son flingue, sur un nid-de-poule. Une belle suée. Il revient s'asseoir sur la banquette arrière, la tête basse. Échec sur toute la ligne. Les flics ont pilé sec avant même qu'il ne tire. Maintenant ils remettent la pression. À distance raisonnable. Les enfoirés, ils savent jouer avec les nerfs. C'est calculé. Il y a un otage dans la voiture. Les flics le savent. Ils n'attaqueront pas. Ils sont là. Ils ont tout leur temps. Ils attendent la faute. Les renforts vont arriver et bientôt tout le secteur sera bouclé.

— T'attends quoi pour y retourner ? fait Sarko d'une voix implacable. Bouge-toi le cul et démerde-toi pour les envoyer dans le décor.

Ça pique Chirac au vif. Abandonner ? Plutôt crever. Chirac y retourne. C'est juste que l'amphétamine passe mal. Il a une montée de suées et il tremble. Il regarde Hollande qui se tient la jambe. Putain, quel gâchis ! Il a honte. Hollande, c'est son pote. Son super pote. Son ami d'enfance. Il regarde par le haillon. La Mondeo est de nouveau à portée de tir. Il la laisse venir. Il se concentre. Il ferme les yeux. Il prend une grande respiration et passe la tête puis les épaules par la vitre. Il sent le vent chaud sur son visage et l'odeur du bitume. Une fraction de seconde. Focus sur les pneus. Il vise. Presse la détente. La décharge est spectaculaire. Plusieurs balles ripent sur le bitume. Des étincelles. Un des projectiles touche la gomme. Il balance une nouvelle salve en direction du moteur. La Mondeo part en carafe et heurte le trottoir. Le capot moteur s'ouvre et laisse échapper une fumée blanche. Le radiateur est out. La voiture aussi. Bonne nouvelle, elle bloque le passage de l'autre véhicule de flics. BRAVO Chirac. Coup double. Pourtant, dans la voiture des présidents braqueurs, il n'y a aucune effusion de joie. Chirac reprend sa place en silence comme si de rien n'était. Il prend la main de Hollande. Elle est froide. Comme la mort.

Le chauffeur met la gomme. 150 au compteur. Il compte déjà dans sa tête les liasses de billets qui lui reviennent de droit. Sarkozy ne pense qu'à sortir au plus vite de la ville et de cette chaleur étouffante. Et dérouler la suite du PLAN. Son maître PLAN.

4

Sarkozy tombe le masque. Fini le super président. Il est de nouveau Bastien. Il est revenu à sa condition de simple quidam. Enfin presque, il est quand même pas n'importe qui. Il est le chef du gang de braqueurs le plus recherché de France. En sueur, il n'arrive pas à desserrer les mâchoires. Il est tendu à l'extrême. Il regarde la route défiler à grande vitesse. Il fixe les grandes lignes blanches. Ça le calme un peu, avant qu'une nouvelle bouffée le consume à nouveau. L'ennemi de l'intérieur. Le sien. TANTRUM — c'est comme cela qu'il l'appelle — le dévore.

Bastien veut des réponses. Pourquoi il y avait deux flics dans le casino ? Et pourquoi ce grand con de Chirac a allumé les condés ?

Bastien a besoin d'air. Il ouvre la fenêtre. Le vent s'engouffre et vient fouetter son visage. Sa peau respire. Il est content de ne plus porter ce stupide masque.

Sahora ne tourne pas la tête. Elle se concentre sur le bitume. Rien que le bitume. Elle ne veut pas croiser le visage de ses kidnappeurs. Elle ferme les yeux. Trop tard, elle a vu en reflet dans le pare-brise un visage taillé à la serpe avec deux billes noires hallucinées. Impossible à oublier. Une expression étrange entre froide détermination et folie furieuse ; Bastien au naturel, dans toute sa splendeur.

Chirac enlève à son tour son masque. Il est Tristan, dans le civil. Il a le visage décomposé. Par sa faute, le braquage a viré au cauchemar. Il s'occupe maintenant du masque de Hollande. Il appréhende de voir le visage de son ami. Willy fait le maximum pour ne pas montrer qu'il a mal. Il tente un sourire. En fait, il grimace. Il douille salement.

— Il est mal, fait Tristan. Il faut trouver un médecin.

— Sa jambe pisse le sang ? fait Bastien.

Tristan regarde. Un trou dans le pantalon. Un filet de liquide sombre s'échappe.

— Ça s'écoule lentement, mais la chair est à vif.

— L'artère n'a pas été touchée. Il survivra. On suit le plan et après j'aviserai.

— Mais...

— Je sais ce que je fais. Il attendra. Il est costaud. Hein, t'es costaud ?

Willy hoche la tête. Il ne veut pas décevoir son frère.

Tristan a choisi de se grimer en Chirac pour une évidente ressemblance avec ce grand escogriffe de président. Il n'a jamais rien pigé à l'homme politique — il ne sait même pas s'il est de droite ou de gauche —, mais c'est de notoriété publique qu'il est amateur de bières et de femmes. Ça lui suffit pour le rendre sympathique à ses yeux. Hollande, ça ne collait pas. Il n'a jamais rien compris à ce ravi de la crèche empâté qui parle à ses ouailles comme à des simplets. Quant à Sarkozy, il lui fait froid dans le dos. Il le trouve calculateur et dénué d'empathie. Sarko, c'est le mâle alpha. L'ultradominant à l'ego proportionnellement inverse à sa taille. L'ego est sa talonnette d'Achille. Un peu comme Bastien. D'ailleurs, il n'a jamais compris pourquoi Bastien était si dur avec lui et Willy. Une mise au pas perpétuelle. Willy a une balle dans la viande. Willy déguste sur la banquette arrière et il faut s'en tenir au PLAN. Il n'a que ce mot à la bouche. Le PLAN. Ça le dépasse complètement. Il a envie de lui gueuler dessus : *Le gars qui a la jambe en charpie, c'est ton putain de frère, alors oublie un peu ton plan quelques minutes.*

Tristan ferme sa gueule, parce que ce soir, impossible pour lui de la ramener. Il a merdé dans les grandes largeurs. Ses nerfs ont lâché. La dope. De la mauvaise dope. De la merde qui rend débile. Bastien ne doit jamais rien savoir sur la came. Il doit s'en débarrasser au plus vite. Il a bafoué la règle numéro 2. C'est mal. C'est très mal. Bastien ne comprendra pas ; Bastien ne pardonnera pas.

La bagnole file à toute vitesse dans la nuit. Elle emprunte maintenant une route secondaire ; une enfilade de ronds-points avec de maigres tronçons de ligne droite. Le véhicule tourne et débouche sur le parking d'un supermarché. Il se gare à côté d'une C5 gris métallisé, genre passe-partout à la française ; le seul autre véhicule en stationnement.

— Prends notre blessé, fait Bastien à l'adresse de Tristan. Tu l'installes sur la banquette arrière de la C5. Toi, tu te colles au volant et tu m'attends.

— Et on fait quoi d'elle ?

Sahora sursaute. Elle aimerait qu'on l'oublie.

— Je m'en occupe.

Tristan fait la moue, mais ne discute pas les ordres. Bastien doit savoir ce qu'il fait. Il aimerait juste être dans la confidence. Juste pour éviter les questions connes et les tensions qui en résultent. Willy a du mal à se déplacer, mais il s'accroche. Quand les deux hommes sont installés dans l'autre voiture, Bastien indique au chauffeur une nouvelle place de parking. L'homme démarre le véhicule, et va se garer à l'endroit indiqué. Il attend les nouvelles instructions qui ne tardent pas à venir.

— Donne-moi les clés.

Le chauffeur s'exécute sans broncher. Bastien montre du doigt un platane rabougri à la sortie du parking.

— Attends-moi là-bas.

L'homme sort du véhicule et marche vers l'arbre sans se presser. Sa démarche est cool. Bastien n'aime pas son indolence. Sahora a chaud. Elle est maintenant seule avec le braqueur ; le chef de la bande. Elle ne veut pas mourir. Pas ici. Ni ailleurs. Pas maintenant. Jamais. Bastien la regarde dans les yeux. Il a le regard perçant. Ses yeux ne clignent pas. C'est étrange et intenable à la fois. Elle se dérobe. Il y a une fin à toutes choses ; elle est mortelle ; elle le sait maintenant.

— Reste assise bien sagement ici, fait Bastien. Pas d'histoire, sinon je te fais sauter le caisson.

Sahora branle de la tête. Elle est partagée entre un sentiment de soulagement — elle ne va pas mourir tout de suite — et la crainte que ce ne soit que partie remise.

Bastien sort du véhicule, actionne la condamnation centrale des portes et rejoint le chauffeur qui vient d'allumer une clope.

Prisonnière, Sahora voit les deux hommes à travers le pare-brise du crossover. C'est comme un écran de télé avec une dalle HD. Ils sont à une bonne vingtaine de mètres. Bastien fait une tête de moins que le chauffeur. Il est petit et sec, et pourtant, c'est lui qui fait flipper. Le chauffeur se tient tranquillement près de l'arbre. Rien ne semble pouvoir le déstabiliser. Même pas un taré de braqueur psychopathe.

Bastien ne tourne pas autour du pot.

— Tu peux m'expliquer pourquoi il y avait deux flics dans le casino ?

Le chauffeur hausse les épaules. Il n'en sait foutre rien. Il crache la fumée en regardant le ciel noir. L'absence de réponse ne satisfait pas Bastien. Il s'approche du visage du chauffeur et reprend d'une voix menaçante :

— Tu ne trouves pas ça bizarre que la seule fois où on fait appel à toi, on a des emmerdes à la pelle ? Alors je me dis que soit tu es de mèche avec la poulaille, soit t'as bavé devant tes potes pour te faire mousser. Et tes potes, ce sont des bavards ou des baveurs, comme toi. De fil en aiguille, les flics sont mis dans la partie et on se retrouve dans une merde noire.

Le chauffeur jette son mégot sur le parking. Il reste calme devant les graves accusations de Bastien.

— Tu m'as bien vu ? J'ai la gueule d'une pipelette ? J'ai l'air d'un indic ? Moi, je crois que t'es parano. J'ai fait le job. Si ça s'est mal passé, c'est peut-être que t'as mal préparé ton coup.

Le chauffeur parle avec calme. Il dit les choses sans ambages. Bastien tique. Il n'aime pas ce qu'il vient d'insinuer. *T'as peut-être mal préparé ton coup.* C'est comme une claque, une offense, un manque de respect et le respect, c'est la base pour lui. Il ne transige pas sur ça. Il a bossé dur. Le braquage aurait dû être parfait comme tous les autres. Un bon mois de préparation, et ce connard qu'il ne connaît ni d'Ève ni d'Adam lui dit avec son air d'en avoir rien à foutre qu'il n'a pas assuré. *Petit enfoiré de merde.* Ce chauffeur lui retourne les nerfs. Bastien commence à dévisser. Bastien sent la haine monter. Bastien voit rouge. TANTRUM. Bastien devient incontrôlable. TANTRUM. Bastien tourne autour du chauffeur, comme un lion en cage. TANTRUM.

— Tu penses que je suis un putain d'amateur, c'est ça ?

— Je dis que j'ai fait le job, que je vous ai sauvé la mise. C'est pas le cas de tout le monde.

Les yeux de Bastien roulent ; il vient de se faire rabrouer par ce petit bleu-bite de chauffeur. Il sort le flingue qu'il a dans la poche de sa veste, et tire sur la tempe de son interlocuteur. Sans sommation. La déflagration est terrible. Le chauffeur s'écroule au pied de l'arbre ; les racines à même le groin.

Sahora était aux premières loges ; elle a tout vu. Un programme de téléréalité. Ultraviolent. Elle a d'abord sursauté. Puis elle a voulu crier, mais rien n'est sorti de sa bouche. Elle est la prochaine sur la liste. Ça ne fait pas un pli.

Tristan sort de la C5. Il rejoint Bastien au pas de course. Il regarde le cadavre. Un bout de cervelle glisse sur le tronc du platane.

— Bordel, qu'est-ce que t'as foutu ?

Bastien est encore dans les tours. Ses yeux sont prêts à sortir des orbites. Il ne répond pas. Il regarde le cadavre.

— Pourquoi t'as fait ça ?

— Il nous a vendus, ce petit enculé. C'est à cause de lui qu'il y avait les flics. Il m'a tout avoué.

Bastien se demande si son visage change quand il ment. En tout cas, Tristan reste dubitatif.

— T'es malade. Plus personne ne voudra travailler avec nous maintenant.

— On s'en fout, c'était notre dernier braquage. Et pour rappel, qui nous a foutus dans cette merde en flinguant un flic ?

Le regard de Bastien est intense. Tristan baisse les yeux.

— On va porter ce fils de pute jusqu'au crossover.

C'est Tristan qui se coltine la ratatouille de cervelle. Il manque de vomir plusieurs fois. C'est toujours pour lui les saloperies. Depuis la voiture, Sahora ne manque rien de la scène. Elle s'en veut. Elle aurait pu tenter quelque chose. FUIR. Le problème, c'est qu'elle est paralysée par la peur.

Le cadavre du chauffeur est balancé sur la banquette arrière. Sahora ne se retourne pas. Elle regarde ses genoux. Bastien se dirige vers le coffre tandis que Tristan retourne à la C5, les bras chargés de sacs de billets et de l'artillerie qui a servi au braquage. Bastien sort un jerrican d'essence. Il arrose la carrosserie de la voiture et en déverse sur la banquette arrière, sur le corps encore chaud du chauffeur. L'odeur est insupportable. Les yeux de Sahora commencent à piquer. Elle se voit brûler vive.

Bastien se positionne devant le véhicule. Il se tient bien droit. Son regard est dur. Dans sa main, le jerrican d'essence à moitié vide. Il recule lentement en laissant devant lui un filet de carburant. Il s'arrête et joue avec le capot de son Zippo qu'il ouvre et ferme tout en regardant la voiture. Sahora secoue la tête. Elle ne veut pas y croire. Elle est en pleurs. Contre toute attente, Bastien fait signe à l'hôtesse de sortir du véhicule. Il l'invite à le rejoindre. Elle est toute surprise, mais elle ne se fait pas prier. À peine sortie, elle respire à pleins poumons. Ses narines s'emplissent d'air frais. Elle revit. Ses vêtements empestent l'essence, mais elle est vivante. Vivante. Elle avance vers Bastien en baissant la tête et en traînant les pieds. Son corps pèse une tonne. Dès qu'elle arrive à son niveau, Bastien fait rouler la pierre de son Zippo. Une flamme vacille. Il l'approche du sol et enflamme le bitume.

Quelques minutes plus tard, les trois braqueurs accompagnés de l'hôtesse quittent le parking du supermarché. Ils laissent derrière eux un crossover en feu et un cadavre en proie aux flammes.

5

Le plan :

D'abord, disparaître. Ne pas laisser de traces. Se faire oublier. Se mettre au vert quelque temps dans un trou perdu, un lieu déserté et abandonné même par les paysans. L'Ardèche est le terrain idéal pour se faire oublier, attendre que ça se tasse et écouler la marchandise du casse de la bijouterie Hartmann. Puis ce sera le grand départ. Destination : une île au milieu de nulle part. La mer entre Bali et Lombok. De la flotte tout autour et d'autres îles. Adieu les braquages. Adieu la France et ses habitants gâtés, riches et maussades. Adieu les flics. Mais avec la mort d'un flic, la donne change complètement. C'est l'artillerie lourde que les présidents ont au cul. Le plan doit changer. Il faut mettre les voiles au plus vite avant que les flics remontent jusqu'à eux. Deux problèmes : Willy et sa putain de guibole esquintée, et Tristan suspicieux. Bastien déteste ce sentiment, mais il doit l'avouer, la situation lui échappe peu à peu.

La C5 traverse la nuit. Tristan connaît la route. Il l'a repérée plusieurs fois. Elle n'en finit pas de tourner, de virer, de monter. Elle est de plus en plus piégeuse à mesure qu'elle s'enfonce dans la montagne ardéchoise. Des nids-de-poule. Des virages en tête d'épingle. Des racines s'invitent sur la chaussée. La voiture cahote. Tristan reste vigilant.

Willy gémit. Il ressent la moindre aspérité de la route dans son corps. Sahora n'est pas triste pour lui. Elle aimerait qu'il crève, là, sur-le-champ. Elle aimerait qu'ils crèvent tous. Elle a les yeux fermés, mais elle ne dort pas. Impossible. Elle voudrait disparaître dans un claquement de doigts. Elle échafaude dans sa tête un plan pour s'enfuir. Elle pourrait donner un grand coup d'épaule dans la portière. Elle se laisserait glisser à l'extérieur du véhicule. Elle se ferait mal en cognant sur l'asphalte. Elle roulerait jusqu'au fossé. Elle se relèverait, et ferait la course de sa vie. Personne ne la rattraperait parce que c'est une gazelle. Une super gazelle ; mais une gazelle qui est morte de trouille.

Bastien se tient à côté de son frère. Il lui donne la main. Sans un mot. Il a regardé sa jambe. La blessure est vilaine. Un sillon de chair brûlée sur la cuisse. Là où ils vont, il y a de quoi le désinfecter et le panser. Bastien a prévu des compresses, du désinfectant, des antibiotiques, de l'eau et de quoi becqueter pour quelques semaines. Si la balle est encore logée dans sa cuisse, il faudra le faire opérer. Et là, il n'y a plus de plan.

Willy gémit une nouvelle fois. La voiture se met à bouger sévèrement. Elle emprunte un chemin de terre à peine carrossable.

Sahora ouvre les yeux. Le jour se lève. Devant elle, des prairies immenses, des forêts de chênes et de châtaigniers, le tout baignant dans une lumière douce, presque dorée. Un vol d'étourneaux se perd dans le ciel aux teintes bleu-orangé. Le spectacle serait presque beau si elle n'était pas otage de braqueurs maniaques de la gâchette.

La voiture prend un dernier virage. Sahora a le visage collé à la vitre. En contrebas, elle remarque un petit corps de ferme avec de grandes dépendances. Elle croit rêver. Un homme et un chien la regardent. L'homme a l'air éteint. Elle veut frapper à la vitre, crier : *Au secours. Je suis kidnappée par des braqueurs psychopathes. Aidez-moi.* Une fois de plus, elle ne fait rien. Le chien pointe la truffe, puis semble s'en foutre royalement. Le visage de l'homme reste impassible. Le sien s'assombrit. Elle n'a plus d'énergie. La nuit a tout mangé. Elle est triste. Personne d'autre qu'elle ne remarque la présence de cet homme et du chien. Elle les a peut-être tout simplement rêvés.

La voiture entame une dernière montée en longeant un champ d'herbes rases brûlées par la canicule des derniers jours. En surplomb, une barre de calcaire gris mité de vert domine la vallée. La C5 s'arrête devant une bâtisse qui semble être à l'abandon. De larges fissures lézardent une façade défraîchie envahie par du lierre. Une vieille herse rouillée, une remorque sans roue et un tracteur sur cale attendent la fin des temps à l'intérieur d'une grange au toit éventré. Autour, la broussaille a envahi les lieux. La maison vit repliée sur elle-même, subissant les assauts d'une végétation dense et dévorante. Ici, ce n'est plus le royaume des hommes ; ici c'est la désolation ; presque la fin du monde. Dans le coin, on l'appelle la ferme du vieux Franck.

Bastien se met tout de suite en mouvement. Il aide son frère à sortir du véhicule. Ils s'engouffrent dans la ferme. Quelques minutes plus tard, Bastien ressort ; il est seul. Derrière lui, une lumière blafarde éclaire l'intérieur de la ferme. Un bruit de moteur. Une odeur d'essence. Un groupe électrogène ronronne. Bastien fait un deuxième aller-retour pour les armes et les sacs remplis de caillasse.

Tristan surveille l'hôtesse. Il ne comprend toujours pas pourquoi elle est encore là, avec eux. Les voies de Bastien sont parfois impénétrables. Il bute le chauffeur qui faisait partie de l'équipe et il laisse en vie un otage dont tout le monde se fout complètement. Il aurait été plus simple de se débarrasser d'elle sur le parking de Babylone ou du supermarché. Tristan mate un instant les guiboles de l'hôtesse. Elles sont spectaculaires. Il révise légèrement son jugement. Sa présence est supportable.

Bastien est de retour dans l'embrasure de la porte. Il fait signe à Tristan et à l'hôtesse de sortir du véhicule. Sahora rejoint Bastien d'un pas hésitant. Elle sent derrière elle la pression du corps de Tristan. Il s'est collé à elle. Elle n'aime pas ça. Lui, ça l'amuse et il se marre.

Quand ils pénètrent dans la ferme, il y a une forte odeur de renfermé. Rien d'étonnant : la moisissure a colonisé toutes les cloisons de la pièce principale. Le sol, un simple glacis, craquelle de toute part. L'ameublement est sommaire : un grand buffet, une table en bois, des chaises dépareillées et un fauteuil éventré. Du fonctionnel pour trois gars en cavale.

Willy n'est pas dans la pièce, pourtant ses gémissements se font entendre. Bastien l'a installé dans une chambre, au fond d'un couloir ; celle du vieux Franck, la seule à disposer d'un vrai lit avec un sommier.

Tristan demande comment va Willy. Bastien ne répond pas. Il fouille dans le buffet du salon. Où a-t-il pu bien ranger ces foutues compresses stériles, la bouteille d'eau oxygénée et les boîtes de médicaments ? Ça y est, il les trouve. Il les avait planquées dans un des tiroirs. Il est soulagé à défaut d'être satisfait. Il n'a pas pensé à acheter un kit de suture. Son boulot, c'est de tout prévoir. Il a failli. Il se dirige vers la cuisine. Une porte posée sur deux tréteaux fait office de démarcation avec le salon et sert de plan de travail. Une cuisine à l'américaine, tout ce qu'il y a de plus moderne. Des boîtes de conserve, quelques assiettes, des couverts et un réchaud à gaz, de quoi faire de la dînette. Mais ce n'est pas ce qui intéresse Bastien. Il se rue sur le dernier placard en formica de la cuisine.

Tristan prend l'otage par le bras et la cale dans le fauteuil. Les fesses de Sahora tapent le bois de l'armature. Il n'y a plus assez de mousse pour amortir le choc.

— Tu ne bouges pas de là, fait-il en la pointant du doigt avec un air menaçant.

Puis il se rapproche de Bastien.

— La balle, elle est toujours dans sa jambe ?

— Non.

— C'est une bonne nouvelle ?

Bastien fait une drôle de tête.

— Va falloir le recoudre.

— Quoi ?

— La plaie sur le côté de la cuisse est large. Elle ne se refermera pas toute seule.

— Tu as déjà fait ça ?

— Jamais.

— Putain de merde, fait Tristan en passant sa main sur son visage.

— Le vieux Franck recousait ses bêtes. Je l'ai vu faire plusieurs fois. Le vétérinaire, il ne connaissait pas.

— On parle de ton frère, là. Il n'a pas besoin d'un apprenti vétérinaire, mais d'un vrai médecin.

Bastien a fini de prospecter dans la cuisine. Comme il s'y attendait, il a fait chou blanc. Il regarde froidement Tristan.

— Il a besoin de moi, et moi j'ai besoin d'une aiguille et d'un fil à suture pour le recoudre. Willy en verra d'autres. Il survivra. Alors, tu m'excuseras, j'ai à faire. Toi, tu surveilles notre...

Il jette un œil à l'otage qui semble mal à l'aise dans le fauteuil.

— Invitée.

Il écarte de la main Tristan et s'enfonce dans le couloir. Bastien fouille dans la salle de bains. Il en ressort quelques minutes plus tard. Il est satisfait. Il a trouvé un vieux kit de suture à usage unique avec un jeu d'aiguilles, du fil et une paire de ciseaux. Il rejoint Willy. Il y a quelque chose d'irréel à la situation ; il s'apprête à boudiner son frère. Il se souvient des gestes du vieux Franck. Enfant, le spectacle de la chair à vif percée par une aiguille le faisait tourner de l'œil. Le vieux Franck s'en amusait. *Les gamins de la ville z'ont rien dans le ventre*, qu'il disait. *À ton âge, je soignais déjà les bêtes et quand y avait plus rien à faire, je leur collais un grand coup de pelle.* Il mimait la scène en faisant de grands gestes avec un sourire édenté. Aujourd'hui, Bastien se sent confiant. Il peut le faire. Il n'a pas le choix. Il doit le faire.

Willy a repéré illico le kit de suture. Il fait non de la tête en se contractant dans le lit.

Bastien rassure son jeune frère. Sa voix est douce, presque chaude. Willy n'a pas l'habitude.

— Ça va aller.

Il lui passe la main sur le front.

— C'est si moche ? demande Willy en eau.

— Ça va aller, mais il va falloir que tu sois fort.

Willy déglutit. Il a beaucoup de qualités, mais le courage physique n'est pas inscrit dans son ADN.

— Pense au sable fin. Pense aux gens qui nous attendent là-bas et qui nous aiment.

Willy retrouve le sourire. Il ferme les yeux. Les plages de Gili Gede, leur futur terrain de jeux. Un petit bout de terre près de Lombok partagé par des pêcheurs indigènes et une poignée d'Occidentaux venus exploiter l'exotisme du lieu. Un nouveau Far West où tout est à faire. Bastien a investi une partie de l'argent des braquages dans la construction d'un hôtel-restaurant pour touristes mondialisés et friqués venant faire l'expérience de l'hyperinsularité. Une saveur roots dans un environnement cosy tenu par d'anciens bracos. Une superbe réinsertion sans passer par la case taule !

Lili, sa belle-sœur, supervise le chantier. C'est une belle Balinaise aux longs cheveux de jais. Elle est petite et menue, et derrière un grand sourire de façade, se cache une femme d'affaires au caractère bien trempé. Il faut bien ça pour vivre avec son frère. Bastien ne l'a pas vue depuis plusieurs mois. C'est tout aussi long pour Willy, parce qu'il en pince pour elle. C'est un secret. Enfin, pas tout à fait. Tristan est au courant que Lili fait tourner la tête à son ami. Elle est comme une maladie, une faiblesse. À croire qu'il ne sait pas faire autre chose que de marcher dans les pas de son frère.

Tristan a besoin d'un café. La nuit a été longue et difficile. Catastrophique serait plus juste. Il a flingué un flic qui à son tour a fourré au pruneau son meilleur pote. Il passe la main sur son visage. Il est fatigué. Et maintenant, il doit faire garde-chiourme pendant que Bastien rafistole son frère. Un subalterne : voilà sa place au sein des présidents braqueurs. Il a besoin de caféine. Un instant, il est tenté par la dope qu'il a dans sa poche. Putain de merde, c'est elle qui a foutu tout ce bordel. Qu'est-ce qu'il a dans la caboche ? Il va à l'évier pour mettre de l'eau dans la cafetière italienne. Il est d'abord refroidi par la mare saumâtre qui s'est constituée à cause d'un bouchon dans le siphon et par l'odeur nauséabonde qui s'en dégage, puis, il tourne finalement le robinet. L'appel de la caféine est trop fort. Il revient à la table de fortune et met la cafetière sur le feu. L'hôtesse n'a pas bougé. Elle est toujours calée dans le fauteuil ; les jambes repliées, les pieds nus. Pour Tristan, c'est une petite chose inutile, inoffensive, mais tout à fait ADORABLE. Il la baiserait bien.

Tout d'un coup, un hurlement. Horrible. Willy.

Bastien a commencé l'opération points de suture. Tristan se retourne et Sahora saisit sa chance. Elle se rue sur la table, la renverse sur son gardien qui tombe à la renverse. Il rugit. La cafetière lui brûle le torse et un liquide noir bouillant coule le long de son corps.

Sahora est déjà loin quand il a repris ses esprits. Elle a bondi dehors. Elle regarde la voiture. Il n'y a pas les clés dessus. Elle se met à courir en direction de la maison en contrebas ; là où elle a vu en arrivant un homme et son chien. Elle trouve rapidement son rythme. Ses foulées sont amples, mais le chemin est plein de petites pierres qui viennent lui écorcher la chair de ses pieds nus. Elle ne se retourne pas. Comme dans un sprint final, elle regarde droit devant et accélère la cadence. Une nuée de corbeaux s'envole sur son passage. Ils font un bruit de tous les diables. Elle a maintenant en point de mire la maison. Elle va se sauver. Elle y croit. Ça vaut largement un podium au Championnat de France. Elle crie. Elle s'époumone ; elle devient rouge pivoine. Au loin, elle entend la C5 qui démarre. Saloperie. Sahora tente de rentrer dans la maison, mais la porte est fermée. Elle continue vers les dépendances. Une cour intérieure qui ressemble à une décharge avec des meubles brisés et des matelas éventrés. Elle ne sait pas ce qui s'est passé ici, mais à l'évidence, il n'y a plus l'homme et son chien. La voiture de ses ravisseurs approche. Bastien tient le volant. Il a un visage impassible tandis que Tristan grimace. Il est torse nu. Ses pectoraux sont marqués au fer rouge.

Sahora est acculée à la porte d'un petit box. Les deux hommes sortent du véhicule. Ils s'approchent d'elle. Elle se met à genoux et pleure.

— Ne me faites pas de mal ; ne me faites pas de mal. Je ferai tout ce que vous voulez.

Bastien la détaille, et lui colle une beigne magistrale. Elle tombe sur le côté. Il la prend par les cheveux et la traîne jusqu'à la voiture. Elle hurle sous les yeux de Tristan qui ne semble guère ému par son sort.

Retour case départ. Pas exactement. Fini le fauteuil élimé plein salon. Sahora a droit à un nouveau traitement de faveur. Elle est jetée sans ménagement dans la cave. C'est dur de garder l'équilibre quand on a les mains attachées, et c'est encore plus dur de ne pas sombrer quand il n'y a plus d'espoir.

6

Sahora n'a pas la force de se relever. Assise en tailleur, elle constate les dégâts. Sa fuite pieds nus sur un chemin couvert de cailloux coupants a laissé des traces profondes dans sa chair. Sa chute dans les escaliers n'a rien arrangé. Balancée sans ménagement, elle a dévalé les marches quatre par quatre. Déséquilibrée, elle a fini sa course en glissant de tout son long, tête la première. Chaque dalle bétonnée de la paillasse lui a labouré le ventre. Sous son tailleur, sa peau s'est parée de vilaines ecchymoses. Elle mettra des semaines pour s'en débarrasser. Du moins si elle survit jusque-là.

La cave est humide. Une odeur de renfermé lui colle aux narines. Le froid malmène ses articulations, ses ligaments. Sa blessure au tendon d'Achille se rappelle à son bon souvenir. La douleur n'est pas violente, rien à voir avec le coup de hache qu'elle a ressenti le jour de son accident sur une piste d'entraînement en Guadeloupe ; elle lancine à l'infini.

Le sol en terre battue, de l'ocre sans éclat, triste et sale, invite à détourner le regard. Sahora porte son attention sur une petite ouverture longue et étroite en haut du mur de la cave. La meurtrière donne un peu de lumière, mais ce n'est pas suffisant pour voir ce qui l'entoure. Des formes étranges, menaçantes se dressent devant elle. Elle perçoit de petits mouvements dans le capharnaüm d'objets, presque imperceptibles, mais bien là, tapis dans le noir. Son malaise s'accentue. Elle frissonne. Elle a peur. Elle n'est pas seule.

Bienvenue en enfer, Sahora.

Elle caresse de ses doigts la petite croix qu'elle porte au cou. Un cadeau de son père. La foi ; elle n'a jamais su trop quoi en faire. Elle croit. C'est pas si mal. Pas la franche adhésion, mais c'est toujours mieux que l'angoisse qui colle aux tripes. Et puis, il y a un certain réconfort à épouser une vision du monde avec son mode d'emploi.

La première chose qui l'a marquée quand elle est arrivée en métropole, c'est l'absence de ferveur dans les églises. Pas de chants, pas de musique et pas de repas partagé. La relation à Dieu est ici toute personnelle. C'est un sacré changement pour elle, car jusque-là, elle s'était réalisée dans la chaleur de la communauté. Sahora et le Seigneur : une relation aussi complexe qu'insatisfaisante. C'est comme si elle cherchait à tout prix l'orgasme sans jamais y parvenir vraiment. Elle a cherché. Elle a prié. Elle n'a jamais eu le moindre signe en retour. Rien quand sa mère combattait un cancer foudroyant. Rien quand elle s'est blessée. Alors pourquoi Dieu se manifesterait-Il dans cette cave sordide ? Puis il lui revient en tête une phrase de son père. Il ne faut pas prier Dieu pour ce que tu veux, mais Le remercier pour ce que tu as, et toi tu as été gâtée, tu as de la dynamite dans les jambes. C'est entendu. La foi ne va que dans un sens : du bas en haut. C'est la croix des fidèles.

À défaut de relation avec le divin, Sahora se fade une petite voix intérieure. Parfois elle l'alerte ; souvent elle la houspille, la rabroue. C'est mère la morale. Il n'y a pas de dialogue possible avec elle. Elle sermonne ; elle juge. Elle se délecte de ses problèmes. Elle est sournoise et la tire le plus souvent vers le bas. Sahora l'entend en ce moment même. *Je t'avais dit de ne pas prendre ce boulot. Ton père était contre et tu n'en avais pas vraiment besoin. Pourquoi n'en faire qu'à ta tête ? Tu aurais dû l'écouter.* Elle aimerait la faire taire.

La porte de la cave s'ouvre. Le cœur de Sahora s'emballe. Son sang se glace. Ses geôliers ont peut-être changé d'avis. Ils vont descendre et finir le boulot. Une balle dans la viande. Vite fait, bien fait. Plus de prisonnière à gérer. Plus de témoin bavard. Son cadavre pourrira dans ce trou humide et jamais personne ne le retrouvera.

Dans l'embrasure, une silhouette athlétique et noueuse : celle du chef des présidents braqueurs. Derrière lui, une lumière pâlotte et le ronron continu du générateur. Bastien tient un sac dans sa main ; il le jette dans l'escalier. Il s'écrase sur une des marches et glisse jusqu'au pied de Sahora. La porte se referme. Sahora souffle. Son exécution est remise à plus tard. Elle se penche. Un tapis de sol tenu par des sangles est posé sur le sac.

Elle se lève. Le contact des petites particules de terre sur ses pieds laminés lui provoque d'intenses douleurs. Elle gémit ; s'invective. Elle avance sur des charbons ardents en boitant en direction de l'étroit jour. Elle décroche les sangles et déroule le tapis sur le sol de la cave. Puis elle s'intéresse au contenu du sac. Elle trouve une grande étoffe colorée, une bouteille d'eau minérale et un paquet de gâteaux secs. Elle est presque surprise par cette marque d'attention, mais son visage se rembrunit aussitôt. Dix minutes plus tôt, elle se mangeait une terrible claque et elle se faisait traîner par les cheveux dans la cour poussiéreuse d'une baraque abandonnée. Elle passe sa main sur ses joues ; elle sent encore la marque des doigts de son agresseur. Pire que la douleur, l'empreinte de l'HUMILIATION. Ses mains se crispent. Des larmes coulent sur ses joues. Sa vision s'embrume. Ne pas sombrer. Se mettre en mouvement. Ne pas subir. Elle se met à prospecter les moindres recoins de la cave. Elle ne sait pas ce qu'elle cherche.

Des galets. Une montagne de galets de charbon occupe un gros tiers de la cave. De l'autre côté, un amas de meubles réduits à l'état de planches forme des structures étranges et grotesques. Devant, un empilement de vieilles chaises en bois menace de s'effondrer. Elle se saisit de la plus haute. Un carton posé sur l'assise en paille s'échappe, tombe et s'éventre par terre dans un bruit sourd.

De vieux livres de poche jonchent la terre battue. Une couverture défraîchie dépeignant une adolescente au visage sombre, assise au milieu des bois, retient son attention. La gamine semble résignée et prisonnière d'une nature hostile. Elle ramasse le vieux bouquin. *Nouvelle histoire de Mouchette*. Georges Bernanos ; elle n'en a jamais entendu parler. Elle feuillette les pages jaunies et les porte à son visage. Elle sent une odeur de moisi, mais il y a autre chose ; des senteurs herbacées et vanillées emplissent ses narines. Le subtil parfum de la dégradation chimique du papier mélangé à l'encre et la colle lui ouvre l'appétit. Elle n'a rien avalé depuis hier soir. Elle a faim. Elle n'est pas la seule.

Du bruit derrière elle. Elle se retourne. De petites formes grises et malingres grouillent sur son lit de fortune. Des souris affamées s'attaquent à l'emballage en carton du paquet de biscuits avec l'énergie du désespoir. Sahora exécute de larges mouvements saccadés avec ses bras. Elle tape des pieds, ce qui a pour premier effet d'intensifier ses douleurs plantaires. Un horrible son sort de sa bouche. Un mugissement rentré. Les souris paniquent et se réfugient en ordre dispersé dans les recoins sombres de la cave.

Sahora jette un coup d'œil au plafond. Une succession de petits crochets qui devaient servir à pendre de la viande sont vissés sur une large poutre en bois qui traverse la cave. Elle prend une chaise et monte dessus pour accrocher le sac. Sa maigre pitance est hors de portée de la colonie de rongeurs. Du moins l'espère-t-elle.

Sa tête affleure le plafond. Au-dessus d'elle, du mouvement. Elle tend l'oreille. Des pas secs et nerveux. Des coups de trique résonnent sur la dalle. Une voix tonne : dure, froide, déterminée. Bastien vient de prendre la parole.

— C'est quoi ton problème ? Tu laisses une gamine morte de trouille s'enfuir !

— On l'a rattrapée, non ? Alors, lâche-moi un peu.

— Je l'ai rattrapée. Je ne peux pas te laisser deux minutes sans que tu fasses une connerie. Quand je te dis de la surveiller, tu la surveilles.

— Oui chef, le serviteur de Monsieur sera à l'avenir le garde-chiourme irréprochable de Madame.

— Depuis quand une présence féminine te pose un problème ?

— Depuis que tu me l'imposes. J'en ai marre des ordres. J'en ai marre de me faire aboyer dessus.

— C'est toi peut-être qui organises les casses ? C'est toi qui gères les planques ? C'est toi qui assures les arrières de tout le monde ? Alors, excuse-moi d'être chiant sur des petits détails qui peuvent nous foutre en taule, comme la drogue que tu prends par exemple.

— Qu'est-ce que tu racontes ? Je suis pas un camé.

Tristan a chaud aux fesses. Il embraye sur l'otage pour changer de conversation.

— Et d'abord, pourquoi avoir amené la fille avec nous ?

— T'es vraiment con. La laisser derrière nous, c'était prendre le risque d'être trop vite identifiés. Elle connaît nos visages et elle doit avoir dans sa tête une foule de détails que les flics se feront un plaisir d'exploiter. En moins de deux, ils frapperont à notre porte. C'est ça que tu veux ? Tu as flingué un flic. Tu veux vraiment finir ta vie en taule ?

— Pas plus que toi. Je te rappelle que tu as buté notre chauffeur comme un vulgaire...

— … Petit enfoiré insolent qui nous a vendus.

— Désolé, mais j'y crois pas une seconde. Tout ça, c'est dans ta tête. Tu t'arranges comme tu veux avec la réalité, mais moi je dis que t'as pété un câble. Si les flics étaient là, c'était le hasard. Juste le hasard. Rien à voir avec ce pauvre gars que tu as refroidi pour rien.

— Le hasard, ça n'existe pas.

— Pas plus que de pouvoir tout contrôler ! Et désolé de te le dire, mais ça fait devenir taré et parano.

— Arrête ça…

— Faut bien que quelqu'un te le dise, t'es en train de vriller en dictateur psychopathe. Rectification. Tu l'as toujours été, c'est juste que ça empire avec l'âge.

— Arrête, sinon…

— Sinon quoi ? Tu vas me loger une balle dans la tête. C'est ta seule réponse à tous les problèmes ? Tant que tu es là, t'as qu'à buter ton frère. C'est un fardeau maintenant avec sa guibole esquintée.

Sahora imagine la scène dans sa tête. Dans le salon dévasté, Bastien, le corps tendu à l'extrême ; les yeux exorbités, les poings serrés. Face à lui, Tristan et son attitude bravache ; la rébellion du gars qui n'aime plus sa place ni avaler des couleuvres. Une nouvelle voix perturbe les duettistes à bout de nerfs. Elle est plus faible, presque inaudible. C'est Willy. Il vient de débarquer dans le salon. Sahora doit se concentrer pour l'entendre.

— Les gars, qu'est-ce qui vous prend ? On est vivants. On a de l'argent. On est à deux doigts de réaliser notre putain de projet.

— C'est pas mon projet, fait Tristan. Ça l'a jamais été. C'est celui de ton frère. Nous, on n'est que des pièces rapportées ; les larbins. Quand on sera là-bas, il continuera à nous traiter comme ses boys.

— On a tous accepté le projet, fait Willy. Même toi, Tristan. Maintenant s'il y a des choses qui te posent problème, on en discute, mais dans le calme et la tête froide.

Les paroles de Willy ne calment pas Tristan qui continue à tirer la tronche.

— T'as vraiment une mauvaise mine, reprend Willy. Tu devrais aller prendre l'air. Ça te ferait du bien.

Puis se tournant vers son frère :

— Bastien, ramène-moi dans le lit.

Sahora entend les deux hommes se diriger vers le couloir. La voix de Bastien tempête une dernière fois :

— Notre discussion n'est pas finie, Tristan. Je te conseille de bien réfléchir avant d'ouvrir ta grande gueule.

Quelques secondes plus tard, la porte d'entrée claque violemment. Sahora descend de sa chaise et la positionne devant le jour. Tristan se tient debout face à la montagne. Il fait de grands gestes et se parle à lui-même. Il semble se rejouer la dispute dans sa tête. Il se calme. Il prend la direction de la voiture. Il démarre et part en trombe.

Sahora passe sa main au travers du jour, puis son avant-bras. Les rayons du soleil lui caressent la peau. Elle se nourrit de cette douce chaleur apaisante. Un court instant, elle se sent revivre ; avant de se rappeler qu'elle est prisonnière d'un gang de braqueurs dangereux sur le point d'imploser.

7

— C'est un problème, fait Bastien.

— Il est comme notre frère, répond Willy.

— Un frère ingérable. Il s'est cassé avec la voiture. Je le connais. Il est allé se torcher dans un coin et dès qu'il a bu, c'est un aimant à conneries. Cet enfoiré nous met en danger. Il faut faire quelque chose.

— On fait tous des conneries.

— Il les cumule. Ses pupilles dilatées... Son extrême nervosité... Il suait comme un porc pendant le braquage... Il était chargé. J'en mettrais ma main à couper.

— Tu en mettrais la main à couper comme pour le chauffeur que t'as buté sans lui avoir donné la moindre chance de s'expliquer ?

— On s'est expliqués. Il m'a dit qu'il avait bavé devant des potes pour faire le malin. Ils ont dû baver à leur tour. C'est lui qui est à la base de toute cette merde.

Willy a du mal à accepter les explications de son frère.

— Tu ne me fais plus confiance ?

— J'étais pas là pour l'entendre. Ni Tristan. Donc oui, ça me coûte de te faire confiance. Je suis triste et en colère. Il y a beaucoup trop de morts autour de nous. Je t'ai pas suivi pour ça. Maintenant, je suis bien obligé de te croire, comme toi t'es bien obligé de croire Tristan. Il a toujours été irréprochable jusqu'ici. Faut se faire confiance, sinon on va droit dans le mur. Et le mur, pour nous, c'est la taule ou quatre planches.

— Pourquoi t'es comme ça ?

— Comme quoi ?

— Comme ça.

Willy fait mine de ne pas comprendre.

— Si GENNNNTIL.

— Je ne suis pas gentil. Je n'aime pas compliquer les complications. On est une équipe ; on reste soudés. Tristan a toujours été essentiel à la réussite de notre projet. Tu le sais tout aussi bien que moi.

Bastien regarde son frère. Son visage est encore poupin et chaleureux. Rien à voir avec le sien si minéral et froid. Ils se ressemblent si peu.

— Le masque de Hollande te va bien.

— Pourquoi tu dis ça ?

— Tu es rond comme lui. Tu es si doué pour gérer l'équilibre entre des forces contraires.

Willy sourit.

— C'est l'art de la synthèse diplomatique, l'art de faire tampon. Maintenant tu excuseras le président du consensus, il a besoin de prendre du repos. Et toi aussi, tu devrais en faire autant. Même Sarkozy dort avant les grandes échéances.

Bastien quitte la chambre de son frère avec une idée en tête : écouler les bijoux, faire le transfert de l'argent sur les divers comptes et prendre des billets pour l'Indonésie au plus vite. Le braquage de la bijouterie Hartmann a été une rigolade. Moins d'une minute trente au chrono. Une entrée en fanfare, des vitres brisées, des vendeurs tétanisés, des bijoux plein les pognes et au revoir Messieurs-dames, bien le bonjour chez vous. La vraie difficulté avec ce type de came, c'est l'écoulement. Le recel est un art. Il faut trouver les bonnes personnes. Bastien a bien un contact. Le Belge, un brocanteur-antiquaire et receleur à l'occasion, mais l'homme reste sur la défensive ; Bastien s'est montré jusque-là bien trop évasif sur la nature et la provenance des bijoux. Il n'a plus le choix maintenant. Il faut arranger un rendez-vous et le convaincre fissa que la marchandise, c'est du premier choix.

Il y a bien autre chose qu'il ne maîtrise pas. C'est le facteur h : le facteur humain ; l'exponentiel à emmerdes. Bastien n'est pas doué pour tailler la bavette et entretenir des relations. C'est comme s'occuper d'un jardin, tailler des arbres, ou promener un clébard, ça l'emmerde au plus haut point. Bastien est un donneur d'ordres. Un cerveau. Pas un causeur. En Indonésie, il y a Lili qui fait le job à merveille. En France, c'est le rôle de son frère. Pour canaliser Tristan, tout le monde s'y emploie un peu. Et maintenant, il y a l'otage à gérer. Rien que d'y penser, il a les synapses qui font des nœuds dans sa tête.

Ce dont il a besoin là maintenant, c'est de faire le vide. Il allume un transistor à piles qui ressemble à un vieux grille-pain. Bastien tombe sur l'émission quotidienne de Raoul Ménard. L'animateur vedette de Radio France Plus truste l'antenne depuis plus de trente ans avec *Faites entrer l'invitée*. Le vieux Franck l'adorait, comme tous les vieux de France et de Navarre. Bastien change de fréquence. Il veut des informations en continu. Il se met sur Fréquence Info.

Bastien aime avoir un fond sonore quand il fait son sport. Il s'y astreint quotidiennement. Il mange peu. Il dort quand il y pense. Bastien est d'abord un corps. Ses muscles n'ont rien d'ostentatoire. Ils sont utiles.

Après un modeste échauffement, il s'attaque à une série d'abdos crunch. Il s'arrête en plein milieu et se précipite sur la radio. Il augmente le volume. Une voix profonde et anxiogène. Un journaliste parle du braquage de Babylone.

Un nouveau braquage a tourné au drame cette nuit. Un policier a été mortellement touché par un des braqueurs et un client s'est effondré sur le parking du casino suite à une attaque cardiaque.

3 h du matin. Une nuit chaude. Sans air. Trois hommes lourdement armés ont fait irruption dans le casino Babylone situé à Valence devant un parterre d'une centaine de clients présents. Les braqueurs ont d'abord maîtrisé un vigile avant de pénétrer dans le casino. Après une salve de tirs, ils ont vidé les caisses et se sont enfuis à bord d'un crossover qui les attendait à l'entrée du casino. Le butin est estimé à plus de 45 000 euros.

Vêtus de noir et arborant les masques des trois derniers présidents de la République, ces braqueurs n'en sont pas à leur coup d'essai. Ils sont bien connus des services de police. Un nom est dans toutes les bouches : le « gang des présidents braqueurs ». Leur dernier méfait, le casse de la bijouterie Hartmann, il y a quelques mois, restera dans les annales pour son exécution rapide, sans faille, sans violence, pour un montant de plus de 100 000 euros. On se rappellera aussi la phrase lancée par un des membres du gang à l'adresse de la clientèle médusée : « Nous sommes les présidents braqueurs et nous portons le deuil de la République. »

Mais cette fois-ci, rien ne prête à sourire. Le casse a mal tourné. Quelques minutes après le début du braquage, un échange de coups de feu a lieu dans la salle des machines à sous entre les malfaiteurs et deux policiers. Un agent des forces de l'ordre a été mortellement touché tandis qu'un membre du gang a reçu une balle dans la jambe. Ce dernier a pu toutefois prendre la fuite avec ses comparses, en prenant en otage une jeune femme, hôtesse d'accueil au casino, dont nous sommes sans nouvelles depuis.

Interrogé sur la rapidité de l'intervention des forces publiques, le préfet de police a précisé que les policiers étaient déjà en faction dans le casino avant l'arrivée des malfaiteurs. Ils effectuaient une ronde quotidienne depuis que le casino avait reçu des menaces terroristes ces derniers mois. Le préfet de police précise qu'il n'a pas encore tous les éléments en sa possession, mais il promet de faire la lumière sur cette terrible tragédie qui rappelle, une nouvelle fois, le lourd tribut que paye la police face à la montée en violence de la petite et moyenne délinquance.

Dernière minute : la voiture qui aurait servi au braquage a été retrouvée carbonisée sur le parking d'un supermarché à quelques kilomètres du casino. À son bord, un corps calciné. Pour l'heure, nous ne connaissons pas l'identité du cadavre.

Laurent Janson, Fréquence Info.

Bastien, fou de rage, balance la radio contre le mur du salon. Il ne sait pas ce qui le met le plus en colère, avoir tué un innocent ou que Tristan ait raison. Il a merdé ; lui le grand manitou du contrôle. Une chose est certaine, les autres présidents braqueurs ne doivent rien savoir. À l'heure qu'il est, Tristan doit se beurrer quelque part dans un coin. Peu de chances qu'il ouvre un journal ou qu'il écoute la radio. Bastien se dirige au pas de course vers la chambre de son frère. Willy dort. Bastien remercie les laboratoires pharmaceutiques pour la puissance de leur chimie.

Il sort de la ferme et compose un numéro. Au bout de plusieurs sonneries, le Belge répond. La communication n'est pas bonne. Bastien se fait répéter les informations plusieurs fois. Elles sont capitales. Il est concentré. Son interlocuteur n'est pas du genre bavard. Un ton monocorde ; presque las ; il n'aime pas rabâcher. L'homme a un agenda capricieux et il est très prudent. Le Belge a déjà fait de la taule. Cette fois, Bastien montre patte blanche. Il donne du biscuit au Belge en décrivant précisément plusieurs pièces sans toutefois en donner la provenance. Le receleur s'en satisfait. Il est intéressé. Ça sera à sa boutique, demain après-midi. Bastien souffle. Si tout se passe bien, la précieuse marchandise va enfin trouver preneur. Dans la foulée, il prendra les billets pour l'aéroport de Denpasar à Bali. La perspective très prochaine de retrouver Lili l'excite au plus haut point.

8

Sahora a tout entendu. L'engueulade, le reportage radio, la prise de rendez-vous. Elle aussi, elle aimerait téléphoner, donner des nouvelles à ses proches, juste leur dire qu'elle est vivante, mais son smartphone est resté dans les vestiaires de Babylone, comme le reste de ses effets personnels. Pour s'occuper, elle prend le livre qu'elle a trouvé dans la cave, *Nouvelle histoire de Mouchette*.

L'histoire s'avère à la lecture bien peu récréative : dans les années trente, une jeune Picarde de quatorze ans, pauvre et au tempérament farouche, s'enfuit dans les bois pour échapper à l'école et sa famille. Elle se perd et essuie une terrible tempête. Elle se réfugie chez un braconnier ivre, qui après une crise d'épilepsie, abuse d'elle. Quand elle rentre chez elle, elle ne peut se confier à sa mère, car cette dernière est mourante.

L'ambiance mortifère plonge Sahora dans un plus grand désarroi encore ; d'autant plus qu'elle pressent la fin tragique de la jeune héroïne : un aller simple vers la mort. Sahora refuse un destin à la Mouchette. Être victime expiatoire de la connerie des hommes, c'est un costume bien trop grand pour elle. Ça lui suffit largement d'avoir un père qui a choisi pour elle sa vie et des braqueurs, sa mort. Elle lâche le livre et s'enroule dans l'étoffe. Elle passe le reste de son après-midi à regarder les souris qui la regardent en retour. Elle se demande si elles attendront qu'elle soit morte pour commencer à la besogner.

La nuit tombe. La cave est plongée dans le noir. Le froid se fait intense. C'est une grotte humide et sordide, même l'été. Sahora ferme les yeux. Elle ne trouve pas le sommeil. Elle se lève, monte sur la chaise et regarde à travers la petite fenêtre. La nuit est claire. La montagne en arrière-plan s'impose avec autorité dans le paysage. Au loin, un point noir se détache. C'est un animal. Il gambade. Il s'approche l'air de rien, haletant légèrement.

On dirait un gros chien ou un loup. Sa tête large est surmontée par de courtes oreilles. Son poitrail puissant contraste avec de longues pattes fines et un arrière-train légèrement levretté qui se finit par une queue large et touffue en forme de panache.

À l'entrée de la propriété, l'animal s'arrête. Il hume l'air qui est saturé d'odeurs inconnues. Il renifle l'emplacement de la voiture, gratte le sol, éternue plusieurs fois, puis s'approche du jour. Ses yeux légèrement obliques plongent dans ceux de Sahora. Il y a un reflet cinabre dans ses pupilles. Sahora reste interdite. L'animal a quelque chose de beau, de puissant, de magnétique ; il est presque irréel. Il passe le museau dans le jour comme une invitation à des caresses. La fourrure rousse, épaisse est soyeuse au toucher. L'animal lèche en retour la main de Sahora. Sa langue râpeuse est chaude. La Bête se fige. Elle redresse les oreilles. Elle se concentre sur un son que Sahora n'a pas encore perçu.

Un moteur dans la nuit. En surrégime. Une voiture s'approche de la ferme. La Bête sort de l'étreinte de Sahora et repart tranquillement d'où elle est venue en donnant l'impression de voler au-dessus des herbes. Quand la C5 se gare dans la cour, l'animal est déjà loin. Sahora retire ses mains du jour. Elles sont couvertes de sang ; celui de la Bête. Elle porte ses doigts à son nez. Elle a un vif mouvement de recul. Ils empestent l'odeur de la charogne.

Tristan sort de la voiture en titubant. Il est sérieusement muflé. Il sort l'artillerie de la braguette de son jean et pisse en regardant les étoiles. Il tangue. Quand il a fini de se vider, il s'approche d'une jardinière posée à l'entrée de la cour. Il s'agenouille. Il se met à gratter la terre avec des gestes maladroits. Il sort d'une poche un petit sac plastique qu'il dépose dans la jardinière. Il referme le trou. Il se relève trop vite. La tête lui tourne et il part en arrière. Il lui faut quelques secondes pour retrouver un semblant d'équilibre. Il jette un coup d'œil autour de lui. Sahora se ratatine sur sa chaise. Son cœur accélère si fort qu'elle croit qu'il va imploser. Elle a peur qu'il l'ait vue.

Des pas traînants se rapprochent de la meurtrière. Sahora lève la tête. Elle s'attend à voir les chaussures et les bas de pantalons de Tristan au travers de la meurtrière. Elle ne voit rien d'autre que de la terre noire. Tristan vient d'entrer dans la ferme. Il se cogne à une chaise, peste contre lui-même, puis se dirige vers la porte de la cave. Il actionne la poignée. Plusieurs fois. La lourde ne s'ouvre pas. Le corps de Sahora se contracte. Tristan glisse le long de la porte. Il s'assoit et toque plusieurs fois.

— Tu dors ?

Sa question reste sans réponse. Ça ne le refroidit pas. Il s'engage dans un long monologue décousu dont les gens éméchés ont le secret.

— On a pris un mauvais départ tous les deux... T'as un sacré cran, petite... T'as essayé de t'enfuir... Peux pas t'en vouloir... J'aurais fait pareil... T'as du caractère... Tu vas voir... On va bien rigoler tous les deux... Les filles m'adorent... Je suis un vrai déconneur...

Puis sa voix se fait menaçante :

— Mais fais bien attention au chef... LE GRAND CHEEEEEEF... Ce n'est pas un tendre LE GRAND CHEEEEEEF... Un claquement de doigts et tu disparais. T'as vu le chauffeur... Bien sûr que tu as vu. Tu étais aux premières loges. T'inquiète ma beauté, je te protégerai... Il t'arrivera rien de mal... Je suis ton ange gardien.

Puis en hurlant comme s'il s'adressait à quelqu'un d'autre : TON GARDE-CHIOURME !

Sahora sursaute. Tristan se met à chantonner la vieille chanson de Brel : *Il faut oublier, tout peut s'oublier, qui s'enfuit déjà, oublier le temps, des malentendus et le temps perdu.*

— On fait la paix, hein ? Je vais être gentil... Et toi aussi, tu vas être gentille.

Sahora est pétrifiée. Elle s'est recroquevillée sur elle-même. Ses doigts se crispent sur l'étoffe. Elle entend un nouveau choc sur la porte, plus fort que les autres. Puis plus rien pendant de longues minutes. Des ronflements ! Tristan dort comme un bébé.

9

Bastien se lève aux aurores. Il enfile un short, un tee-shirt et une vieille paire de baskets. Sans bruit, il quitte la maison et part à travers champs. Il a besoin de se dépenser ; une parenthèse d'effort. L'air frais est vivifiant. Il respire à pleins poumons ; il s'oxygène. Sa foulée s'allonge ; il prend de la vitesse. Son souffle devient parfait. Il génère des endorphines à mesure qu'il avale les kilomètres. Il pourrait courir des heures ; une vie entière. Il est une machine formidable. Son rythme ne faiblit pas quand il s'enfonce dans les bois. Il le connaît comme sa poche. Gamin, il en avait fait son terrain de jeu. Son territoire. Tous les week-ends, il se rendait avec Willy chez leur oncle, le vieux Franck ; le seul membre de la famille qui acceptait encore de parler à leur père. Raison de l'ostracisme : il avait foutu en cloque une gitane et l'avait demandée en mariage. Les deux familles n'aimaient pas les surprises. Les deux familles n'aimaient pas les pièces rapportées. Les deux familles n'aimaient pas les petits bâtards. À l'école comme dans le quartier, il n'y avait pas de place pour eux. Pas assez blancs. Pas assez gitans. Pas assez noirs. Pas assez arabes. Exclus par les exclus, méprisés par les méprisés, ils rasaient les murs. C'est à la campagne qu'ils vivaient une vie épanouissante ; les arbres se foutant royalement de la couleur de peau des hommes.

Un petit dévers. Bastien glisse dans les sous-bois rendus humides par la rosée du matin. Il ralentit en arrivant près d'une brèche en plein milieu des bois. Il reconnaît les lieux : le gouffre du diable. Ce trou béant dû au ruissellement millénaire des eaux sur une roche calcaire a été le témoin de sa première rébellion ; l'acte fondateur de sa vie d'homme. C'était il y a une vingtaine d'années. Il s'en souvient parfaitement.

Luigi, le voisin et compagnon de picole du vieux Franck, avait lui aussi un neveu qui venait le voir régulièrement. Du même âge que Bastien, le gamin était plus grand, plus costaud. C'était un sale gosse, mal dégrossi et bagarreur. Il prenait un malin plaisir à harceler les deux frères. Surtout Bastien. D'un commun accord, les deux frères le baptisèrent SALE CONNARD. Un jour, SALE CONNARD s'assit sur le thorax de Bastien et appuya de tout son poids sur le sternum. Bastien manqua rapidement d'air. Il suffoquait. SALE CONNARD riait aux éclats. Bastien était sa carpette. Il le lui répétait à l'envi devant Willy en pleurs. Quand il se releva, il laissa sa pauvre victime sur le carreau, les yeux mouillés, le visage rougi et la culotte souillée. Bastien s'était vu mourir. Honteux, il se réfugia dans la forêt. Arrivé au bord du gouffre, il eut une envie d'en finir. Rejeté dans son quartier, harcelé dans son coin de paradis. À quoi bon ! Il n'avait pas douze ans et il avait déjà envie de mourir. Il hésita longuement à se jeter dans le trou. Puis il reconsidéra la situation. Le problème, ce n'était pas lui (au fond, il ne craignait personne), c'était son attitude. Il se comportait comme un lâche, juste pour ne pas faire de vagues, pour ne pas inquiéter ses parents, pour ne pas mettre mal à l'aise son petit frère. Mais il n'était pas fait pour jouer les profils bas. Ce jour-là, il se fit une promesse : il ne se laisserait plus jamais emmerder par personne, et SALE CONNARD serait le premier à essuyer les plâtres.

Quelques semaines plus tard, Bastien demanda à son frère de se promener aux abords de la ferme de Luigi avec la carabine à air comprimé que leur avait offerte le vieux Franck. SALE CONNARD mordit à l'hameçon. Willy quitta le sentier et s'enfonça dans la forêt. Il n'en menait pas large, mais il filait droit. Il ne voulait surtout pas décevoir son frère. Comme prévu, il se fit rattraper au niveau du gouffre. SALE CONNARD réclama la carabine en menaçant Willy de le jeter dans le trou. Bastien arriva par-derrière et l'interpella. SALE CONNARD se retourna. Un coup de poing fila dans son groin. Il tomba à la renverse avant d'essuyer une pluie de coups sur tout son corps.

Willy restait en retrait, la violence n'étant pas dans son ADN. Bastien l'invita à le rejoindre. Willy s'exécuta en pleurant. D'abord timidement, puis à mesure que les larmes ruisselaient sur son visage, ses coups de pied s'intensifièrent. Il ne comprenait pas si c'était l'injonction de son frère, en contradiction avec ses valeurs, ou la vue de SALE CONNARD en position de faiblesse qui le mettait hors de lui. Bastien l'arrêta. Il posa un genou au sol et s'approcha de l'oreille de SALE CONNARD : *Je suis la carpette de personne.*

Par la suite, les deux gamins s'évitèrent poliment. Le gouffre, lui, est toujours là. Étrange, massif, menaçant. Bastien ne se souvient pas de cette odeur désagréable dans l'air ; l'odeur de la charogne. Il y a peut-être une bête qui pourrit dans le trou. Il se penche. Il ne voit rien. Il se retourne. L'odeur pestilentielle est partout, dans l'air, dans les arbres, sur sa peau, dans ses narines.

Quelques pas dans la forêt suffisent à lui faire comprendre la situation. Devant lui, un premier cadavre repose sur un lit de mousse. La tête explosée. Un peu plus loin, un deuxième corps est étendu sur le ventre. Le triste inventaire ne fait que commencer. Deux autres macchabées gisent dans les bois. Un point commun : ils ont tous une balle dans la viande. Drôle de lieu pour un règlement de comptes.

Quatre morts à quelques encablures de leur planque. Une merde en plus. Bastien n'en revient pas. D'autant plus qu'il y a un sentier de randonnée qui passe non loin du gouffre, et cinq cents mètres plus haut, une petite route surplombe la forêt. Elle est surtout fréquentée en automne par les chasseurs, mais quelques randonneurs y laissent leur voiture. Il suffira d'un petit rien pour que les cadavres soient découverts. Alors, une nuée de journalistes et de flics viendra investir les lieux.

Il n'a pas le choix. Il doit bazarder les corps dans le gouffre. Il retourne au premier cadavre qu'il a découvert : un homme à la peau ébène et à l'immense stature. Il n'a plus de visage, juste un trou béant. Il s'empare des deux jambes et tire le corps. Le terrain est trop accidenté pour qu'il puisse avancer aisément. À cela s'ajoute l'odeur répugnante du cadavre. Respirer devient compliqué. Il manque d'air. Il s'arrête, suffoque. Il est en surchauffe. Tout seul, il n'y arrivera pas. Il y a trois autres morts. Il a besoin d'aide. Il espère que Tristan sera de meilleure composition que la veille.

Il regarde à nouveau le mort. Ses habits sont déchirés au niveau du bas-ventre laissant apparaître une cavité vidée de ses entrailles, parfaitement récurée. Des bêtes sauvages ont fait un festin de viscères. Il lâche les bras du cadavre ; s'essuie le front. Plus un bruit autour de lui. Le silence est total. Un fourré bouge à une cinquantaine de mètres, droit devant lui. Il perçoit une forme entre les arbres. Un animal qui tourne autour de lui et se rapproche peu à peu.

Bastien lève les yeux au ciel à la recherche d'un peu de bleu. Il étouffe au milieu des arbres. La tête lui tourne légèrement ; il se sent fébrile. Il n'a que ses bras et ses jambes pour s'opposer à cet animal. Ça lui paraît absurde, mais il sent qu'une attaque est imminente.

Une branche craque. Une deuxième. Une accélération spectaculaire. Derrière lui. Il a juste le temps de se retourner. Une image furtive, mais précise. Une Bête à la robe rousse fond sur lui en glapissant. Il ferme les yeux ; une fraction de seconde. Quand il les rouvre, deux molosses au gabarit dantesque coupent la trajectoire de la Bête qui se retrouve sur le dos. En posture délicate, elle subit les attaques simultanées des deux grands chiens. D'un coup de reins prodigieux, elle arrive à se remettre sur ses pattes. Elle grogne, retrousse les babines, montre les dents. Elle avance en rampant. Les deux chiens reculent et se mettent à aboyer.

— Candide, Walden.

Une voix lointaine appelle les chiens. Ils se figent. La Bête en profite pour prendre la fuite par les fourrés. Les deux molosses lui emboîtent le pas en aboyant de plus belle.

Bastien reste interdit. Il est blême. Il tremble. Il ne sait pas exactement ce qu'il a vécu, mais il a une trouille terrible. Il a froid alors qu'il est en nage. La voix s'éloigne. Elle suit le concert bruyant des clébards. Avec le peu de force qu'il lui reste, Bastien remonte vers le sentier à travers les sous-bois. Il ne court pas ; il a le souffle coupé. Il avance comme il peut. Le chemin du retour lui paraît sans fin alors qu'à l'aller, il l'a survolé littéralement. Quand il arrive à la maison, la matinée est bien avancée. Il est épuisé, mais il doit retrouver des forces pour s'occuper des cadavres.

Il doit faire face à un nouveau problème. Tristan est hors de contrôle.

Dans la chambre de Willy, Tristan danse avec Sahora sur un parterre de billets. Il tient dans sa main une laisse qui est reliée au cou de Sahora par un vieux collier de chien. Sahora porte plusieurs bijoux du casse de la bijouterie Hartmann. Bastien a une bière largement entamée à la main. Willy en a une aussi, mais il n'y a pas touché. Il semble gêné pour lui, pour elle, pour Tristan.

— Qu'est-ce que vous foutez ? fait Bastien d'une voix agressive.

— On fait la fête, répond Tristan en montrant la laisse avec un grand sourire. Tu vois, cette fois-ci, j'ai tout prévu.

Il montre le collier.

— Elle ne s'échappera pas cette fois. Hein, tu t'échapperas pas Sahora. C'est joli comme prénom, Sahora. Dis bonjour au GRAAAAND CHEEEEF.

— Bonjour GRAAAAND CHEEEEF, fait-elle en regardant ses pieds nus ensanglantés.

Tristan semble satisfait. Il boit une grande rasade de houblon. Quand il abuse de la liche, il ne peut s'empêcher d'être dans un rapport malsain de domination avec les femmes, qui confine souvent à l'humiliation pure.

— Ramène-la à la cave, fait Bastien en tentant de contenir ses nerfs. J'ai besoin de toi. Faut repartir dans la forêt. Et enlève-lui cette laisse. C'est ridicule et dégradant.

Tristan explose :

— Dégradant ? C'est bien toi qui humilies et rabaisses les personnes qui travaillent avec ton auguste personne, alors t'es mal placé pour me faire la leçon. Si tu aimes pas ma façon de faire, occupe-toi d'elle en commençant par la ramener dans le trou sordide dans lequel tu l'as jetée.

Une nouvelle fois, Willy joue le rôle du sapeur et intervient pour tenter de calmer l'orage qui se prépare.

— Bastien, s'il te plaît, ramène-la. Je vais parler à Tristan.

Bastien n'aime pas les ordres. Il écoute quand même son petit frère. Il est même soulagé qu'il prenne le relais. Il défait la laisse, prend le bras de Sahora et l'entraîne dans le couloir. Elle passe d'un taré à un autre. Elle courbe l'échine. Les temps faibles, c'est comme dans le sport, ça se gère. Elle se souvient d'une course dans laquelle elle était mal embarquée ; elle se sentait fébrile, mal assurée et puis il y a eu une chute devant elle. Elle a profité de l'aubaine pour accélérer et elle a gagné la course. Il y a toujours une occasion.

— J'ai besoin de faire mes besoins, fait-elle. Je ne peux plus me retenir.

— Les toilettes de la maison ne sont pas en état de marche. T'as qu'à pisser dans un coin de la cave.

— Je peux faire ça dehors vite fait.

Bastien accepte et la met en garde :

— S'il te prend l'envie de fuir une nouvelle fois, ça va très mal se passer entre nous.

Sahora acquiesce en silence.

Arrivée sur le pas-de-porte, elle désigne du doigt la jardinière.

Bastien hoche la tête. Elle court, lève sa jupe et s'accroupit. Bastien détourne le regard, mais au bout de quelques secondes, il jette un coup d'œil du côté de la jardinière, car il n'est pas tranquille. Il croise les yeux de Sahora.

— Je n'ai pas fini.

Bastien se retourne, fixe le bois de la porte d'entrée. Il est gêné. Sahora l'a vu. Elle en profite pour se relever un peu. Elle regarde à l'intérieur de la jardinière. Elle plonge sa main, gratte à toute vitesse et en ressort le sac plastique. Elle l'époussette et se lève en remettant son tailleur en place.

L'air de rien, elle montre le sachet à Bastien qui commence à montrer des signes d'impatience en donnant de légers coups de pied dans le bas de la porte.

— J'ai trouvé ça à côté de la jardinière. On dirait des médicaments. Ça a dû tomber de la voiture.

Bastien vient à elle, lui arrache la poche des mains. Il regarde son contenu. Des pilules marron vert. Putain. Des amphétamines. Tristan était donc bien chargé pendant le braquage. Cet abruti a dû les faire tomber hier soir quand il était beurré comme un coing.

Il reconduit Sahora à la cave. Il ouvre la porte. Sahora prend la parole :

— Pas la peine de me balancer, je sais descendre un escalier toute seule.

Quand la porte se referme, elle sourit presque.

Elle commence à trouver ses marques. Le vent tourne.

10

La solitude partagée à deux dans un habitacle confortable. Le défilement d'une route de campagne, sinueuse et cernée de vert. Une voiture qui tourne, vire et s'enfonce toujours plus loin. Les yeux du conducteur, rivés sur l'asphalte, ne clignent pas. Ceux du passager fixent le rétroviseur. Il ne sait pas pourquoi il est là. Il ne sait pas où il va. On ne lui a rien dit. Il suit sans un mot. Un vulgaire homme de main. Il s'en défend, mais il ne bronche pas. Il est SAAAAAGE. Willy lui a demandé. Il a promis à son meilleur ami. Deux hommes, côte à côte, murés dans un silence lourd, pesant, les corps tendus à l'extrême et les entrailles qui se rebellent. Ils sont assis sur une poudrière. Ils le savent : ils ne regardent plus dans la même direction. Ils ont tant partagé. Des siècles ; des millénaires. Aujourd'hui, ils ne se comprennent plus.

La route se resserre encore. Le virage tourne vinaigre. Les roues flirtent avec le bas-côté. Bastien connaît pourtant la route. Il est vigilant. Une faute d'inattention, et la voiture peut basculer dans le décor. Un dévers spectaculaire dans des hectares de forêt.

Tristan étouffe. Il ouvre la vitre. Il rêve de bitume, de grandes tours. Il rêve d'anonymat, de foule bruyante. Il rêve de magasins avec des vendeuses apprêtées qui lui feront cracher sa thune. Il n'a pas envie d'être là. Il n'a pas envie de partir là-bas. L'Indonésie ; pas pour lui. L'insularité ; le ciel bleu-blanc qui chauffe comme une étuve ; les filles à la peau brune et aux dents opalines (celles qui font le bonheur d'Occidentaux friqués le temps d'un sourire plus grand et plus beau que le monde), il en vient à les détester. Cette histoire n'est pas la sienne. Cette histoire n'a jamais été la sienne. L'hôtel, il n'en a rien à foutre. Sa vie est ici ou ailleurs, mais plus avec les deux frères.

Il est temps de rouler sa bosse de son côté. Adieu Willy ; l'ami de toujours. Adieu Bastien-casse-toi-pauvre-con ; le gars qui-veut-toujours-avoir-raison. À bien y réfléchir, Tristan s'est toujours senti plus larbin qu'ami. L'amitié ne supporte ni mépris ni mensonge. Bastien ment ; Tristan ment et ces deux mensonges ne s'annulent pas.

À la sortie d'un virage serré, Bastien donne un grand coup de frein. Tristan se redresse et se contracte sur son siège. Il appuie sur une pédale imaginaire pour stopper le véhicule. Devant eux, échouée sur le bas-côté, une berline racée tranche dans le paysage. Bastien se gare, sort de la C5 et fait le tour du véhicule abandonné ; une Audi A6 version haut de gamme : jantes 18 pouces et vitres teintées. Il essaye d'ouvrir les portières, mais elles sont fermées. Il passe le doigt sur la carlingue noire. Elle est recouverte d'une pellicule de poussière. La voiture est là depuis quelque temps.

Tristan sort de la C5 à son tour. Il dépasse Bastien, et continue sur une vingtaine de mètres, droit devant. Il se baisse et regarde des traces de pneus sur le sol ; elles vont en direction de la forêt. Une voiture a fait une sortie de route et la carcasse doit se trouver en contrebas, dans les bois. Bastien a rejoint Tristan. Les deux hommes s'enfoncent dans les bois à la suite du véhicule. La descente est difficile ; elle est abrupte. Tristan manque de tomber plusieurs fois ; il se rattrape comme il peut aux branches. Bastien file droit devant. Il a toujours été à l'aise sur les terrains accidentés.

Après une centaine de mètres, Bastien et Tristan se figent. Devant eux, un 4x4 est encastré dans un arbre. La vitre du conducteur est brisée. Un lambeau de tissu recouvert de sang.

Bastien reconstitue le fil des événements. Il y a eu d'abord une course poursuite entre deux véhicules sur la petite route. Une des voitures a manqué un virage et a fait une sortie de route. Les poursuivants se sont garés sur le bas-côté et ont rattrapé le ou les fuyards dans la forêt. S'en est suivi un échange de tirs. Absurde. Sauvage. Mortel. Il garde ses explications pour lui. Il se contente de tendre à Tristan un bout de tissu odorant qu'il a tiré de sa poche.

— Couvre ta bouche et ton nez, ça risque de piquer.

— De la térébenthine ?

Bastien hoche la tête.

— Tu peux m'expliquer ce qu'on fait ici ?

— Le ménage.

À mesure qu'ils s'enfoncent dans la forêt, une odeur fétide se fait de plus en plus prégnante. Au bout de quelques mètres, Tristan est blême. Son ventre remue. Il s'attend au pire. Il a raison. Devant lui, un cadavre ; celui que Bastien avait commencé à tirer vers le gouffre.

Il porte le mouchoir à son visage et prend une grande respiration.

— Merde, c'est quoi ce bordel ?

— Un macchabée.

— C'est toi qui...

— Je l'ai trouvé ce matin quand je courais. Faut faire le ménage, et vite, avant qu'il soit découvert.

— Et comment tu comptes t'y prendre ?

— On va le bazarder dans un gouffre. Il y en a un à une centaine de mètres.

Bastien se penche pour prendre les bras du macchabée. Tristan ne bouge pas.

— Tu m'aides ou tu restes planté là à mater mon cul ?

— C'est pas ton cul que je mate, c'est le flingue que tu portes à ton jean. Pourquoi t'as une arme avec toi ?

— La Bête.

— La Bête ?

Bastien montre du doigt le ventre rongé du cadavre.

— On est en train de dévaliser son garde-manger. Je n'ai fait que l'apercevoir tout à l'heure. Elle allait me sauter à la gorge s'il n'y avait pas eu deux clebs pour lui barrer la route.

Tristan ne sait plus s'il doit le croire ou non. Depuis l'épisode du chauffeur, il n'a plus confiance.

— Ça te dirait de prendre ses jambes ? fait Bastien. Il y a trois autres cadavres à jeter dans ce putain de trou.

Tristan lève les yeux au ciel. Il ne demande pas d'autre explication. Au bout d'une demi-heure, la place est nette. Le gouffre du diable n'a jamais aussi bien porté son nom.

Tristan est remué par ce qu'il vient de faire. Des cadavres couleur bronze à moitié bouffés. Il s'éloigne du gouffre et s'assoit sur une vieille souche. Il se sent presque défaillir. Il se dit que croque-mort est un métier à la con. Il porte une nouvelle fois le mouchoir à son nez.

— J'ai pris des habits de rechange pour nous deux. Ils sont dans le coffre de la voiture. Va falloir quand même t'habituer à l'odeur parce qu'elle s'incruste sur la peau.

Tristan prend une mine dégoûtée.

— C'est quoi maintenant le programme ?

— Refourguer les bijoux chez le Belge et prendre les billets d'avion.

— On y va ensemble ?

— Ça va dépendre de toi.

Bastien sort de sa poche le petit sac plastique contenant la drogue et le balance à Tristan.

— Où t'as trouvé ça ?

— À côté de la jardinière. C'est l'otage qui a mis la main dessus.

Tristan sourit nerveusement.

— La salope. Elle est maligne.

— Un peu plus que toi.

— OK, j'étais chargé pour le dernier casse, mais c'est la seule fois que j'ai pris des amphètes.

— La fois de trop. Tu as tué un flic et mon frère a failli y laisser la peau.

— Et toi, t'as bien buté notre chauffeur pour que dalle, à part que sa gueule ne te revenait pas. Avec toi, les problèmes viennent toujours des autres, mais dès que ça concerne ta petite personne, tu as des œillères.

— Des œillères ?

— Toute cette merde est arrivée par ta faute. Tu as bien compris ? Par ta putain de faute ! Tu fous une telle pression qu'on devient aussi dingues que toi.

— Tu trouves toujours des excuses à tes conneries.

— Et toi tu ne t'excuses jamais des tiennes.

Bastien fait mine de ne pas comprendre. Tristan sort de la poche arrière de son jean une feuille de journal qu'il déplie devant lui. Un article dans la presse locale. *Braquage sanglant à Babylone.*

— Tu as buté un innocent. Un IN-NO-CENT. C'est écrit noir sur blanc. Les flics n'étaient pas là pour nous. Ils en avaient après des terroristes. Tu sais, les gars qui font du ball-trap sur des civils en gueulant Allah akbar. Le chauffeur y était pour rien. Absolument pour rien. Ce qui me dégoûte, c'est que tu m'as dit sur le parking, les yeux dans les yeux, que le gars avait tout avoué. T'es un putain de menteur, Bastien.

Bastien ne bronche pas. Sa mâchoire se crispe. Ses yeux ne clignent plus. Avis de tempête.

— On fait quoi maintenant ? reprend Tristan. On se regarde dans le blanc des yeux tout le reste de la journée ?

Tristan laisse un blanc, guettant du coin de l'œil une réaction de Bastien. Elle se fait attendre.

— On va faire un marché tous les deux. Ton frère et toi, vous suivez VOTRE PLAN et moi, à partir de maintenant, je mène ma barque en solo. Je te demande juste ma part du fric de Babylone. Tu vois, je suis pas trop gourmand.

— Je l'ai pas pris. Faut retourner à la planque.

Tristan secoue la tête.

— J'ai pas envie de me taper une discussion avec ton frère. J'ai une meilleure idée. Tu gères un million de comptes en banque qui débordent de fric. Quelques transferts de liquidités sur les miens et le tour est joué.

— Un marché, ça va dans les deux sens.

— J'y viens. De mon côté, quand j'aurai mon fric, je m'engage à rester muet comme une tombe. Ton erreur d'appréciation concernant le chauffeur restera entre nous. Ça serait vraiment moche que Willy n'ait plus confiance en toi, tu crois pas ?

— C'est du chantage.

— Appelle ça comme tu veux. Je veux mon fric, c'est tout.

— Espèce de petit enfoiré, après tout ce que j'ai fait pour toi. Je t'ai sorti du caniveau et c'est comme ça que tu me remercies.

— Tu m'as peut-être sorti du caniveau, mais tu m'as toujours traité comme un paillasson. Alors, tu sais quoi tu peux aller te faire foutre, toi et ton sale carafon de merde.

Bastien sort son arme. Tristan a anticipé. Il pointe lui aussi un flingue. Les deux hommes se font face avec pour seul témoin une forêt de châtaigniers.

— Nous y voilà, fait Tristan.

Le vent se lève. Les feuilles bruissent. Les branches des arbres se mettent à bouger à mesure qu'un bourdonnement effrayant venu du ciel se fait entendre. Tristan décide de pousser Bastien dans ses derniers retranchements.

— Au fait, tu sais que Willy en pince pour ta femme ? Il paraît même qu'il la baise quand t'as le dos tourné.

Un hélicoptère passe au-dessus de sa tête dans un vacarme assourdissant. Il transporte une charge d'eau au bout d'une élingue. Il y a le feu dans la montagne. Il y a le feu dans les têtes des deux braqueurs.

11

Depuis la cave, Sahora a vu les deux hommes partir. Bastien a rejoint la voiture d'un pas alerte, suivi de Tristan, les mains dans les poches. La tension entre les deux hommes n'est pas vraiment retombée. Bastien a démarré en trombe. Tristan a juste eu le temps de poser ses fesses sur le siège et de claquer la portière.

À quoi tu joues ? La petite voix sournoise dans la tête de Sahora reprend du service. *Tout ce que tu as fait jusque-là s'est retourné contre toi, alors pourquoi avoir donné ce sachet ? Tu savais ce qu'il contenait ; tu savais qu'il créerait encore plus de problèmes. Pourquoi tu tentes le diable ?* Sahora rectifie : *Je ne tente pas le diable ; je mise sur le chaos. Ce bouquet de nerfs ne demande qu'à s'embraser ; j'apporte le feu.*

En haut, Willy est allongé sur son lit. La petite fête improvisée de Tristan et la discussion qui a suivi l'ont épuisé. Tristan se tiendra sage. Il a promis. Une promesse est une promesse. Entre deux amis, elle revêt un caractère secret et sacré. Willy ne croit pas aux choses de l'Esprit ; il croit en la parole de l'homme. Celle de Tristan est parfois déstabilisante. *T'as pas l'impression que ton frère t'a volé ta vie ? T'aurais pu t'en sortir. T'es un gars intelligent. Au lieu de ça, t'es au service d'un rêve qui n'est pas le tien, tu y as adhéré par faiblesse, par lâcheté envers toi-même, et tu te contentes des miettes qu'il te laisse.*

En bon pompier de service, Willy a le sentiment d'avoir jugulé l'incendie, mais il sent bien que depuis le dernier braquage, plus rien n'est pareil. Un tsunami a tout emporté. Une vague de désordre a submergé leur existence. Tout est devenu incertain, mouvant. Le monde est devenu imprévisible, indéchiffrable. Le monde a subitement changé ; il est devenu hostile. Ils ne sont plus les prédateurs. Ils sont devenus les proies. Et pire que tout, Willy a du mal à croire son frère.

Willy dresse une liste de mots dans sa tête comme pour mieux s'approprier le réel qui se dérobe à sa compréhension. C'est un peu l'heure du solde de tout compte.

LES ERREURS : Les présidents braqueurs ont tous merdé dans les plus grandes largeurs. Lui le premier en choisissant dans l'urgence le chauffeur, un élément dont il n'était pas sûr à 100 %. Tristan a tué un flic : un mauvais réflexe. Bastien a dessoudé le chauffeur sans qu'il ait pu s'expliquer : un mauvais procès.

LES DOUTES : Willy ne sait plus qui ni quoi croire. Le chauffeur : la brebis galeuse ? Tristan : chargé pendant le casse comme l'affirme son frère ? Bastien : un autocrate en train de perdre les pédales ? Lui : un simple suiveur ?

L'INTERPRÉTATION DES ÉVÉNEMENTS : Bastien n'en démord pas. Deux corps étrangers (le chauffeur et la drogue) ont eu raison de l'équilibre naturel du groupe. Pour Tristan, la vie est un jeu de dés. Il n'y a pas de fautes ; il n'y a que le destin. Willy a une tout autre interprétation. C'est l'excès de confiance, l'habitude que tout se passe bien qui a conduit à des erreurs fatales. Ça fait trop longtemps que son frère se prend pour Dieu tout-puissant. Comme dans la tragédie grecque, l'homme finit toujours par payer sa prétention et sa démesure.

L'IMPOSSIBLE SYNTHÈSE : C'est exactement là que Willy a failli à sa mission. La conciliation n'est plus possible. Comment comprendre ce qui s'est passé ? Comment donner du sens ? Comment envisager un avenir commun alors que les parties prenantes ne voient pas les mêmes choses et ne s'entendent même plus ? Willy a une certitude : il œuvre au maintien d'une illusion. La cohésion sans faille des présidents braqueurs n'existe plus.

LA PRISON : Sahora croupit dans une cave sordide. Il a presque honte d'avoir pointé une arme sur elle lors du braquage. Willy est consigné dans une chambre. À mesure que le temps passe, il a une drôle de sensation ; la ferme du vieux Franck est une prison dont les murs rétrécissent chaque jour. Elle pousse ses occupants à se replier, à se caricaturer, à se réduire. Il sent le poids des murs épais. Il sent la pression des flics qui se rapprochent. Willy étouffe. Cette histoire tourne mal. Elle a un avant-goût de tombeau.

La fuite : Se réinventer sur une île. Entre Bali et Lombok. Bastien a tout prévu, sauf la révolte de Tristan et la blessure de Willy. Lui, il ne rêve pas de fuite, mais d'émancipation. Personne n'a besoin d'un Dieu dur, vengeur et méchant. Tristan n'a pas l'âme d'un bigot.

Willy enfonce ses écouteurs dans ses oreilles. Il écoute du Pink Floyd pour mettre ses pensées en sourdine. Il ferme les yeux, cherche le sommeil en diluant son attention sur la longue plage planante et instrumentale qu'est *Echoes*.

Sahora, elle aussi, rêve d'évasion. Elle n'a pas dans les pattes le nabot fasciste ni le grand libidineux. Il ne reste que la guimauve blessée. Le plus humain des trois, même s'il n'a pas hésité à pointer son arme sur elle dans le casse.

Elle monte les escaliers de la cave et tire doucement sur la poignée. Comme elle s'y attendait, la porte ne s'ouvre pas. Avec le plat de ses mains, elle appuie de tout son poids sur l'âme de la porte. Elle ne bronche pas. Elle est épaisse et lourde. Une porte de bunker. Il faudrait plus de recul pour avoir une chance de l'enfoncer.

Elle descend quelques marches, se lance et cogne son épaule sur la paroi. Le bruit du choc est sourd. La lourde ne bouge pas. Elle tente une nouvelle fois avant que Willy se mette en branle et rapplique. Tant pis si elle se déboîte l'épaule, ça sera toujours mieux que de pourrir dans cette cave. Son corps s'écrase une nouvelle fois. La porte fait de la résistance. Elle n'y arrivera pas comme ça. Elle redescend à la recherche d'un objet qui pourrait l'aider à défoncer la lourde ou à crocheter la serrure.

Un aboiement. Ça vient de dehors.

Elle se juche sur la chaise et scrute à travers le jour. Un grand chien, la truffe au sol, arpente le champ d'en face. Il est rejoint par un autre chien de la même taille. Un homme râblé les suit. Il porte un couvre-chef. Il avance à grands pas en invectivant ses chiens. La petite troupe se dirige vers la ferme où Sahora a tenté de fuir la veille.

Sahora ne tergiverse pas. Elle crie de toutes ses forces. Elle appelle à l'aide. Elle n'a pas parlé depuis deux jours. Elle a l'impression que ses cordes vocales vont se déchirer. Les chiens s'arrêtent, lèvent la tête. Sahora s'époumone de plus belle et passe sa main dans le jour. Les clebs ne bronchent pas. Ils recollent leur truffe au sol. Le vieil homme tourne enfin la tête. Elle s'excite de plus belle. La chaise branle, l'assise donne des signes de faiblesse.

Douche froide, le promeneur ne regarde même pas la ferme. Il lève les yeux au ciel. Elle ne comprend pas. Puis elle entend un bruit sourd et tourbillonnant. Dans la cour, un nuage de poussière. Les volets de la maison claquent. Un hélicoptère passe au-dessus de la ferme. Sahora hurle de plus belle, mais le vieil homme ne l'entend toujours pas. Il est concentré sur les pales de l'appareil. Il tient son couvre-chef pour qu'il ne s'envole pas. Les chiens, queues basses, se réfugient derrière lui. Ils geignent. Ils ont peur. Le vieil homme décide de reprendre sa route en direction de la ferme en contrebas, ses chiens le suivent comme deux ombres.

Sahora ne crie plus. À force de s'époumoner, elle n'a plus de voix.

La porte d'entrée claque. Willy est dehors. Il a été réveillé par le passage de l'hélicoptère qui a fait claquer les volets. Il le regarde maintenant s'éloigner. L'engin transporte une charge d'eau. C'est un bombardier d'eau. Il est soulagé. Ce ne sont pas les flics en mission de reconnaissance.

Plus haut, la montagne est en feu comme le ciel qui tourne au rouge sang.

Willy entend des gémissements. Ça vient de derrière lui. La cave. Willy se rapproche du jour.

— Ça va ? demande-t-il presque timidement.

— Non, ça ne va pas. Je suis passée à travers une chaise. Je saigne. J'ai des échardes sur toute la jambe.

— Attends-moi, je reviens tout de suite.

Willy retourne dans la maison. Il met dans un sac plastique un peu de gaze, un désinfectant et une grande bouteille d'eau minérale. Il revient au niveau de la petite fenêtre et balance le tout.

— Lave ta blessure avec de l'eau d'abord.

— Il faut une pince à épiler pour enlever les échardes.

— Je dirai à mon frère de venir voir ta blessure quand il rentrera.

— Non, pas lui. Il me fait peur.

— Tu n'as pas vraiment le choix et si on fait rien, ta jambe va s'infecter.

— Quelle importance, vous allez me tuer de toute façon.

— Ne dis pas n'importe quoi.

— Vous allez me tuer. J'ai vu ton frère tuer de sang-froid votre chauffeur. Alors un otage comme moi...

Il la coupe.

— Il avait ses raisons pour agir comme ça.

— Le chauffeur ne vous a pas vendus. La police était présente au casino avant votre arrivée à cause d'une menace terroriste. Je l'ai entendu à la radio. Ton frère l'a entendu aussi. C'est lui qui écoutait le reportage. Il s'est bien gardé de te le dire.

— Tu mens.

— Je ne mens pas. D'ailleurs, je suis certaine que ton frère reviendra tout seul tout à l'heure.

— Qu'est ce que tu racontes ?

— Il fait le vide autour de lui et la prochaine sur la liste, c'est moi.

Willy est décontenancé par la tournure de la discussion. Il regagne sa chambre. Il allume la radio. Le braquage, on n'en parle déjà plus. Un camion a mangé la foule. Un nouvel attentat à Paris. Un parterre de morts comme sur la promenade des Anglais quelque temps plus tôt. La même horreur qu'au Bataclan. La même honte qu'à Charlie Hebdo. La France se meurt. Au bout de quelques minutes, Willy est saturé par un flot de paroles en continu. Les mêmes détails, de l'émotion à vomir. Il éteint la radio. Il repense à Sahora. Oui, elle ment sûrement. Tout le monde ment un jour. Il ment bien à son frère à propos de Lili.

12

Bastien est seul quand il se rend chez le Belge. Il est nerveux. Sa patience a été largement entamée par la matinée désastreuse qu'il vient de vivre. Il a dû traiter le cas Tristan et il va devoir donner des explications à son frère. Il n'est pas encore près de voir la fin des emmerdes.

Le Belge ne paye pas de mine. Il a une drôle de dégaine avec son crâne d'œuf où se battent quelques cheveux. Du crin de cheval rétif aux coups de peigne, dernier vestige d'une chevelure autrefois plus dense et flamboyante. Le teint cireux, il regarde Bastien de ses petits yeux aiguisés. Aucun détail ne lui échappe. Il évalue. Il pondère. C'est une vraie balance Roberval.

Bastien se fraye un chemin entre des torses en marbre, des bronzes à patine brune, des lustres en laiton et un fatras d'objets sans grande valeur marchande, mais qui font la joie des chineurs du dimanche. La boutique du Belge est en fait un grand entrepôt situé en périphérie de la ville, un véritable capharnaüm entouré de murs blancs et débordant de matière figée dans le temps.

Chaque centimètre carré est occupé. Bastien cherche une logique au rangement. Il n'y en a pas. Le Belge n'en a pas besoin. Il sait exactement où tout trouver. Le rangement, c'est d'abord des tiroirs dans sa cervelle.

Le Belge et Bastien débouchent dans une pièce borgne éclairée à la lumière blanche d'un néon. Le bureau officieux du Belge. Une table, deux chaises, une lampe UV et une loupe binoculaire. Un décorum simple et fonctionnel.

Le Belge s'assoit. Il invite Bastien d'un simple geste de la main à faire de même. Bastien s'exécute. Le temps presse. Il sort les bijoux et les étale sur la table. Il scrute la réaction du Belge. Il n'en a pas. Le gars est stoïque. Il se contente de fixer la matière qu'il a sous les yeux.

— 12 000, fait le Belge.

Bastien est déconcerté. Il s'attendait à une laborieuse analyse pour chaque bijou. Il se trompait. Le Belge les connaît tous. Les pierres de chaque pièce n'ont aucun secret pour lui. Il a tiqué quand Bastien lui en a fait la description par téléphone. Il sait d'où elles viennent : la bijouterie Hartmann. Il connaît exactement leur valeur. La bague la plus proche de lui est un solitaire serti d'un diamant de 1 carat monté sur un anneau en or blanc de 18 carats. 6 350 euros en vitrine. Il a le certificat gemmologie de la pierre comme pour toutes les autres pierres supérieures à 0,50 carat se trouvant sur la table.

— Vous vous foutez de ma gueule ? réplique Bastien. Il y a pour plus de 100 000 euros de matos.

— Je le sais très bien, mais c'est quand même 12 000.

Bastien secoue la tête. Il met la main sur la table et commence à remettre les bijoux dans la poche. Il s'apprête à se lever quand il entend des pas derrière lui. Deux gars font irruption dans la pièce borgne : un Asiatique au visage fermé et un homme apprêté comme un sou neuf, dans un costume trois-pièces fait sur mesure. Il porte une longue barbe délicatement taillée qui contraste avec sa coupe de cheveux rétro, courte sur les côtés et longue sur le dessus.

— C'est quoi ce bordel ? fait Bastien qui a un sérieux coup de chaud.

Le Belge ne répond pas. Il reste impavide. L'homme à la coiffure Pompadour se colle à Bastien. Il le toise avec un grand sourire tandis que la main de l'Asiate se pose sur son épaule.

— Nous avons très envie de faire affaire avec vous.

— Qui êtes-vous ?

— Je m'appelle Richard. Ce que vous devez savoir de moi (il prend un air faussement interrogateur), disons que je suis l'acheteur. La personne qui a posé amicalement le plat de sa main sur votre épaule, c'est Phong. C'est mon bras droit bien qu'il soit à votre gauche. Vous connaissez déjà le Belge.

Bastien est toujours mal à l'aise. L'arrivée des deux hommes n'était pas prévue à son programme. Bastien n'aime pas les surprises. Richard l'a remarqué et essaye de détendre l'atmosphère. Il reprend la parole d'une voix calme et posée :

— Tout va bien se passer. Nous sommes ici entre gentlemen. Je vais jouer cartes sur table avec vous. Je connais ces bijoux pour la bonne raison qu'ils sont à moi ou plus précisément, c'est moi qui les vendais. La boutique Hartmann, c'est mon gagne-pain. Du moins, un de mes gagne-pain.

Bastien est sur le cul. Il ne s'attendait pas à se retrouver devant le propriétaire d'une boutique qu'il a braquée.

— Quatre-vingt-dix secondes !

Richard prend un air songeur.

— Quatre-vingt-dix secondes pour dévaliser ma bijouterie. Du beau travail. Rien à redire. Les présidents braqueurs, c'est du tout bon. De l'orfèvrerie si j'ose dire.

Qu'est-ce qu'il cherche cet enfoiré toiletté comme un clebs de compétition ? Il est de mèche avec les flics. C'est ça ! Il est en train de la lui faire en douce. Les flics vont débouler dans la pièce d'une seconde à l'autre. Flagrant délit de recel. Une nouvelle ligne à son CV de braco. Un coup d'œil inquiet autour de lui. Il ne détecte aucun mouvement suspect. Richard est perspicace. Il comprend tout très vite.

— Vous n'avez rien à craindre. Il n'y a personne d'autre que nous. Nous sommes juste là pour une transaction mutuellement profitable. Alors, détendez-vous.

Bastien veut abréger la situation. La meilleure défense, c'est l'attaque. Il emprunte le style monosyllabique du Belge pour lâcher laconiquement :

— 25 000.

Richard arbore un petit sourire. Il passe la main dans sa barbe. Elle exhale le musc blanc et le bois de santal.

— Comme vous le savez, ces pierres ne sont pas vendables en l'état. Il faut les retailler, sinon elles ne trouveront jamais de preneurs. C'est là qu'intervient Phong. En plus d'être mon bras droit, c'est mon meilleur ouvrier. Pour écouler la marchandise, c'est à Anvers que ça se passe, et il est nécessaire d'avoir des contacts, beaucoup de contacts, et ça, c'est le boulot du Belge. Il connaît du monde là-bas. Ce n'est pas pour rien qu'on l'appelle le Belge.

— 25 000, maintient Bastien.

Le chiffre claque dans sa bouche et gifle les oreilles du petit aréopage autour de lui. Ça ne perturbe pas Richard.

— Il ne vous a pas échappé qu'il y a de nombreux intermédiaires et qu'il faut bien entendu les rémunérer. Grassement par ailleurs. Il y a une règle simple dans le recel qui semble vous échapper : personne ne doit être trop gourmand.

— Pas trop gourmand ? tempête Bastien. Vous êtes remboursé du casse par votre assurance et vous revendez des pierres qu'on vous a volées, que vous avez rachetées une misère, et qui sont retaillées par vos soins.

— Vous n'allez quand même pas me reprocher d'être malin. Je vous demande de l'être à votre tour. Je consens à faire un geste. Je vous propose 18 000 euros. C'est une offre tout à fait honnête, charitable même.

— Désolé, c'est peut-être la période des soldes, mais moi, je ne brade pas.

L'homme secoue la tête. Bastien sent la pression de la main de Phong se faire plus forte. Le visage du Belge est toujours inexpressif ; un veau marin échoué sur une chaise trop petite pour lui. Il a l'air de s'en foutre. Ce n'est pas le cas de Richard. L'expression de son visage a changé. Il n'est plus souriant. Bastien a face à lui la vraie personnalité de Richard : froideur et détermination. C'est un miroir qu'il a en face de lui.

— Je crois que vous êtes dans une situation difficile et que vous n'êtes pas en mesure de négocier quoi que ce soit. Votre dernier braquage, celui du casino, s'est mal passé. Un président braqueur blessé. Un flic refroidi. Un chauffeur cramé. Un otage évanoui dans la nature. C'est partout dans la presse. Les flics sont sur les dents. Je n'ose imaginer ce qu'ils vont vous faire quand ils remonteront jusqu'à vous.

— Ils ne remonteront jamais jusqu'à nous.

— Il faut si peu de chose pour que la police fasse bien son travail. Un petit appel anonyme et on tombe si facilement, c'est bien ça le Belge ?

L'homme se redresse et fixe Bastien dans les yeux.

— Quelqu'un m'a balancé, il y a une dizaine d'années. Ce quelqu'un était un ami. Ça m'a coûté quelques années de prison. J'ai tout perdu. C'est moche une cellule, et je ne parle pas des caves qu'il faut se farcir au quotidien.

— Voilà, reprend le bijoutier. Un simple coup de fil et la destinée de plusieurs vies bascule. Des vies réduites à néant. Tout ça à cause de VOUS, parce que vous n'avez pas pris la bonne décision.

— C'est une menace ?

— On ne menace pas les gens en faisant appel à leur raison. Je vous propose une somme rondelette et la garantie d'une paix royale. Dans votre situation, ça ne se refuse pas.

Ce n'est pas dans ses habitudes, mais Bastien lâche l'affaire. Il prend les 18 000 euros sans broncher, laisse les cailloux sur la table et se barre sans un mot pour le Belge et sa clique de connards. Gamin, il s'était promis de ne plus jamais s'aplatir ; là il s'est fait rouler gentiment dessus. Les temps changent. Pour la première fois de sa vie, Bastien se sent vieux. Il est temps de raccrocher. Il passe le reste de son après-midi en ville. Il achète dans une agence de voyages les deux derniers billets d'avion en classe affaires pour Bali. Son frère pourra s'allonger.

Pour éviter des problèmes avec la douane, ils n'embarqueront que le minimum de thune avec eux. Le départ est prévu le surlendemain, au petit matin.

Bastien peste. Dans le tumulte de la matinée, il a oublié de prendre avec lui l'argent du dernier braquage et le reliquat des précédents. Il est bon pour un aller-retour en ville demain pour le transfert des liquidités sur les différents comptes qu'il a ouverts en France et en Indonésie. Il y a une règle d'or quand on manipule de l'argent sale : ne jamais mettre tous ses œufs dans le même panier.

Pour la fille, il a maintenant les idées claires. Il ne peut se résoudre à l'éliminer. Elle n'est ni une traîtresse ni une ennemie. C'est une victime collatérale. Et puis comme le dit son frère, il y a bien eu assez de morts jusqu'ici. Il passe à la pharmacie et achète une boîte de Rohypnol, un puissant somnifère qui a l'avantage d'être soluble dans l'eau. Après quelques gorgées, elle tombera dans un profond sommeil. Quand elle se réveillera, Bastien et son frère seront déjà loin.

Reste à expliquer à Willy l'absence de Tristan. Parfois ça ne tourne pas comme on veut. Même entre amis, il y a parfois des divorces. Plus ou moins à l'amiable. Pour l'heure, il ne se sent pas capable d'en discuter avec son frère. Il est même incapable de l'appeler. Il est par ailleurs étonné que ce dernier n'ait pas essayé de le joindre. Willy doit être encore ensuqué par les médicaments.

Bastien fait un détour. Il prend la départementale, une langue de bitume coincée entre le Rhône et les premiers pans du Massif central. Après quelques kilomètres, il bifurque et s'éloigne des usines et du bâti maussade. Il suit un petit sillon bleu (la rivière de son enfance ; là où il pêchait l'écrevisse à pattes blanches avec son père et son frère), dans une étroite vallée encaissée, cernée de vergers, de cultures en terrasses et de châtaigniers. Il traverse des villages et un vieil aqueduc en pierre. Un saut dans le temps. Plus haut, des falaises calcaires abruptes découpent le ciel bleu de l'été. Puis il prend un petit chemin en terre. La voiture a la bougeotte. Il roule encore une centaine de mètres avant de se garer. Il sort du véhicule, fait quelques pas. Devant lui, une petite plage de galets blancs. Il s'étire. Il est seul. C'est le début de soirée. La lumière est déclinante, belle, douce, bienveillante. Il se dépoile. L'Eyrieux scintille sous les derniers rayons dorés du soleil. Quelques clapotis à la surface indiquent que des truites fario font bombance. Il s'apprête à les rejoindre. Il entre dans l'eau. Elle est fraîche. Il exécute quelques brasses énergiques. Il n'entend que le mouvement de ses bras et de ses jambes. Il se met sur le dos et regarde le ciel. Il ferme les yeux. Dans sa tête, c'est le chaos ; c'est BABYLONE.

Bastien sort de la rivière et s'assoit sur la rive. Il cherche son téléphone dans ses vêtements éparpillés. Il ne le trouve pas. Il se lève, s'habille, et prospecte dans la voiture. Le téléphone reste introuvable. Il peut être partout : dans la forêt, chez le Belge, à l'agence de voyages, à la pharmacie. Ici ou ailleurs, la nuit vient de tomber. C'est trop tard pour remettre la main dessus. Il est las. C'est comme s'il avait pris dix ans. Bastien est certain d'une chose. Ce soir, il a perdu bien plus que son téléphone.

13

Le troisième jour, au petit matin.

La porte de la cave s'ouvre. Des pas dans l'escalier. Bastien sort de la pénombre. Le visage fatigué. Des cernes. Il n'a pas dormi. Il s'approche de Sahora. Il lui tend une feuille. Elle lit : Sa jambe est blessée. C'est l'écriture de Willy. Il détaille la jambe en silence. Elle ne sait pas si elle doit avoir peur.

Bastien a des gestes doux. On ne dirait pas la même personne qui l'a frappée et tirée par les cheveux. Il effleure du bout des doigts la blessure qui court le long de sa jambe. De bas en haut, lentement, il scrute les reliefs et les réactions de Sahora. Il sent une première écharde au niveau du tibia, puis une deuxième dans le creux de la cuisse. Sahora ne bronche pas. Allongée sur le matelas de fortune, les jambes nues, légèrement écartées, elle a des frissons. C'est physiologique. Elle n'y peut rien. Bastien reste concentré sur la blessure. Une pince à épiler. Il a besoin d'une pince à épiler pour extraire les petits bouts de bois coincés dans la chair de Sahora. Il y en a une à l'étage. Dans la cave, la lumière est trop faible. Il faut qu'elle remonte avec lui. Il en profitera pour lui donner à manger et à boire la bouteille d'eau remplie de somnifère. C'est le moment d'accélérer le mouvement.

Il n'y a pas que les gestes de Bastien qui ont changé. Son allure générale n'est plus la même. Sahora remarque que son dos est légèrement voûté et qu'il a les épaules rentrées. C'est comme si dans la nuit il s'était racorni. Une barbe naissante adoucit les traits de son visage anguleux. Il n'est plus ce bloc minéral froid. Il paraît fatigué, presque fragile ; il a vieilli. Sahora ne le craint plus. Bastien n'est qu'un homme !

On gratte le sol derrière le jour. Des bruits d'excitation. Un animal halète derrière l'épais mur de la cave. Sahora pense tout de suite à la Bête. Elle se retourne et se lève d'un bond. Bastien se colle à elle. Un museau passe au travers de la meurtrière. Sahora déchante. Ce n'est pas celui de la Bête.

— Qu'est-ce que tu as trouvé, Walden ?

Une voix dans la cour. Elle est aiguë, légèrement éraillée. Le chien laisse échapper un aboiement rauque qui résonne dans la cave. Sahora sursaute. Bastien se retourne et plaque son dos contre le mur, Sahora dans les bras. Il pose sa main sur sa bouche. Il y a un homme dans la cour et Willy va à sa rencontre.

— Désolé de vous déranger, fait l'inconnu. Je croyais que la maison était vide depuis que le vieux Franck a cassé sa pipe.

— Qu'est-ce que vous voulez ? fait Willy d'une voix froide.

Les chiens grondent. Le vieil homme les réprimande sèchement.

— Ils sont très excités quand ils chassent.

— C'est l'été. La saison de la chasse n'est pas encore ouverte.

— Disons que c'est une chasse un peu particulière.

Willy ne réagit pas. Il se concentre sur sa jambe. Elle lui fait encore mal, surtout quand il est obligé de garder la station debout.

— Y a une Bête, reprend le vieux. Elle s'en prend au bétail et aux animaux domestiques. Mes chiens l'ont prise en chasse et ils m'ont mené jusque-là par deux fois.

— Il n'y a pas de Bête ici.

Le vieux sourit.

— Ce n'est pas moi qui le pense, ce sont mes chiens et ils se trompent rarement. Ils ont la Bête dans le museau.

— Il n'y a rien ici, à part moi.

Le vieil homme regarde la grande bâtisse avec ses nombreuses dépendances à l'abandon.

— Ça vous dirait que je fasse un petit tour de la propriété ? Mes chiens ont blessé la Bête hier. Il y avait du sang sur la piste. Elle doit être dans un drôle d'état.

— Je préfère que vous partiez maintenant, fait Willy avec une étonnante fermeté.

— Bon, bon, je comprends. Mais si j'étais vous, je ne sortirais pas de cette ferme sans un bon fusil. Cette Bête est folle. Elle s'attaquera à vous dès que vous aurez le dos tourné. Elle a vécu au contact des hommes, maintenant elle ne les aime plus.

— Vous n'êtes pas armé vous, lui fait remarquer Willy.

— J'ai Candide et Walden. Ça vaut largement le meilleur des fusils.

Willy tourne les talons et ferme la porte. Il regarde par la fenêtre. Le vieil homme reste un instant dans la cour à l'affût du moindre mouvement qui pourrait témoigner de la présence de la Bête, puis il part comme la veille en direction de la ferme de Luigi. Quand il se retourne, Willy a devant lui Sahora et Bastien. Les deux frères se saluent en inclinant mollement la tête. Bastien fait asseoir Sahora sur le fauteuil près de la fenêtre, puis il part dans le couloir.

Willy se tient droit devant l'otage. Il a une expression inquiète sur le visage. Sahora détourne le regard. Elle remarque que le salon est plus en ordre que la veille. À côté d'elle, contre le mur, un seau rempli d'ordures, un balai édenté et une grande pelle qui sert à ramasser la poussière.

Bastien n'a pas fermé l'œil de la nuit. Il s'est préparé à affronter son frère ; à jouer aux questions-réponses. Maintenant qu'il est en quête d'une pince à épiler dans la salle de bains, il cherche son souffle. Il connaît sa partition par cœur, mais il ne sait pas si ses nerfs vont tenir. Quand il revient dans le salon, il évite soigneusement de croiser le regard de Willy. Il se met à genou et travaille à extraire l'écharde située au niveau du mollet de Sahora. Il l'enlève avec une facilité déconcertante. Il est doué. Il désinfecte la plaie, met un pansement.

Willy brise le silence.

— J'ai trouvé nos deux billets d'avion sur la table. Il n'y a pas celui de Tristan. Il ne part plus avec nous ?

Bastien ne se retourne pas. Il ne répond pas. Il tâte le haut de la cuisse de Sahora.

— Où est Tristan ?

— En ville.

Willy ne peut s'empêcher de jeter un œil à Sahora qui détourne le regard. Il sent une colère sourde monter en lui. Elle vient de loin, du plus profond de ses entrailles.

— Il a laissé son téléphone. Il ne serait jamais parti sans.

— C'est pourtant ce qu'il a fait. Il est parti sans son téléphone.

— Il ne serait pas parti sans m'en parler d'abord.

— C'est pourtant ce qu'il a fait. Il est parti sans t'en parler. On a discuté d'homme à homme. On en a conclu qu'on ne pouvait pas continuer comme ça. S'il revenait là, c'était reparti pour des explications à n'en plus finir avec toi. Il ne voulait pas de ça, et moi non plus. Nos chemins se sont séparés. Il n'était pas heureux avec nous. Il faut que tu l'acceptes.

— Et tu veux me faire croire qu'il est parti sans sa part du dernier casse ? L'argent est encore là.

— Oui, je l'ai oublié. Mais avant d'aller vendre les bijoux, j'ai transféré de l'argent sur ses comptes.

Willy serre les poings. Son frère ment. Il en est certain.

Bastien se retourne, et se lève. Il s'approche de Willy et lui met une main sur l'épaule. Une tentative timide et maladroite de rapprochement.

— Tu dois me faire confiance. On n'a pas le choix. C'est bien toi qui l'as dit, non ?

Willy écarte la main de son frère :

— Tu as tué Tristan !

— Ne dis pas n'importe quoi. Je ne l'ai pas tué. Tristan va bien.

— Tu mens.

— Il t'appellera bientôt. Il me l'a promis.

— Son téléphone est là.

— C'est son téléphone pour les braquages.

Willy est au bord de la crise de nerfs.

— Tristan avait raison. Tu m'as tout volé. Sans toi, j'aurais fini mes études et je serais un autre homme. Pas un putain de voleur en cavale.

— Sans moi, t'aurais fini ta fac de merde et tu te contenterais aujourd'hui d'un petit boulot alimentaire parce que tu n'as jamais eu d'ambition et encore moins de courage. Willy, t'es un dilettante. Je t'ai apporté l'exigence et la possibilité d'avoir une belle vie, chose qui nous est refusée depuis le départ.

— Tu as volé ma vie, mes amis et…

— Et la femme que t'aimes, c'est ça ? Tu veux parler de Lili, c'est ça ? Alors, parlons de Lili.

Willy est décontenancé.

— Je te l'ai pas piquée, reprend Bastien. Elle m'a choisi. Je ne l'ai pas forcée à quoi ce soit.

— T'as toujours refusé de le voir, mais il y a quelque chose de spécial entre elle et moi.

— Au point de baiser ensemble quand j'ai le dos tourné, c'est ce que tu veux dire ? Qui vole qui ? Qui profite de qui ? Si t'avais eu un tant soit peu de caractère, t'aurais pas eu besoin de moi pour faire quelque chose de ta vie, et tu baiserais pas la femme de ton frère en cachette.

— Je baise pas Lili ; je l'aime !

Willy explose et balance un coup de poing à son frère. Foudroyé sur place, Bastien tombe à la renverse sur Sahora. Son frère, le grand chantre des rapports lisses et sans violence, vient de le frapper avec une violence inouïe, et ce n'est pas fini, il est déjà sur lui. Il est en train de lui administrer une correction. Bastien encaisse et ne riposte pas. Se battre avec son frère est inenvisageable. Toujours ces putains de catégories dans sa tête. Il subit la déferlante de coups sous les yeux de Sahora.

Comme il y a vingt ans face à SALE CONNARD, Willy rentre dans une rage incontrôlable. Bastien l'appelle TANTRUM. Willy ne l'appelle pas. Il ne se contrôle pas et il n'y a personne pour l'arrêter, cette fois.

L'arcade sourcilière craque. Bastien pisse le sang. Il y en a pour tout le monde. Willy et Sahora sont arrosés. L'otage se met à crier. Elle tente de se dégager de la mêlée, mais deux hommes sur elle, c'est trop.

Sahora est prise à son propre piège. Elle est prisonnière d'une situation qu'elle a elle-même engendrée. La petite voix sournoise ne manque pas de lui rappeler : *Tout ce que tu as fait jusque-là s'est retourné contre toi. Tu n'es qu'une idiote ; une stupide écervelée.*

Bastien ne réagit toujours pas. Il encaisse, le visage tuméfié. Il n'est qu'un punching-ball ; un pantin désarticulé. Willy balance un dernier coup d'une extrême violence. Bastien tombe face contre le sol. Il fait des bulles de sang avec sa bouche et son corps tressaille comme s'il avait les doigts coincés dans une prise électrique.

Willy se redresse. Ses points de suture ont sauté. Il se retourne et prend appui sur la table de la cuisine. Il se sent mal. Il a la nausée. Il vomit sur le réchaud et la vaisselle. Il prend un vieux chiffon qui traîne sur la table et le passe sur son visage recouvert du sang de son frère.

Sahora est sortie du canapé. Elle s'est saisie de la pelle contre le mur. Elle la tient fermement dans sa main. Elle s'approche de Willy. Il se retourne. Un bruit métallique et sourd. Le contact de l'acier sur la tempe. Une décharge électrique. Du noir dans la tête du dernier braqueur vivant.

— C'EST UN PUTAIN DE BRAQUAGE !

Sahora court en direction de la salle de bains, embarque les sacs remplis d'argent et les met dans le coffre de la voiture. Elle retourne dans la maison. Elle prend un bidon d'essence près du générateur. Elle en verse le contenu dans le salon, sur les corps des deux frères, puis elle fait une ligne jusqu'au pas de la porte d'entrée. Elle craque une allumette. Elle a toujours aimé l'odeur soufrée qui s'en dégage.

Ce bouquet de nerfs ne demande qu'à s'embraser ; j'apporte le feu.

ÉPILOGUE

Ulysse est un bon flic, mais un bon flic triste. Norbert aussi est un bon flic ; mais un bon flic mort. Tombé à *Babylone*. Tombé pour *Babylone*. La carotide arrachée par une balle. Les yeux grands ouverts, explosés par l'effroi, Norbert a claqué dans les bras d'Ulysse. Les braqueurs ont pris la tangente. Ils ont disparu de la surface de la Terre. Des tueurs de flics sont dans la nature.

Ulysse est un obsessionnel. Il ne lâche jamais rien. C'est comme quand il cultive ses bonsaïs, il y passe des heures. Il est méticuleux. Il gère, contrôle, taille jusqu'à donner la forme qu'il veut. Il est tout-puissant ; il recrée la nature en miniature ; il l'invite chez lui ; il réhabilite la beauté du monde. Il en a besoin, car niveau boulot, c'est la fange qu'il côtoie au quotidien. Parfois, il croise sa voisine. Elle s'appelle Helen. C'est une Irlandaise. Elle est prof d'anglais. Elle cherche la conservation ; la connexion. Peut-être autre chose. Elle a un joli accent. Elle l'intrigue. Elle est belle. Grande, rousse, regard oblique ; on dirait une louve. Elle l'intimide. Elle dégage quelque chose de sauvage et d'ironique. Quand elle le regarde, il a l'impression qu'elle se fout de sa gueule. Il pense à elle souvent. Quelque part elle l'obsède. Est-ce qu'il la désire vraiment ? Il ne sait pas. Il bande mou pour le genre humain depuis si longtemps. Helen vit seule. Elle reçoit parfois des amants. Elle sait qu'Ulysse est flic. Elle sait aussi qu'il l'écoute au mur surtout quand elle baise. Alors, elle se met à hurler à en faire trembler les murs.

Ulysse est un obsessionnel. Il n'est pas le seul. Les médias également. La Bête rousse, les présidents braqueurs et maintenant les attentats. Une obsession collective en chasse une autre. L'univers semble voué à une suite d'émotions indécentes, mais cathartiques. Ulysse est stable dans ses marottes, mais il y en a une qui prend le dessus : CHIRAC. Il veut retrouver ce fils de pute et lui faire la peau.

III

MALBÊTE

Le mâle est un accident biologique ; le gène Y (mâle) n'est qu'un gène X (femelle) incomplet, une série incomplète de chromosomes. En d'autres termes, l'homme est une femme manquée, une fausse couche ambulante, un avorton congénital. Être homme c'est avoir quelque chose en moins, c'est avoir une sensibilité limitée. La virilité est une déficience organique, et les hommes sont des êtres diminués, incapables d'émotion.

Valerie Solanas

TU

Tu as quitté la ville pendant des mois. Tu as joué avec le feu. Tu as goûté aux flammes de l'enfer. Tu reviens chez toi la tête basse, la queue entre les jambes. Tu as perdu. Tu voudrais dormir des heures, des jours entiers, oublier, tout oublier. Tu passes le seuil de la porte. Tu regardes l'appartement. Il est exactement comme tu l'as quitté. Des meubles en formica, des papiers peints délavés aux motifs fleuris, plein de souvenirs couleur sépia. Tu ne le supportes pas.

L'appartement, c'est celui de tes vieux ; ton héritage, avec une vieille Clio qui démarre quand elle veut. 70 m2 dans une vilaine tour qui domine un quartier sensible à quelques encablures du centre-ville. Tes quelques affaires, les seules qui soient vraiment à toi, tu les as entassées dans le couloir parce que ta chambre déborde déjà de merdes. Pas les tiennes, celles de ta mère. Elle n'a jamais rien jeté et toi, t'as jamais jeté ses affaires. Ça sent le renfermé. Il y a une montagne de poussière. Ça sent l'inhabité. L'appartement est à ton image : négligé, affligé et abandonné.

Ton chien a déjà fait le tour du propriétaire. Il t'ignore superbement. Il trotte sur le carrelage, la truffe collée au sol. Il s'arrête dans le couloir et pisse sur ta vieille guitare manouche. Il te nargue, cet enfoiré. Disco Boy a un sale carafon, mais c'est ton seul ami. Le dernier. Les autres roupillent sous terre, une balle dans la viande. Disco Boy préfère la compagnie des femmes ; il aime surtout celles qui te quittent. Il t'en veut à mort. T'as mis le holà sur la bière et pour le coup, il te le fait payer.

Ta mère a clamsé, il y a trois ans. Une année seulement après ton paternel. À croire que gueuler sur ton vieux la maintenait en forme. Les derniers mois, elle n'était plus que l'ombre d'elle-même. Elle descendait acheter des coquillettes chez l'Arabe du coin puis passait sa journée à regarder la télé en boucle. Ses cheveux étaient ternes. Elle ne se maquillait plus. Elle ne se lavait plus. Elle sentait mauvais. Parfois, tu venais à douter que la chose que tu avais en face de toi soit encore ta mère.

Alors, tu t'es conduit en bon fils. T'as improvisé. Tu l'as amenée voir le docteur Paulhan, une grande gigue à la tête ronde avec un collier de barbe comme tes instits quand t'étais minot. Il était austère. Dans son costume anthracite, il avait tout l'air d'un croque-mort. Il s'était sans doute trompé de vocation. Sa femme venait de le quitter et ses gamins ne venaient le voir que pour lui réclamer du fric. Il a haussé les épaules après avoir ausculté ta mère et a dit d'un ton las : *C'est juste qu'elle se laisse mourir.*

Ta mère n'a pas bronché. Elle n'était pas vraiment là de toute façon. Paulhan a prescrit du Prozac et du repos. Les deux remèdes étaient dans les cordes de ta mère. À la maison, elle n'a pas fait d'histoire. Elle a gobé ses pilules sans sourciller, et toi tu n'as jamais vu la moindre amélioration.

Tu t'es improvisé chef cuistot. T'as fait cuire des coquillettes tous les jours, que tu agrémentais de rumsteck. Elle venait à table dans sa robe de chambre rose en éponge qu'elle ne quittait plus. Elle était absente. Elle te regardait sans la moindre chaleur. Après une première bouchée qu'elle mastiquait de longues minutes, elle avalait bruyamment. Puis elle posait sa fourchette dans un coin de l'assiette. Son repas était fini. Elle fixait le mur de la cuisine. Il était plus intéressant que toi. Parfois, tu pensais qu'elle faisait ça juste pour te faire chier.

À aucun moment, tu t'es dit qu'elle avait peut-être envie d'autre chose, de la viande en sauce, des soupes, des légumes sautés, des crèmes dessert, des gâteaux. Non, vraiment, ça ne t'a jamais traversé l'esprit. Il faut dire que t'es quand même un peu con sur les bords.

Après le repas, ta mère s'enfermait dans sa chambre à double tour. Tu entendais la télévision, parfois des éclats de rire. Et toi, tu t'enivrais avec de la bière et du rhum bon marché. T'as toujours bu comme un évier. Ça t'a coûté une carrière de footballeur professionnel. Elle te tendait les bras, mais t'as jamais cru en toi et personne ne l'a fait à ta place. Ton père n'a jamais bougé de son canapé pour venir te voir jouer. Il préférait regarder les matchs à la télé.

Le plus souvent, tu terminais ta soirée dans les bars du coin. C'était animé, sordide, enfumé. Ça te correspondait. C'est là que tu as rencontré Paulo et Mycose. Ils étaient plus vieux que toi. Ils avaient vu du pays. Ils te faisaient rêver avec leurs histoires et peu à peu, tu en as vécu avec eux. Tu faisais aussi des rencontres charnelles : des filles paumées aux grands yeux tristes et aux visages rabougris par l'alcool. Elles rêvaient de romance en levant bien haut leur verre. Elles buvaient vite ; elles riaient fort. Parfois, elles étaient violentes avec elles-mêmes, parfois avec toi. Elles étaient indomptables, insoumises, sauf à l'alcool qui coulait dans leurs veines. Tu les baisais à la hussarde dans les chiottes d'un bar, dans une ruelle sombre, dans une bagnole ou chez elles (enfin, c'était plutôt elles qui te baisaient). Tu étais enjoué, empressé, un vrai gamin. Tu aimais l'amour. Tu te désapais maladroitement ; tes gestes étaient si imparfaits que tu en étais touchant. Les corps s'entrechoquaient ; les peaux se mélangeaient. Tu avais une trique de tous les diables. La sueur, la salive, l'épiderme, tu dévorais tout, et tout te rappelait l'alcool. Tu mordais, tu grognais, tu gémissais jusqu'à l'extase animale puis, quand tout était fini, le bruit des verres qu'on remplissait reprenait leurs droits. Tu regardais ton coup du soir. Il ressemblait à celui de la veille. C'était toujours un peu la même fille que tu baisais ; une fille perdue qui s'amourachait de toi pour un soir, bien arrimée entre tes bras.

Tes virées nocturnes finissaient toujours mal. Tu te battais. Un mauvais regard, un compagnon de picole, tout était prétexte à ce que tu fasses mal, que tu te fasses mal. La violence, tu l'as toujours eue en toi. Déjà gamin, tu terrorisais les plus faibles. T'es un bagarreur. T'as dérouillé quelquefois. Ça ne t'a jamais vraiment vacciné. Tu te souviens d'une rouste que tu as prise dans les bois, près de chez ton oncle. Deux gamins que tu harcelais depuis des mois. Ils t'appelaient SALE CONNARD. Ils se sont vengés. T'es rentré chez toi en rampant. C'était mérité. Ils avaient raison de t'appeler comme ça parce que t'étais vraiment un SALE CONNARD.

Quand tu poussais la porte de l'appartement, c'était toujours dans un état lamentable. Tu empestais l'alcool, le sexe, la sueur mélangée à ton propre sang. Tu n'avais que quelques heures pour te remettre à l'endroit. Quelques heures avant de trimer à l'usine avec la douce perspective d'engraisser un connard de patron. Alors, tu vomissais comme un arrosoir dans les chiottes. Il n'y avait personne pour te faire la morale, juste le silence pesant de ta mère.

En six mois, elle avait perdu quinze kilos. Elle ressemblait à un vieux gant de toilette. Toi, tu en avais pris dix. T'étais bien loin de ton poids de forme. T'avais tout de l'ancien footballeur qui a pris du gras. Sans la carrière. C'est un détail qui change tout.

La fin approchait :

Ta mère ne se levait plus. Elle restait dans sa chambre, les rideaux tirés, la télé allumée et une lumière tamisée. Tu lui apportais des coquillettes. Elle te dévisageait. Quand tu revenais un peu plus tard, l'assiette n'avait pas bougé. Sa chambre empestait. Ta mère empestait. Alors, tu t'es fait violence. Tu l'as traînée sous la douche de force. Elle s'est débattue. Tu lui as gueulé dessus. Tu l'as malmenée, tu l'as rudoyée. Elle a crié. Son visage était celui d'une démente. Tu as frotté son corps flasque comme si sa maladie pouvait disparaître sous un gant. Elle t'a donné des coups ; elle t'a craché dessus ; elle t'a mordu jusqu'au sang. Tu plaides coupable. Oui, tu l'as frappée. Un réflexe. Un mauvais réflexe. De la frustration. Jamais tu ne seras un bon fils.

Et puis l'éclipse, une nuit d'hiver.

Quatre heures du matin. Tu te préparais pour aller à l'usine. Tu n'avais dormi que deux heures et tu étais encore éméché. Tu t'étais préparé un casse-dalle : deux œufs au plat. Tu ne savais faire que ça pour ton petit déjeuner. T'as jamais su faire un bon café, mais cette fois-là, tu l'as avalé sans broncher. Tu as regardé par la fenêtre de la cuisine. Tu as porté à ta bouche un morceau de pain que tu avais trempé préalablement dans le jaune de l'œuf. Dehors, il faisait froid et noir. Le quartier paraissait calme. Tu savais que ce n'était pas vrai. Le calme n'existe pas chez les habitants de seconde zone. Tu vis le cul sur une poudrière.

Tu es passé devant la chambre de ta mère. Elle était grande ouverte. Tu as allumé la lumière. Le lit était fait ; la chambre impeccablement rangée. Tu as fait le tour de l'appartement. Tu as commencé à paniquer. Tu as hurlé plusieurs fois. Ta mère n'a jamais répondu. Tu es descendu par la cage d'escalier. Tu es allé à la cave. Tu as fait le tour du quartier. Tu hurlais : *Maman*. Le thermomètre indiquait -2 degrés. Tu n'avais qu'un tee-shirt sur le dos, mais tu n'avais pas froid.

T'es allé chez les flics. Tu étais dans un triste état. Tu pleurais. Oui, tu chialais comme un gosse. Ils t'ont regardé comme une petite chose. Tu étais une petite chose ; tu avais perdu ta maman. Quelques jours après sa disparition, les flics ont trouvé un peignoir en éponge sur les berges du Rhône à quelques kilomètres de l'appartement. Tu as confirmé d'un hochement de tête ; c'était bien celui de ta mère. Les flics ont dit que le fleuve avait emporté son corps.

Tu es maintenant assis sur ton lit. Disco Boy est resté dans le salon à sentir de vieilles odeurs. Les humains sont pour lui des créatures nauséabondes. Ils empestent des pieds jusqu'à la tête, et c'est tout un pan de l'histoire de cet appartement qu'il a sous la truffe.

Il faut que tu partes. Il faut que tu partes maintenant. Tu as besoin de prendre l'air. Tu as besoin de marcher des jours, des semaines, des mois. Te faire mal, exploser tes pieds, expier tes fautes, te dissoudre dans l'effort, dans l'asphalte. Il y a trop de morts dans ta tête : Paulo, Mycose et tous ces fils de pute que tu as tués pour survivre. Ils te hantent. Il n'y a pas si longtemps, tu te berçais encore d'illusions. Tu vivais la grande aventure en compagnie de cloches célestes. Tu te trompais : ta vie, ta putain de vie, tu es tout simplement passé à côté. Tu n'as fait que suivre tes mauvais penchants et des gens qui ressemblent à tes mauvais penchants. Sans l'alcool, tu prends conscience que t'es un raté. Tu as bien entendu, oui t'es un naze de chez naze ; une raclure de bidet. La sobriété entraîne la lucidité, et la lucidité, c'est un truc de fou : ça fout d'abord les jetons, puis ça déçoit et ensuite seulement, ça donne des ailes. Tu veux t'en sortir. Il est temps pour toi de rentrer dans le rang et de devenir un autre homme.

Tu prends quelques vêtements dans ton armoire. Tu les fourres en boule dans un grand sac à dos. Tu y ajoutes un duvet. Tu chausses une bonne paire de baskets. Disco Boy revient vers toi. Il a senti ce qui se tramait. Il danse. Il couine. Il aime pas cet endroit. Ça chlingue le vieux, la désolation, la mort. Disco Boy est un clébard caractériel, imprévisible et bibineur. C'est un clébard anarchiste, un peu comme toi et par la force des choses, il est ton seul pote vivant. Tu fermes la porte de l'appartement. En descendant les escaliers, tu sais que tu es bon pour un long voyage. Tu as en tête des sols décapés, des landes vertes, des reliefs calcaires tourmentés. Tu veux voir la mer. Tu veux voir les calanques. Il y a trente ans de ça, ton père avait promis de t'y amener. Il a oublié. Normal, il a oublié qu'il avait un fils. Toi, non ! Tu t'imagines déjà plonger dans l'eau froide et turquoise d'une calanque. Ça te réveillera ; ça te remettra à l'endroit après des années d'anesthésie générale. Ça sera un baptême. Une nouvelle naissance. Puis tu embrasseras pour la première fois le monde des vivants. Tu seras enfin un HOMME.

Tu quittes cette ville que tu n'as jamais vraiment aimée. Tu empruntes des petites routes ; tu fuis la civilisation ; les gens ; les boutiques et surtout les boutanches. Tu marches jusqu'à l'épuisement. Ton périple s'allonge, s'étire. Tu avales les kilomètres. Tu crames sous le soleil. Le bitume colle à tes semelles. Ta peau devient sombre. Tu sens le sel, le vinaigre, la transpiration. À mesure que tu t'approches du sud, la chaleur se fait plus franche. Tu souffres. Et pire que tout, tu es en manque.

C'est ton choix. Tu te désherbes à la sauvage. Tu as beau te discipliner, tu as parfois des crises. Tu trembles comme une vache folle. L'alcool t'obsède. Ton corps appelle le liquide. Ton corps aspire à la suprême détente alcoolique. Tu transpires ; tu suintes ; ton pouls s'emballe ; ton humeur tourne à l'orage. Tu as envie de jeter ton sac et de taper dans le vent, sur ton corps, sur ton chien. Disco Boy n'est pas bête. Il sent tes tourments bien avant qu'ils viennent à ta conscience. Il reste en retrait et te regarde avec l'air de s'en foutre royalement. Il a raison ; c'est pas son affaire. Tu t'arrêtes. Tu t'assois. Tu bois de l'eau par petites gorgées. Tu te calmes et tu reprends la route jusqu'à la prochaine crise. Tu es fier de toi. Tu combats ton addiction comme un chef, mais tu n'es plus dupe. Tu sais bien qu'elle en cache une autre. Bien pire encore. Elle a un nom : LEILA. Elle t'a fui. Comme ta mère. Elle t'a menti ; elle t'a volé ; elle t'a trompé. Et comme un con, tu en redemandes. Tu lui cours après. T'es un indécrottable abruti. Tu fuis une merde pour te noyer dans une autre plus grande encore. Ce serait plus simple de laisser filer. Non, tu t'accroches à Leila. T'es un morbaque amoureux. T'es un ténia du sentiment. Tu veux des explications. Tu veux la reconquérir. Tu sais où tu vas. Tu vas vers Leila. C'est un pari fou. C'est un pari stupide. Tu penses savoir où elle est. Fozzano. Elle est allée retrouver Colomba.

Maintenant que tu as compris le véritable sens de ton périple, tu peux enfin redire JE.

JE MARCHE VERS LEILA.

ULYSSE

Au petit matin, c'est Ulysse qui s'y colle. Il tient à peine sur ses jambes après le désastre. Une nuit en enfer ; une nuit à Babylone. Nauséeux, il reste de longues minutes devant la porte d'un petit pavillon de banlieue à la façade moche ; un bloc de béton tout ce qu'il y a de plus con. Il cogne à la lourde. Plusieurs fois. Une femme ouvre. Elle a les cheveux en bataille et le corps encore engourdi par une nuit de sommeil. C'est Patricia, la femme de Norbert. Il la connaît bien. Elle aussi. Ulysse perçoit tout de suite la crainte dans ses yeux. Elle a raison de s'inquiéter. Ce qu'il a à dire est terrible. Il savait que ce serait raide, mais pas à ce point. Il cherche ses mots ; il éclaircit sa voix. Il a une mine dévastée. Il fait peur à voir. Ses paupières sont gonflées par une nuit sans sommeil. Les mots sortent au compte-goutte. *Norbert... Norbert est mort.* Il déglutit, puis il reprend comme pour s'amender : *Tout est allé trop vite. J'ai rien pu faire.* Il essaye de contenir ses larmes, sans y parvenir. Patricia s'écroule quelques secondes plus tard. Quand elle reprend connaissance, son visage est marqué au fer rouge ; saisi d'effroi ; snacké par l'horreur de la situation. Elle était persuadée que le jour où il arriverait quelque chose à Norbert, elle le sentirait. Elle se trompait. À trois heures du matin, quand Norbert est tombé sur la moquette de *Babylone* sous les balles des présidents braqueurs, Patricia dormait à poings fermés. Elle rêvait qu'elle faisait l'amour avec un autre homme.

Ulysse est un gars intelligent, mais son intelligence est triste. Elle est tournée vers ce qui est caché, les failles, les abîmes. Ulysse est doué pour traquer les petites choses (le diable est dans les détails). Rien ne lui échappe. Il décrypte ; il fait des liens ; il cartographie. Il s'improvise archéologue, sociologue, anthropologue. Il analyse les éléments de langage, les mouvements du corps, les expressions sur les visages. Il est psychologue, géographe, historien. Les soubassements de l'âme, les superstructures de la personnalité, les faits d'une vie n'ont pas de secret pour lui. Ses résultats sont excellents. Il est pro. Il ne lâche rien et il est intuitif.

Kowalski, son supérieur, un Polak de 1 m 92 qui s'entretient en soulevant de la fonte et en écoutant des livres audio, l'aime beaucoup. Il trouve que c'est un bon flic, mais il sait aussi que c'est un écorché vif, qu'il n'a jamais su faire taire le petit enfant qui était en lui. Ulysse lui fait penser à un personnage des *Frères Karamazov*, le dernier bouquin qu'il ait écouté en audio livre du grand maître russe, Dostoïevski. L'histoire dépeint une relation complexe entre un père libertin et autoritaire et ses fils aux caractères très différents. Ivan, le deuxième de la fratrie, le plus malin et le plus solitaire, est un idéaliste qui ne se satisfait pas du monde tel qu'il est. Ulysse en est la copie conforme. Kowalski constate une nouvelle fois le lien très étroit qu'entretiennent fiction et réalité. Il sait aussi que le monde tel qu'il est n'est pas fait pour les idéalistes.

Ulysse se trompe rarement. Il pourrait en tirer de la satisfaction. Il pourrait fanfaronner. Il n'en est rien. Il enrage de la bêtise des hommes. Depuis des années, il voit défiler devant lui des âmes perdues, des suspects en puissance, de coupables en sursis. L'emprise de BABYLONE est totale. Le mal est partout. L'homme est corrompu. Le mal est sa première peau.

Ulysse n'est pas chargé de l'enquête, mais Kowalski accepte qu'il soit présent à l'interrogatoire de l'otage. Elle a refait surface un après-midi écrasé par la chaleur. Ulysse n'a pas le droit d'être dans le bocal avec les autres flics. Il reste derrière une vitre sans teint en compagnie de son supérieur. Les deux hommes regardent, scrutent, évaluent. L'otage s'appelle Sahora. Elle fait bonne impression. Vingt-trois ans. Une jolie nana. Le cerveau bien fait. Elle vient de survivre à une prise d'otage. Elle s'est échappée en volant la voiture des braqueurs. Rien que ça.

Sahora, tu mérites une médaille.

Autour d'elle, les flics font leur job. Ils posent des questions. Ils temporisent. Ils lui donnent un verre d'eau, un sandwich. Ils reviennent à la charge. Toujours avec des gants. Ils la ménagent. Elle a vécu l'enfer. Elle l'a vaincu. Et surtout, elle est un témoin capital.

Sahora facilite le travail des flics. Elle est docile. Elle est claire. Elle est précise. Elle se rappelle tout. Les deux frères : Bastien, le cerveau de la bande et Willy, son cadet. Le troisième larron, elle ne connaît pas son prénom. C'est lui qui portait le masque de Chirac. Elle a vu le visage de Bastien et de Willy. Elle pourrait les reconnaître. Pour Chirac, elle est moins affirmative. Elle ne l'a pas trop côtoyé. Elle se rappelle de la route qui mène jusqu'à la planque. Elle a tout noté dans sa tête. Un témoin au cerveau bien fait, c'est une denrée rare.

Alléluia, sainte Sahora.

Après l'interrogatoire, les flics s'emballent. C'est le grand branle-bas de combat. La mission est simple : cueillir à froid les présidents braqueurs. Les dessouder serait un plus apprécié. Au menu, du braco à becqueter. C'est pas du goût de Kowalski. Il veut du propre, du chirurgical. Kowalski est dur au mal. Il est tout aussi exigeant envers lui-même qu'envers ses hommes. Il est craint. Il est respecté. Quand il ouvre sa gueule (ce qui est rare), ça fait l'effet d'un putain de blizzard. Il est Dieu le Père. Ses hommes l'écoutent. Ses hommes le vénèrent. Son devoir est de leur rappeler de garder la tête froide. Les règlements de comptes façon OK Corral, pas pour lui !

La route n'en finit pas de serpenter dans la montagne. Des villages reculés, des vieilles bâtisses à l'abandon, des champs mangés par la forêt. Ici, la violence, c'est le mépris ; l'abandon du politique. Il ne reste plus rien. Pas d'écoles depuis longtemps, plus de bureaux de poste. Des nids-de-poule maltraitent les roues des voitures.

Des lacets. Toujours des lacets. À mesure que le convoi s'enfonce dans la montagne, la misère devient de plus en plus prégnante. Elle n'est pas explosive comme la banlieue vue par la télé. Elle est silencieuse ; rampante ; oubliée des grands médias. Ici, c'est le royaume des petits paysans, des nouveaux pauvres, des marginaux, des sans-dents, du surendettement. C'est le triste spectacle de l'agonie d'un Ancien Monde qui se révèle sous les yeux d'Ulysse, sans risque d'insurrection ni de caillassage.

Sahora indique la route. Elle est précise. Un vrai GPS, avec une belle voix en plus.

La tension est palpable dans les voitures. C'est le milieu de l'après-midi. Le soleil écrase tout, sauf la volonté d'en découdre avec des braqueurs tueurs de flics. C'est l'ouverture de la chasse. Les hommes sont excités. Une meute de chiens qui a flairé le gibier. Il y a de l'hormone, de la testostérone dans l'air. Les voitures s'arrêtent à quelques encablures de la tanière des bracos-tueurs-de-flics. Le secteur est bouclé en moins de deux. Tous les hommes sont disciplinés. L'heure du face-à-face approche. La grande explication est à portée de calibre 9 mm.

Petit topo rapide :

La planque des présidents braqueurs est encerclée. Vitres éclatées. Murs noircis. De la fumée noire s'échappe du toit. Il y a eu un début d'incendie. Il faut attendre les pompiers avant d'intervenir. C'est long. Insupportable. Kowalski et Ulysse restent en retrait avec l'otage. Ulysse aimerait être aux premières loges. Déloger ces fils de pute et tirer sur Chirac. Il doit se contenter de voir ses collègues investir les lieux. Ils ne mettent pas longtemps à trouver ce qu'ils sont venus chercher. La déception est immense. Ils arrivent après la bataille. Deux cadavres partiellement brûlés gisent dans le salon. C'est comme un repas de fête servi froid. Sahora confirme l'identité des deux macchabées : Bastien, le chef des présidents braqueurs et Willy, son petit frère. Sarkozy et Hollande sont donc out. Où est CHIRAC et où est le fric du casse ?

Kowalski se demande comment un gars a pu partir à pied dans la pampa avec des sacs remplis de biffetons. La réponse fuse : *Il y avait une deuxième voiture.* C'est Sahora qui l'affirme. Ulysse rompt son vœu de silence et demande des précisions. Pour la première fois, Sahora semble hésitante. *Une petite voiture.* Ulysse ne lâche pas l'affaire. Il veut avoir plus d'informations. Elle est mal à l'aise. Elle tente de se reprendre, mais ses explications restent vagues et ne convainquent pas Ulysse : *Une petite voiture blanche. Je ne me rappelle ni la marque ni le modèle.*

Sahora, un petit effort, tu nous as habitués à beaucoup mieux.

Ulysse s'apprête à revenir à la charge, mais Kowalski lui dit STOP. Il a usé son joker. Il n'est pas chargé de l'affaire. Ulysse laisse son supérieur et l'otage. Il prospecte la cour, puis prend la direction du chemin par lequel ils sont venus, les yeux rivés au sol. Kowalski le rejoint quelques minutes plus tard.

Il connaît son homme. Il y a quelque chose qui ne va pas.

— Crache ta valda, fait le Polak.

Ulysse se gratte la tête. Il regarde le champ et la montagne en face de lui. Une nuée de corbeaux s'envole. Dans la mythologie scandinave, les corbeaux ont un rôle de messagers. Il est curieux de savoir ce qu'ils ont à dire. Les oiseaux s'éloignent dans des croassements rauques. Il n'y a rien à interpréter.

— La deuxième voiture.

— Quoi la deuxième voiture ?

— Ça ne tient pas la route. Il n'y a pas de traces d'une deuxième voiture dans la cour ni sur le sentier, et tu sais pourquoi ?

— Non, mais je sens que tu vas me le dire.

— Il n'y a jamais eu de deuxième voiture. Les explications de la gosse ne tiennent pas. Elle nous mène en bateau.

Kowalski ne bronche pas. Il n'aime pas la chaleur. Il n'aime pas la campagne. Il passe un mouchoir sur son front dégarni. Il est en nage.

— Et pourquoi ferait-elle ça ?

— J'en sais rien. Une chose est sûre : elle n'est pas précise dès que ça concerne Chirac. Elle ne l'a pas bien vu. Elle ne connaît pas son prénom et elle est incapable de décrire la voiture qu'il a utilisée pour mettre les voiles...

— Tu crois qu'elle le protège ?

— J'en sais rien. Il peut se passer pas mal de choses en quelques jours. Peut-être même qu'elle le connaissait déjà avant le braquage.

— Des preuves, Ulysse. Je veux des preuves. Pas des spéculations oiseuses.

Ulysse sait qu'il est sur une corde raide. Kowalski n'aime pas l'amateurisme et il sent bien qu'il n'est pas chaud avec ce qu'il vient d'avancer.

La sentence tombe :

— Tu vas prendre quelques jours de repos. Avec ce que tu as vécu, tu en as bien besoin. Si l'otage nous a raconté des bobards, on le saura très vite.

— Mais...

— Il y a pas de mais. On va retrouver Chirac. Je te le promets. À toi, à Patricia, et à tous tes collègues. Maintenant prends des vacances, c'est un putain d'ordre !

Les deux hommes se regardent avec intensité. Ulysse finit par baisser les yeux. Kowalski reste le chef de la meute.

Ulysse sait déjà comment il va occuper ses congés. Il va suivre son intuition. Comme toujours.

Sahora, tu es une petite cachottière. Je ne vais pas te lâcher.

Quelques heures plus tard, Ulysse frappe à la porte de sa voisine. Helen est toute surprise en ouvrant. Elle est en peignoir. Elle sort de la douche. Ses cheveux sont mouillés. De l'eau ruisselle sur son visage. Elle est belle sans maquillage. Il lui tend les clés de son appartement.

— Les bonsaïs à l'intérieur, faut les arroser tous les jours. Pour ceux de la terrasse, c'est tous les deux jours. Il y a mon numéro de portable sur la table du salon au cas où il y ait le moindre problème.

— Quels problèmes peut-il y avoir avec des bonsaïs ? Ils peuvent se rebeller ou fuguer comme des adolescents ?

— Ils sont fragiles. Ils peuvent tomber malades en un rien de temps.

— Les pauvres. C'est gentil de penser à moi pour cette lourde tâche. J'essaierai de m'en acquitter avec le plus grand sérieux.

Il a l'impression qu'elle se fout de sa gueule avec son français classieux, mais il n'a qu'elle de toute façon.

— Vous partez longtemps ?

— Je ne sais pas. Quelques jours. Peut-être plus.

— Si vous voulez, je peux venir avec vous ?

— Mes bonsaïs.

— Quoi, vos bonsaïs ?

— Arrosez mes bonsaïs. Ils ont besoin de vous et moi, j'ai besoin d'eux.

Quand il est retourné dans sa voiture, Helen est à sa fenêtre. Elle le regarde avec son petit sourire en coin et lui fait un petit signe de la main. Il y a comme quelque chose de normal, comme si ce geste avait toujours existé entre eux. Il démarre. Il est de nouveau en mode chasse. Il a une cible à abattre. Chirac. Ce fils de pute a disparu de la circulation, mais ça ne l'étonnerait pas de le voir bientôt en compagnie de Sahora. Il s'est fait la promesse qu'il lui réglera son compte d'une façon ou d'une autre.

SAHORA

Un chapeau de paille au bord large vissé sur la tête, Sahora se fait bronzer sur une chaise longue au bord d'une piscine. Il fait bon. Une légère brise caresse son visage. C'est agréable ; presque aussi sensuel que des doigts qui se perdent sur sa peau. Elle a fait l'amour au petit matin dans une calanque sur une grande serviette. Elle a joui deux fois avec les premiers rayons de soleil. En bande-son, le clapotis des vagues et le souffle de son amant.

Un corps athlétique glisse sous l'eau. C'est Denis. Sahora l'a rencontré la veille au bord d'une petite route départementale, quelques heures après avoir loué une voiture et pris la direction de Marseille. Tout est encore frais dans sa mémoire. Collé au bitume, Denis fait des signes aux voitures pour qu'elles s'arrêtent. Il a une belle gueule, mais ça ne suffit pas. Une jauge d'essence défectueuse. Panne sèche. Pas de chance pour son premier jour de vacances. Il commence sérieusement à s'inquiéter. Il doit organiser une fête dans la maison de campagne de ses parents, un petit coin de paradis perdu dans la garrigue entre Marseille et Cassis, à quelques encablures de la mer. Il est parti tôt le matin pour conduire tranquillement sur les petites routes (il n'a jamais aimé fréquenter l'autoroute) et avoir du temps pour la préparation des festivités. Mauvaise pioche. Il est coincé en plein cagnard depuis plusieurs heures quand la providence fait une entrée remarquée. Elle porte une robe légère, un chapeau de paille et une paire de Ray-Ban qui lui couvre la moitié du visage. Elle a un nom : Sahora. Après le siphonnage en règle du réservoir, Denis et Sahora sympathisent. Vu qu'ils vont dans la même direction, Denis l'invite à sa fête. Sahora se surprend elle-même en acceptant. Ce n'est pas dans ses habitudes de suivre des inconnus. Quelques heures plus tard, quand la fête bat son plein, Denis et Sahora s'éclipsent et font l'amour dans la calanque en riant comme deux adolescents.

Denis sort maintenant de la piscine. Son corps est sculpté. Le garçon s'entretient. Il vient d'entrer dans la vie active. Il est ingénieur. À tout juste vingt-cinq ans, il a un avenir simple et radieux. Il se plante devant Sahora pendant quelques secondes. Il étire les bras. Il est beau dans le soleil. Puis il se baisse pour poser ses lèvres humides sur l'épaule de Sahora. Elle ressent un léger frisson. Elle sourit. Elle se sent belle, désirable, malgré son corps meurtri. Elle ne s'est jamais sentie si libre qu'en cet instant. Cette liberté, elle ne la doit qu'à elle-même. Elle a été plus maligne que trois dangereux braqueurs. Elle a été mise en difficulté ; elle a contre-attaqué ; elle a gagné. Peu après, elle a envoyé balader son père. Il voulait qu'elle rentre en Guadeloupe par le prochain avion. Elle a refusé. Elle lui a fait comprendre qu'elle n'était plus un pion qu'il pouvait bouger à sa guise. En plus, elle lui a annoncé qu'elle partait quelques jours toute seule. Son père a failli faire une syncope. Prendre des vacances en solitaire après ce qui lui était arrivé, c'était de la pure folie. Elle s'est montrée ferme. *Pater omnipotens* en a pris pour son grade. *Pater omnipotens* a définitivement perdu sa petite fille.

Le bonheur de Sahora serait sans tache si elle n'avait pas manipulé, brûlé, et embarqué du fric volé. Elle a franchi la ligne rouge, mais c'est étrange, elle ne ressent rien. C'est peut-être encore trop tôt. Le choc de ce qu'elle a vécu a peut-être bloqué momentanément ses émotions et sa raison. Ce qu'elle sait, c'est que ça ne lui ressemble pas. Et puis, elle n'entend plus la petite voix sournoise. Ça l'étonne plus que ça ne lui manque. Enfin, depuis son départ de chez sa cousine, elle sent qu'il y a quelque chose qui ne tourne pas rond en elle. Ça l'énerve. Le malaise est là, perceptible, dérangeant, mais il ne se montre pas vraiment. C'est comme un monstre de l'enfance tapi dans un placard ou sous le lit. La peur de la peur est la pire des peurs. Rien que d'y penser, sa mâchoire se crispe et son corps se tend. Denis, qui s'est collé à elle entre-temps, le sent immédiatement.

— Quelque chose ne va pas ?

— Ça va, fait-elle avec un petit sourire qui dit le contraire.

— On ne se connaît pas beaucoup, mais si t'as besoin de parler, je suis là.

Sahora sent bien qu'il dit cela juste pour se montrer gentil. Denis n'aime pas les problèmes. Il préfère les filles cool, pas chiantes. Mauvaise pioche. Ça, c'était l'ancienne Sahora. La nouvelle a une histoire dure et difficile à raconter. Elle a pris de la corne et de l'épaisseur. Elle a toujours recherché ces qualités chez les hommes, mais pour une raison qui lui a toujours échappé, elle a toujours choisi l'inverse, la légèreté : des beautés lisses, du papier peint cache-misère, des bulles de savon qui éclatent au moindre problème. L'infidélité commence toujours par soi-même.

— Je vais y aller, fait-elle d'une voix ferme.

— J'ai fait quelque chose de mal ?

— Tu as été parfait. J'ai juste envie de partir.

Elle se lève et se dirige vers la maison, sans un regard pour son hôte. Il faut qu'elle mette les voiles, car elle sent le malaise monter en elle. C'est comme une puissance sourde et violente. Elle récupère au pas de course ses affaires dans le salon. Elle enjambe des cadavres de bières, des cendriers sauvages et des corps fatigués après une nuit de débauche trop longue. Elle se glisse dans une robe, et met son sac sur son dos. Quand elle repasse devant la piscine, Denis n'est plus là. Elle est soulagée. Elle n'a rien à lui dire. Elle monte dans sa voiture, démarre, branche le GPS et prend la direction de Marseille. Sahora a prévu de visiter la cité phocéenne avant de prendre un ferry pour la Corse. Elle a choisi cette destination juste après avoir foutu le feu à la planque des braqueurs. Quand elle s'est arrêtée à la ferme en contrebas, là où elle avait vu l'homme et le chien, et là où elle avait fui une première fois, elle en a profité pour planquer deux gros sacs de sport remplis de biffetons dans un vieux puits à sec. Puis en repartant, elle est tombée sur un livre au milieu d'un tas d'objets en vrac dans la cour intérieure. Son regard a été happé par une photographie d'une plage magnifique en forme de coquillage. Rondinara. Elle a décidé de voir si elle était aussi belle en vrai.

Sur la route, son trouble ne disparaît pas. Bien au contraire, il empire. Des larmes commencent à couler sur ses joues. Elle ne voit plus la chaussée. Elle s'arrête sur le bas-côté. Elle pose sa tête sur le volant et lâche les vannes. Des images se percutent : la moquette imbibée de sang à Babylone ; la tête explosée du chauffeur ; le coup de pelle sur Willy, l'odeur de l'essence sur les corps des braqueurs ; l'argent, beaucoup d'argent. Puis un visage s'impose dans sa tête. Un gars. Costaud. Des traits durs. Une petite bouche pincée. Des yeux qui respirent l'intelligence et transpercent la chair. C'est le flic qu'il l'a cuisinée à propos de la voiture de Chirac. Pourquoi a-t-elle parlé d'une deuxième voiture ? Elle ne comprend toujours pas ce qui lui est passé par la tête. Elle revoit la mine dubitative du flic. Il ne l'a pas crue. Soudain, elle réalise qu'elle l'a vu avant cet interrogatoire. Son esprit revient à la moquette de Babylone. Du sang. Beaucoup de sang et un homme qui crève sous ses yeux. À côté de lui, un deuxième gars. Il fait son possible pour que le premier ne clamse pas. C'est LUI, oui c'est LUI le flic qui l'a questionnée et mise en défaut. Son malaise ; c'est ce putain de flic. C'est tout bonnement incroyable. Elle a besoin du regard suspicieux d'une autre personne pour éprouver un trouble par rapport à ce qu'elle a fait. Ce n'est d'ailleurs pas vraiment de la culpabilité qu'elle ressent. Non, c'est autre chose. De la crainte. Oui, c'est cela, la crainte d'être prise la main dans le sac et pire encore, la crainte de ne plus se reconnaître dans ses actes.

Elle redémarre le moteur. Elle appuie sur l'accélérateur. Elle conduit vite comme pour échapper à ses pensées. La vitesse, ça la grise. C'est comme un petit shoot d'alcool. Elle regarde dans son rétro comme si elle était suivie. Elle s'en rend compte maintenant, elle fait ça depuis le début de son périple. Un réflexe qui a remplacé la petite voix sournoise. La route tourne sérieusement. Elle fait un petit écart. *Attention, Sahora, la liberté est si dangereuse.*

JE

Le jeu est pourtant d'une simplicité confondante : éviter tout débit de boisson. Sur la route, rien de plus simple. Je prends des chemins de traverse ; j'évite les bars, les épiceries, la civilisation. Mais sur un ferry, l'exercice est plus compliqué. Tourner en rond n'est pas la meilleure idée pour échapper à l'appel du zinc. En plus, les serveuses m'ont à la bonne. Elles me font de grands sourires. C'est à cause de Disco Boy. Cette canaille est un vrai aimant à gonzesses.

La boutanche, cette salope, elle veut tout. Même un gars rincé comme moi, un gars revenu des morts, il faut qu'elle l'asservisse, le rabaisse, l'humilie. Il n'y a pas si longtemps, elle était ma meilleure amie. Maintenant, j'en ai une peur bleue. J'ai vu son vrai visage. Elle est la grande tentatrice ; le diable. Elle bouffe de l'intérieur. Elle parasite. C'est un vampire. Elle aime les faibles ; les lâches ; les inadaptés ; ceux qui ne connaissent que le langage de la violence envers eux-mêmes. Elle pactise avec les noyés de l'intérieur.

Je suis fatigué. J'ai besoin de dormir. Disco Boy n'est pas au mieux non plus. Il me fixe avec son air de chien battu. Il n'a pas le pied marin. Il n'est pas loin de rendre les quelques croquettes que je lui ai données ce matin. Je m'appuie sur la carlingue métallique du ferry. Je ferme les yeux. Je me vois déjà aller au bar, demander une bière et la porter à ma bouche. Je sens le liquide entrer en moi. La mémoire du corps est incroyable. Je me liquéfie à mesure que je bois. L'alcool est mon empire ; l'alcool est ma prison. Mon emprise est consignée dans une petite bouteille en verre. Pendant quelques secondes, je ne suis plus certain de rien. J'ai l'impression que je perds le contrôle. J'ouvre les yeux. Dans ma main, il n'y a pas de bière, juste la laisse de Disco Boy.

Prendre un ferry un vendredi soir en plein été, c'est comme prendre le ticket gagnant pour une soûlerie géante. Des jeunes se sont installés près de moi. Ils sont bruyants, avinés. Ils désossent avec avidité leur pack de bières et font tourner une bouteille de vin. Les discussions sont animées. Ça parle fort. Une fille roule un pétard. Elle est concentrée. On dirait qu'elle fait un devoir de géométrie. J'ai juste envie de les balancer par-dessus bord, eux et leurs satanées bouteilles. Je me maudis de ne pas avoir pris de cabine. J'aurais pu m'isoler, jouer à papa et à maman dans les toilettes, regarder la télé en buvant des litres d'eau et finir sur une grande méditation sur mon avenir et celui de l'humanité.

Je lève le nez au ciel. Depuis le ponton, les étoiles sont visibles comme chez mon oncle Luigi. Ce soir, la pollution est dans la mer ; pas au-dessus de ma tête. Paulo en connaissait un rayon sur les constellations. Il avait lu des tas de bouquins là-dessus. Il décrivait des objets, des animaux en faisant de grands gestes dans le ciel immense, et moi, je pigeais que dalle. Il n'y avait que des petits points brillants qui se ressemblaient tous. Mycose, lui, écarquillait les mirettes. Il s'émerveillait. Il était comme un enfant. Il y avait plein de poésie dans ses yeux. Paulo était notre démiurge. Il était un peu fou, aussi. Et moi, j'étais le dernier naufragé de la bande, le suiveur d'épaves, le chasseur de bonheur englouti. Mycose et Paulo resteront à jamais inséparables. Même dans la mort. Sous terre, collés l'un à l'autre, ils ne regardent plus les étoiles.

Il est temps pour moi de trouver un coin tranquille parce que je ne suis pas loin de péter un plomb.

Un éclat de voix.

Une jeune femme dans le groupe des jeunes de l'amicale des avinés nautiques se lève. Elle vient de gifler un gars qui reste la bouche grande ouverte, une façon comme une autre de marquer l'étonnement. Elle tient dans sa main une bouteille de vin à moitié vide. Elle gigote comme une possédée et recule dangereusement en direction de la rambarde de sécurité. En dessous d'elle, à une vingtaine de mètres en contrebas, la mer. Un faux mouvement et c'est la mort assurée.

— Je suis pas une menteuse. Personne me comprend. Allez tous vous faire foutre.

Disco Boy se met à humer l'air. Il sent les emmerdes puissance dix. Il tire sur sa laisse. Je m'approche. Le gars qui a mangé la salade de doigts, un grand dégingandé avec de belles bouclettes blondes, me barre la route. Sa joue est écarlate, comme marquée au fer rouge.

— N'approchez pas. Elle est complètement folle.

— C'est quoi son problème ?

— Ben ça se voit pas ? Elle est beurrée.

— Ça lui prend souvent de boire et de coller des baffes à tout-va ?

— Qu'est-ce que j'en sais, moi ? On l'a rencontrée y a pas une heure. On a bu quelques coups ensemble. Tout se passait bien et puis elle s'est mise à raconter des histoires bizarres de séquestration, de Dieu et de voix bizarres dans sa tête. Je lui ai dit pour plaisanter qu'elle mythonnait grave. Ça l'a foutue en rogne.

— Quand on est bourré, on dit parfois des trucs bizarres.

— C'est clair. J'ai un pote, quand il est torché, il parle toujours de son père. Il a une peur bleue de finir lesbienne comme lui.

— Finir lesbienne comme son père ? C'est quoi cette connerie ?

— C'est pas une connerie, fait bouclette en s'insurgeant avec une haleine chargée au gros rouge astringent qui détruirait n'importe quel bide en quelques lampées. Son vieux, il est en train de devenir une femme. Il prend des hormones, un truc de ouf. J'ai vu des photos. On dirait ma mère en plus bonnasse. Mais il continue d'aimer sa femme. Du coup, c'est une lesbienne, non ?

Je n'ai pas le temps de réfléchir davantage que la jeune femme éméchée s'agite de plus belle. Elle boit une nouvelle rasade de vin. Disco Boy se met à aboyer. Quand il ne pige pas une situation, il aboie comme un con. C'est un truc qui ne sert à rien à part mettre encore plus de chaos dans la situation qui est déjà bien compliquée. La jeune femme sursaute et lâche la bouteille qui se brise sur le pont du bateau. Le liquide rouge noir éclabousse le bas de sa robe. Elle recule par réflexe et son dos vient s'appuyer à la rambarde. Je me jette sur elle avant qu'elle ne bascule au-dessus du garde-fou. Je la prends dans mes bras. Elle se débat mollement, puis elle devient blafarde. Juste le temps de dire qu'elle ne se sent pas bien, qu'elle s'échappe de mon étreinte pour glisser au sol. Ma veine. Elle fait un malaise. Disco Boy en profite pour lui monter dessus et se met à lécher les taches de picrate sur sa robe. Puis cet enfoiré de clébard pochtron s'attaque à la flaque de vin à nos pieds. Il lape avec gourmandise. Il a l'œil qui brille. Je sais comment ça va finir. L'alcool le fait roupiller en moins de deux. Je secoue la fille. Elle reprend un peu ses esprits. Elle tente de me parler. Le truc, c'est qu'elle n'arrive pas à articuler. C'est comme si elle parlait avec du coton dans la bouche. Elle fouille son sac. Elle souffle ; s'énerve ; s'invective. Elle en vide le contenu sur sa robe. Elle pointe du doigt une petite carte magnétique blanche indiquant le nombre 17. C'est le pass de sa cabine.

La traversée du ferry est épique, avec deux épaves alcoolisées et instables : la fille sur mon épaule et Disco Boy qui traîne sur le sol, laissant derrière lui un filet de bave translucide et nauséabond. Quand j'arrive à la cabine, je les dépose sur le lit. Disco Boy ronque comme un salaud tandis que la jeune femme fait de l'écume avec sa bouche. Elle se redresse et vomit sur sa robe dans des soubresauts en convulsant. Puis elle retombe sur le matelas en tremblant, les yeux grands ouverts. Elle ne semble pas comprendre ce qui lui arrive.

Une cuite, jeune fille. Rien qu'une belle cuite.

Je la soulève et la traîne tout habillée sous la douche. Je la frotte énergiquement sous un filet d'eau glacée. Elle se débat mollement. Elle ne m'insulte pas et ne me mord pas, ce qui me change de ma mère. Au bout d'un bon quart d'heure, je la sors de la douche. Je lui fais signe d'enlever sa robe et de se sécher avec la grande serviette que je lui tends. Je la laisse seule un instant. Je repars dans la chambre à la recherche de ses affaires. Je les trouve dans la penderie. Au milieu des habits en vrac, je tombe sur une liasse de billets grosse comme mon poing. Il y a au moins 10 000 euros en petites coupures. Je la remets à sa place et prends une culotte et un tee-shirt.

À mon retour, elle est collée à la paroi de la cabine de douche. Elle est totalement nue. Elle a fait glisser sa robe, ses sous-vêtements, et la serviette au niveau de ses chevilles. Son corps est celui d'une sportive. Pas un pet de graisse. Elle a des bleus partout et des écorchures au niveau de la cuisse et du tibia. Je la rhabille, la mets au lit, et la borde. Je crains qu'elle vomisse et s'étouffe pendant son sommeil. Je la surveille une partie de la nuit avant de m'endormir à mon tour. À peine ai-je fermé l'œil que je suis réveillé par une voix crachée dans un mauvais haut-parleur. Une annonce du personnel du ferry. Porto-Vecchio n'est plus très loin et il faut vider les lieux avant le débarquement. Je ne suis pas le seul à être réveillé en fanfare. À ma vue, la jeune femme hurle. La mémoire, comme les muflades, ne semble pas être son fort. Disco Boy se met à aboyer sans savoir vraiment pourquoi. Il me faut plusieurs minutes pour calmer tout ce petit monde.

— Ma tête. J'ai si mal.

Disco Boy couine et vient se lover dans les bras de la jeune femme qui se masse les tempes.

— J'ai failli passer par-dessus bord hier soir, c'est ça ?

— Vous aviez un sérieux coup dans le nez.

— J'ai pas l'habitude de boire. J'avais besoin d'oublier.

Je me vois mal lui faire la morale, moi qui ai été un vrai baba au rhum toutes ces dernières années.

— On va bientôt débarquer. Je vais y aller, fais-je en prenant mon sac à dos.

J'appelle Disco Boy qui, comme je l'imaginais, ne bronche pas.

— Ne me laissez pas toute seule.

Elle le dit en me regardant étrangement. Elle a peut-être pas encore toutes les lumières aux étages, mais on dirait bien qu'il y a quelque chose qui l'étonne dans mon visage.

— Et comment s'appelle mon sauveur ?

Sa voix est pleine d'ironie et ça me fout les nerfs en pelote. Je ne sais pas si c'est la fatigue du voyage ou le manque de sommeil, mais je me sens d'humeur exécrable. D'ailleurs, depuis que j'ai arrêté la gnôle, j'ai plus la rigolade facile. Avant, tout me faisait marrer, en particulier, les histoires sordides qui m'arrivaient. J'étais bon public avec moi-même et ça faisait des choses à raconter. Avec un peu d'emphase, on arrive toujours à se bricoler un semblant de vie. Maintenant, je me sens lourd, vieux, chiant à mourir.

— Je m'appelle pas, je fais sèchement, et le clebs, c'est Disco Boy.

— C'est un drôle de nom pour un chien...

— C'est un drôle de chien pour un chien.

— Moi c'est Sahora, et je tiens Disco Boy en otage.

SAHORA

Sahora est encore embrumée par les excès d'alcool de la veille quand elle prend le volant. À côté d'elle, Sauveur fait une drôle de tête. Rien de plus normal. Il se demande ce qu'il fout là. Sahora a un doute. Un terrible doute. Elle regarde à nouveau le visage de Sauveur. Et si elle se trompait ? Elle a encore besoin d'un peu de temps pour retrouver ses esprits. Elle lui propose un deal. Il l'accompagne à Rondinara et après, elle le déposera là où il voudra. Il accepte sans broncher.

Sahora est jeune. Elle récupère vite. Au bout de quelques minutes de conduite, elle a retrouvé une grande partie de ses moyens. Elle roule vite, ce qui n'est pas au goût de ses passagers. Sauveur se cramponne à son siège tandis que Disco Boy fait des va-et-vient sur la banquette arrière en couinant comme un hamster asthmatique.

La baie se découvre au fil de la route. Elle est comme sur la photo : un immense coquillage entouré de maquis et de roches rouges.

Sahora se gare. Sans un mot, elle prend la direction de la plage. Son visage est fermé. Elle est soucieuse. Elle hésite encore. Elle se retourne plusieurs fois. Ce visage. Ce chien… Elle s'arrête au bord de l'eau. La plage est déserte ; il est encore tôt. Elle enlève son jean et son tee-shirt et se jette à l'eau. Elle nage droit devant elle pendant de longues minutes. Quand elle revient, Sauveur n'a pas bougé. Il a dessiné des ronds à l'aide d'un bâton. Disco Boy fait des allers-retours sur la plage. Il course de petits oiseaux venus faire bombance sur le bord de mer.

Sahora s'assoit près de Sauveur et fixe l'horizon.

— C'était un rêve pour moi de venir ici. Un rêve récent, mais un rêve quand même. Je m'y suis raccrochée en tout cas.

Elle remonte ses genoux et caresse ses pieds abîmés.

— J'espérais qu'en me baignant ici, il se passerait quelque chose. J'espérais que par magie tout serait plus clair. Je me trompais. Il n'y a pas de lieu magique. Il n'y a pas de gestes magiques. Il n'y a que ce que nous faisons et ce que nous sommes. On est prisonniers de nous-mêmes. Je ne suis plus certaine de savoir qui je suis, encore moins ce que je veux.

Sauveur lâche son bâton. Il regarde la mer.

— En tout cas, il y a une chose dont je suis certaine maintenant, c'est qu'on s'est déjà vus quelque part.

— Si c'est un plan drague, il est un peu flippant.

— J'ai mis un peu de temps à remettre de l'ordre dans ma tête ce matin, mais je sais où on s'est croisés. C'est à peine croyable. Si je dis un petit trou de verdure avec deux fermes à l'abandon ?

Sauveur hausse les épaules.

— L'une est en contrebas de l'autre, et elles ont la même toile de fond : montagne calcaire, champs pleins de corbeaux et des forêts à perte de vue ?

Sauveur écarquille les yeux. Elle l'a ferré.

— Une C5 monte dans la montagne. À son bord, trois hommes et...

— Une jeune fille au visage sombre.

— Oui, c'est bien moi. Et vous, vous êtes l'homme au chien. C'est juste une affaire de perspective. Vous savez, je vous en ai beaucoup voulu. J'ai essayé de me réfugier chez vous. Je voulais être sauvée. Je voulais que vous les tuiez tous, mais vous et votre chien, vous n'étiez plus là.

— Tuer qui ?

— Les hommes qui étaient avec moi. Les présidents braqueurs. J'étais leur otage. Quand je me suis échappée la première fois, ils m'ont rattrapée. Ils m'ont tabassée et enfermée dans une cave. Mais j'ai été plus forte qu'eux. J'ai fait des choses...

Elle s'arrête et se pince les lèvres comme si elle avait peur de trop en dire.

— Enfin, je m'en suis sortie. Tout ça pour me retrouver quelques jours plus tard sur un ferry complètement bourrée et à deux doigts de passer par-dessus bord. Quelle idiote je fais ! Vous m'avez pas sauvé la vie la première fois, mais la deuxième a été la bonne, et je vous en suis reconnaissante.

— D'abord, on va se tutoyer parce que sinon j'ai l'impression d'être une vieille chose et puis surtout j'ai fait ce que j'avais à faire.

— OK. Demande-moi ce que tu veux, je le ferai.

— Tu ne me dois rien.

— Tu vas où ?

— Fozzano.

— Une fille ?

Sauveur ne répond pas.

— C'est donc pour une fille.

Elle tapote sur son smartphone.

— C'est à une heure et demie de route. Allez, fait-elle en se relevant après avoir ramassé ses affaires, on y va.

— On va où ?

— Fozzano. Plus vite on sera arrivés, plus vite tu la retrouveras. Comment elle s'appelle ?

— Leila.

La voiture traverse la Corse d'est en ouest à grande vitesse. À la radio, des nouvelles sur l'affaire des braqueurs. Celui qui portait le masque de Chirac et qui serait responsable de la mort d'un policier est toujours introuvable.

Sahora sourit.

— Pourquoi tu ris ?

— Les flics courent après un fantôme.

— Comment ça ?

— Je pense que Chirac est mort. Le chef des braqueurs l'a éliminé comme le chauffeur.

— Qu'est-ce qui te fait dire ça ?

— C'était la guerre entre lui et le chef. Un matin, ils sont partis dans la forêt. Y en a qu'un qui est rentré, et c'était pas Chirac.

La route est sinueuse, mais Sahora s'en fout. Elle conduit comme si elle était dans un rallye. Sauveur a l'air inquiet, et pas que par sa conduite sportive. Il a jeté plusieurs fois un coup d'œil dans le rétroviseur. Elle en fait de même. Elle ne voit rien.

— Un problème ?

— Je ne sais pas trop. J'ai cru voir la même bagnole derrière nous plusieurs fois depuis notre départ de Porto-Vecchio.

— C'est bizarre, fait-elle, depuis que je suis partie de chez ma cousine, j'ai l'impression que je suis suivie. Je croyais que c'était dans ma tête, que c'était la culpabilité qui me suivait à la trace.

— Pourquoi un otage se sentirait-il coupable ?

— C'est une longue et sombre histoire.

— En tout cas, à ma connaissance, la culpabilité n'a jamais conduit un Range Rover blanc.

ULYSSE

Sahora est un fascinant objet d'étude, tantôt prévisible, tantôt surprenant. Il en a vu des tordus défiler devant lui, mais là, il est totalement désarçonné. Deux jours après s'être rendue chez les flics, Sahora loue une voiture, récupère un sac dans une consigne à la gare et prend la route en direction du sud de la France. Ulysse marque tout dans son calepin. Il prend des photos. Jusque-là, tout colle. Pour lui, ça ne fait pas un pli. Elle va rejoindre Chirac avec le fric. Puis tout s'emballe. Des scories apparaissent, des fissures, puis un abîme. Sahora fait des choix surprenants, aléatoires. Elle ne suit pas le scénario qu'il avait programmé pour elle. Le premier jour, elle rencontre un gars sur le bord de la route et le lendemain matin, elle fait l'amour avec lui sur une plage déserte. Le même jour, elle se saoule sur un ferry en direction de Porto-Vecchio et manque de passer par-dessus bord. Sans l'intervention d'un gars avec un chien, Ulysse se serait retrouvé devant un grave dilemme : intervenir et se faire griller ou rester en retrait les bras croisés et voir la fille s'écraser vingt mètres plus bas. Le bien et le mal, ce n'est pas qu'une affaire de morale, c'est aussi une affaire de circonstances.

Ulysse fait le point. Mademoiselle est volage, Mademoiselle écluse, Mademoiselle recherche le grand frisson. Il doit se rendre à l'évidence. Elle est insondable. Qu'importe. Il la suit. C'est la seule piste qu'il a pour remonter jusqu'à Chirac. Il met de la distance pour ne pas trop se faire remarquer. Ulysse est malin. Il a installé un tracker GPS dans la voiture de location de Sahora sur le ferry. Jusqu'ici, la filature passe crème. Puis le mouchard fait des siennes. Le signal se perd. Putain de technologie ! Elle ne passe pas l'épreuve de la moyenne montagne corse. Ulysse est obligé de se rapprocher pour garder le contact visuel. L'affaire devient merdique à souhait. Un Range Rover balèze, blanc comme la culotte d'une première communiante, ça se remarque comme un tarin disgracieux au milieu de la face. Le mouchard redonne des signes de vie. Le signal se stabilise. Il relâche la pression. Il se laisse distancer. Il en profite pour regarder le paysage. Du maquis à perte de vue et une route étroite qui mange la montagne.

Au bout d'une petite heure, le mouchard indique que Sahora s'est arrêtée à Fozzano, un petit village qui domine le golfe de Valinco. Vingt minutes plus tard, elle redémarre et s'enfonce encore un peu plus dans la montagne. Elle emprunte une petite route qui mène à une habitation isolée.

Ulysse s'arrête un peu avant et continue à pied à travers les bois. Il prend avec lui son appareil photo, son téléphone et son arme de service. Il arrive à la hauteur de la voiture de Sahora. Elle est à l'arrêt. À une centaine de mètres devant, il y a une bâtisse en pierre avec une grande piscine devant. Sahora discute avec son passager. À sa grande surprise, c'est l'homme qui sort du véhicule. Il part en direction de la maison. Il marche lentement. Il n'a pas l'air d'être dans son assiette. Sahora ne le quitte pas des yeux. Quand l'homme arrive devant la maison, Ulysse se couche sur le sol et s'apprête à mitrailler avec son appareil photo. La porte de la maison s'ouvre. Chirac. Il veut voir Chirac. Habillé. À poil. Sobre. Aviné. Il s'en fout. Il le veut sur un plateau.

Sur le perron de la porte, c'est une femme qui fait irruption. Elle est seins nus et a l'air complètement à l'ouest. C'est quoi encore ce merdier ?

Le téléphone d'Ulysse vibre. Plusieurs appels en absence et deux SMS. Le premier est d'Helen. *Aucun mort à déplorer pour l'instant.* Le deuxième est de Kowalski, et beaucoup moins drôle. *Rappelle-moi. C'est la merde.* Ulysse rappelle illico tout en surveillant ce qui se passe devant la maison.

— Merde, t'es passé où ? fait Kowalski. Des plombes que j'essaye de te joindre.

— En Corse.

— En Corse ? Mais qu'est-ce que tu fous en Corse ?

— De la photo animalière.

La femme qui est sortie de la maison et le passager de Sahora, après une discussion qui semble animée, sont rejoints par Sahora. Ulysse fait de nouvelles photos avant que la petite troupe ne rentre dans la maison.

— Qu'est-ce qui se passe ?

Kowalski ne répond pas tout de suite. Mauvais signe.

— On vient de trouver trois macchabées enterrés dans le jardin d'un pavillon isolé et quatre autres dans un gouffre dans la forêt. Les deux endroits sont à quelques kilomètres de la planque des présidents braqueurs. Avec les frères braqueurs et le chauffeur, j'ai dix macchabées sur les bras et quatre scènes de crime.

— On dirait que tu as tiré le gros lot.

— M'en parle pas. J'ai les maires et le préfet au cul. Je peux te dire qu'ils sont tous bien énervés, et pour couronner le tout, il y a déjà des fuites dans la presse.

— Tu crois qu'il y a des liens entre toutes ces affaires ?

— Tout est possible. Ce qui est certain, c'est que Chirac court toujours.

— Le dernier président braqueur vivant.

— Pas tout à fait. Il y a une quinzaine de jours, l'ancien chauffeur de la bande des présidents braqueurs, un certain Karl, s'est fait coincer en Italie avec de la dope plein le coffre de sa caisse et une pute albanaise mineure assise sur le siège passager. Apparemment les prisons italiennes ne sont pas à son goût. Il a fait des pieds et des mains pour se faire transférer en France en échange d'informations sur les présidents braqueurs. Il a fait plus que ça. Il a reconnu les cadavres des deux frères, et il a balancé l'identité de Chirac. Tristan Najac de son vrai nom. Il est inconnu de nos services. Pas de famille. Pas de nana attitrée. Il s'est volatilisé et on n'a aucune piste.

— Qu'est-ce que tu veux que je fasse ?

— Je veux que tu sois demain à la première heure à l'institut légal de Lyon. J'ai besoin de tous mes hommes. C'est...

— Un putain d'ordre, je sais.

Ulysse raccroche. Peut-être qu'il se trompe depuis le début. L'otage disait vrai. Chirac s'est barré avec une bagnole fantôme qui n'a laissé aucune trace, et elle n'a fait que prendre des vacances. Elle s'amuse comme les gens de son âge. Pourtant, il ne peut s'empêcher de repenser à l'entretien qu'il a eu avec elle devant la planque des présidents braqueurs. Il a senti qu'elle le menait en bateau. Il y a quelque chose qui ne colle pas.

Pourquoi il l'a toujours dans la tête ? Pourquoi, quand il ferme les yeux, il y a son visage ? Il doit se rendre à l'évidence. Il a une nouvelle obsession : elle s'appelle Sahora.

JE

Perché sur son rocher, Fozzano. Le spectacle pourrait être superbe, mais il n'y a que Leila qui m'intéresse. Elle est peut-être là, derrière une de ces grandes bâtisses aux larges murs de granit. Je demande à Sahora de se garer. Le village est un petit bourg perdu dans la montagne. Je me vois mal faire du porte-à-porte. J'avise le seul commerce ouvert, une petite épicerie, sur la place centrale. Devant, assis à une table, un homme lit le journal. Si Leila et Jézabel sont passées par là ces derniers jours, il y a de fortes chances qu'il les ait vues. Reste à savoir s'il aura envie de me le dire.

J'essaye de me rendre le plus présentable possible. Je me regarde dans le rétroviseur. Je suis cramé par le soleil et fagoté comme une cloche. Ma barbe de trois jours rend mon visage encore plus effrayant. J'esquisse un sourire. On dirait que je fais une vilaine grimace. Merde, je sais pourtant être avenant. Je tente le coup quand même. Pas vraiment le choix de toute façon. Je bafouille mon histoire. L'épicier m'observe sans dire un mot. Je lui explique que je viens rejoindre ma copine qui loue une maison à Fozzano. Je l'ai appelée à mon arrivée au village, mais elle est injoignable. Je montre mon smartphone avec une photo d'elle et de moi. L'homme me répond tranquillement.

— Je l'ai vue il y a deux jours. Elle est venue m'acheter des bières. Beaucoup de bières. Elle n'était pas seule. Il y avait une autre fille avec elle. La maison qu'elle loue est juste au-dessus du village.

L'épicier est affable. Il me fait même un plan pour arriver jusqu'à la maison de location. Je le remercie chaudement. J'avais vu juste. Leila est bien dans le coin et Jézabel est avec elle. Comme dans tout, il y a du bon et du moins bon. Sahora et moi reprenons la route sans tarder. Quand on est presque arrivés, je lui demande de stopper le véhicule à une centaine de mètres de la maison de location.

Je suis paralysé par la peur. La bêtise de mon entreprise me saute soudainement aux yeux. Ma dernière rencontre avec Leila n'a guère été concluante. J'ai juste failli mourir ! Je me demande pourquoi je cours encore après cette fille. L'amour ? La connerie ? Ces deux mots sont si souvent synonymes. Je reste calé sur mon siège tandis que Sahora me regarde d'un air dubitatif.

— Tu peux m'expliquer ce qu'on fait là en plein milieu du chemin ?

— On attend.

— Et on attend quoi ?

— On attend que je lève mes fesses de ce siège et que je sorte de la voiture.

— Ça va être long ?

— Je ne sais pas.

— Tu vas quand même pas te dégonfler. Tu vas aller voir ta copine et tout se passera pour le mieux.

— Je crois pas. Et arrête de me presser.

— Je te presse pas. Je te donne un supplément de couilles. Je sais tu peux pas comprendre, c'est un truc de femmes.

Je sors du véhicule en maugréant. Je mets la main sur mon étui à couteau. Sahora fronce les sourcils.

— Tu devrais laisser ton couteau dans la voiture.

— C'est pas pour elle.

— C'est pour qui alors ?

— Le cerbère.

— Le cerbère ?

— Leila n'est pas seule.

Je n'ai aucune envie d'entrer dans les explications. Je suis déjà suffisamment perturbé comme ça. Une fois de plus, je m'exécute en m'asseyant royalement sur le caractère que je n'ai jamais eu. Je laisse le couteau sur le siège passager et me voilà parti en direction de la maison. Je marche d'un pas lent ; la tête basse. J'ai les jambes lourdes. Le doute m'écrase. Il me rive au sol. J'ai la cafetière qui déborde de questions. Et si elle refusait de me voir ? Et si elle m'envoyait chier ? Et si elle ou Jézabel me butaient pour de bon ? Je fais une belle suée. Je souffle comme un phoque. Je me sens mal. J'ai l'impression que je vais suffoquer.

Une silhouette sort de la maison en toute hâte. Le comité d'accueil. Comme je m'y attendais, JÉZABEL vient à ma rencontre. Ce que je n'avais pas prévu, c'est qu'elle le fasse les yeux explosés et à moitié à poil, en tenant fermement un tisonnier qu'elle fait voltiger devant elle à la manière d'une majorette psychédélique. Dans son autre main, un gros pétard bien chargé d'herbe se consume lentement. Elle grogne. Je ne comprends rien à ce qu'elle dit. Je ne suis pas certain qu'elle comprenne elle-même ce qu'elle dit. La tige en fer passe plusieurs fois à quelques centimètres de ma trogne. Soudainement, elle s'arrête de gesticuler. Ses yeux défoncés plongent dans les miens. Une grimace se dessine. De la peur ? Du dégoût ? Un peu des deux. Ça lui fait l'effet d'un grand shoot d'adrénaline qui la réveille illico.

— T'es pas mort ?

— Je suis comme la mauvaise herbe. Je survis à tout, même à toi. Maintenant tu vas me dire où est Leila ?

— Tu peux repartir parce que Leila n'est plus là.

— Comment ça, elle est plus là ?

— *Pschitt.* Disparue.

Elle tire une énorme latte de son joint et me recrache la fumée au visage. Il est chargé comme une mule. De l'herbe pure.

— C'est qui la fille derrière toi ?

Je me retourne. Sahora vient à notre rencontre avec Disco Boy dans les bras. Ce dernier se met à aboyer quand il est face à Jézabel. Il ne peut plus la sentir depuis qu'elle a mis à sac sa niche.

— Tu n'étais pas censée m'attendre dans la voiture ?

— J'avais peur que tu fasses une bêtise.

— Comme c'est mignon, fait Jézabel. Bon, je vais enfiler un tee-shirt parce que j'en ai marre que ce porc reluque mes miches.

— Je reluque pas tes miches.

— Si, tu les reluques. Tu l'as toujours fait. T'es un sale porc comme tous les autres. Tu peux pas t'empêcher de tout salir avec ton regard libidineux.

Elle tourne les talons et rentre dans la maison. Je lui emboîte le pas, suivi de Sahora et de Disco Boy. Jézabel disparaît dans la salle de bains dans un nuage de fumée odorante.

— Le cerbère ? demande Sahora.

— On peut rien te cacher.

Je fais le tour de la maison. C'est une location grand luxe décorée avec goût. Problème : il n'y a aucune trace de Leila. Je manœuvre tant bien que mal dans le bordel ambiant. Jézabel semble être fâchée avec le concept de rangement. Tout est posé sur le sol : habits, magazines, bouteilles. Un sachet d'herbe éventré trône royalement sur la table en chêne massif du salon. À côté, la vitre d'un smartphone accueille un bout de carton coupé qui sert à la confection des filtres.

Sahora s'assoit sur le canapé et pose son regard sur la grande baie vitrée du salon. Elle donne sur une piscine à la taille ostentatoire. Des cadavres de bières flottent un peu partout à la surface de l'eau.

Le smartphone posé sur la table basse s'allume. Une notification de SMS. En arrière-plan, une photo de Jézabel avec une jeune Maghrébine. Les deux femmes semblent d'humeur joyeuse et… câline. Du style à se bouffer le museau.

— Cette Leila, tique Sahora, c'est la copine de qui exactement ?

— De moi, fait Jézabel qui vient de débouler dans le salon, un tee-shirt sur la peau et le pétard dans la main.

— Bon, je vais vous laisser. Vous avez sans doute des tas de choses à vous dire.

Sahora se lève du canapé, s'étire et prétexte d'aller se dégourdir les jambes dans le jardin pour nous laisser seuls.

— Il y a des bières dans le frigo si tu veux, fait Jézabel.

— L'alcool, c'est fini pour moi. Je vais plutôt ramasser les cannettes qui sont dans la piscine.

Jézabel s'assoit sur le canapé à la place laissée par Sahora.

— Elle sent bon, la petite. Comment elle s'appelle ?

— Sahora.

— Exotique comme prénom, fait-elle en minaudant.

— On peut revenir à Leila ?

Son visage s'assombrit aussitôt.

— Qu'est-ce que tu veux que je te dise, elle est partie hier matin avec le fric et la voiture de son père. Elle m'a laissée comme une conne au milieu du maquis. Tu devrais être content ; elle m'a plantée, tout comme toi.

— Je vais pas te plaindre. Vous m'avez laissé crever dans un putain de box.

— C'est pas vrai. On t'a laissé la clé de la chaîne sous le collier de ton chien. On est peut-être des salopes, mais on n'est pas des meurtrières.

— Pourquoi Leila est partie ?

— Ça a merdé ! Leila était tellement heureuse d'être à Fozzano. On a vu la maison d'enfance et la tombe de Colomba. Tu aurais dû la voir. Une vraie gamine. On a bu des bières pour fêter ça ; on a fumé de l'herbe. Beaucoup d'herbe. Puis dans la soirée, son humeur a changé. Elle a commencé à psychoter. Ça lui arrive parfois quand elle fume trop.

Je regarde le paquet d'herbe. Je suis intrigué par des petits cachetons marron-vert. Putain de merde, du captagon. J'en prends un dans mes doigts.

— Vous avez pris de cette merde ?

— Cette merde, on l'a trouvée chez toi. On voulait baiser sous amphétamines.

— Épargne-moi les détails.

Elle hausse les épaules.

— Elle a commencé à me reprocher des tas de trucs. Elle a fait sa parano comme quoi je lui cachais des choses...

— Des choses sur quoi ?

— Sur elle... Sur son passé.

— Je ne comprends rien à ce que tu dis.

— C'est pas nouveau que tu ne comprennes rien. T'as toujours été lent à la comprenette. Leila a toujours eu un faible pour les grands naïfs, elle croyait qu'elle ne risquait rien avec eux. Moi, je trouve que les gars comme toi, ils sont juste dégradants pour le genre humain. Bon, revenons à nos moutons. T'as jamais remarqué que Leila ne parle pas de son passé ?

Ça m'écorche la gueule de l'avouer, mais à part l'histoire de son père qui a fui l'Algérie et son obsession pour Colomba, je ne sais pas grand-chose d'elle.

— C'est pas que Leila ne veut pas se souvenir, c'est qu'elle ne peut pas. Elle a mis un voile sur une partie de son enfance. Et moi, je sais pourquoi.

Elle tire une dernière latte sur son joint et écrase le filtre dans le cendrier. J'en compte une dizaine. Elle s'en est donné à cœur joie. Elle me regarde avec un air supérieur. J'en comprends la signification : *Sac à merde, tu ne mérites pas Leila. Elle n'a pas de secret pour moi.* Elle jette un coup d'œil à Sahora qui ramasse toutes les bouteilles de bière à l'aide d'une grande épuisette.

— Elle est mignonne ta nouvelle copine.

— C'est pas ma nouvelle copine. On peut rester sur Leila. C'est quoi cette connerie comme quoi elle a tout oublié ?

Jézabel plante ses yeux dans les miens comme des banderilles sur un taureau. Ça ressemble à une mise à mort.

— C'est à cause du patriarcat !

Je lève les yeux au ciel.

— Tu vas pas recommencer avec ça ?

— Les femmes ne sont qu'un jouet aux mains du patriarcat et du capitalisme qui exploitent sans vergogne notre corps et notre force de travail.

— C'est quoi le problème de Leila ?

Jézabel semble hésiter. Elle tord ses lèvres. La vérité semble la consumer de l'intérieur depuis trop longtemps.

— Elle a été abusée sexuellement quand elle avait neuf ans. Voilà, t'es content ?

Je suis pas content. Je suis anéanti.

— Qui a fait ça ?

— On s'en fout de savoir qui a fait ça. Ce qui est certain, c'est qu'elle a effacé ce traumatisme de sa mémoire, et tout ce qui l'a précédé.

— Attends, il y a un truc que je pige pas. Comment tu sais qu'elle a été abusée si elle-même n'en a pas conscience ?

— C'est Redouane qui me l'a dit. On a toujours été très proches tous les deux. Malgré les apparences, c'est un gars bien. Il a le cœur sur la main. Il aide pas mal les gamins du quartier à s'en sortir.

— En leur vendant du shit ?

— Non, en les aidant à se canaliser avec la boxe française. Tu sais quoi, je crois bien qu'il en pince sérieusement pour moi.

— Il sait pour Leila et toi ?

— Ça va pas ! Je suis la meilleure copine, l'amie de la famille et la fille convoitée.

— T'es surtout une putain de menteuse, Jézabel.

— Je sais, je suis la reine des putes, mais moi je connais Leila. Toi, ça fait quoi, quelques mois que tu es dans sa vie. Tu ne sais absolument rien d'elle. Tu ne sais pas qui elle est. Tu ne sais pas ce qu'elle a traversé. Tu ne sais pas ce qu'elle a fait endurer à ses proches.

J'ai l'impression qu'elle me parle d'une parfaite inconnue. Le grand déballage ne fait que commencer et Jézabel déroule, sous l'influence de la drogue, la pelote qu'elle a déjà bien entamée.

— Leila a eu une adolescence difficile. C'est à cette époque que les premiers troubles se sont manifestés. Des absences. Au propre comme au figuré. Plusieurs fois, elle a disparu pendant des semaines entières. Ses frères l'ont cherchée partout. Son père en était malade. Quand elle réapparaissait, elle ne se rappelait rien. Elle ne savait pas où elle avait été, ce qu'elle avait fait. C'est comme si elle avait vécu la vie d'une autre personne et qu'elle ne se souvenait plus de rien. Son père l'a amenée voir une psychiatre. Ses troubles ont diminué rapidement et elle a repris une vie presque normale. Il y a quelques mois, les troubles sont revenus.

— Tu vas dire que c'est de ma faute, c'est ça ?

— T'es déjà une mauvaise personne pour toi. Toute ta vie, tu t'es fait violence à grands coups de gnôle juste pour te fuir. T'es un homme en colère et ta colère, tu l'as toujours tournée vers toi-même. Tu sembles le seul à ne pas t'en rendre compte. Alors qu'est-ce que tu peux donner de bon aux autres ? Moi au moins, je l'ai toujours protégée…

Je la coupe et finis sa phrase :

— D'elle-même, c'est ça que tu allais dire ?

Jézabel acquiesce d'un léger mouvement de la tête. Je suis surpris de répéter les derniers mots prononcés par Redouane avant qu'il passe l'arme à gauche.

— Je comprends mieux maintenant cette fixette pour Colomba, je fais.

— Merde, voilà que tu réfléchis.

— C'est comme si une partie cachée de Leila savait ce qui lui était arrivé. Elle souhaite au fond d'elle se venger et cette vengeance impossible, elle la vit à travers l'histoire de Colomba.

— Comme une catharsis, c'est ça ?

Je la regarde. Je lui fais l'effet d'un bovin dans la luzerne.

— Merde, mais pour un phallocrate abruti, tu peux faire preuve d'une belle finesse psychologique.

Je ne relève pas et lui demande où Leila a bien pu aller.

— Je n'en sais rien, fait Jézabel. Elle va réapparaître un jour ou l'autre. Ça se passe toujours comme ça.

Sahora trempe maintenant ses pieds dans l'eau. Disco Boy est à côté d'elle. Il est sur le dos, les quatre pattes en l'air. Il se fait gratter le ventre. Il grogne de plaisir. Il a beau jouer au clébard anarchiste, avec les femmes, il a tout d'une vulgaire peluche.

— Beau brin de fille, fait Jézabel.

— Ça ne va pas recommencer ?

— Pourquoi, elle t'intéresse ?

SAHORA

Un baiser. Une langue chaude s'invite entre ses lèvres. C'est doux, agréable, chaud. Elle lâche prise. Une main s'égare entre ses jambes. Deux doigts pénètrent en elle, écartent les chairs. Les gestes sont précis, experts, délicats. Les parois adipeuses se réveillent. Son sexe palpite ; s'embrase. Le feu est en elle et s'étend à tout son corps. La moindre de ses terminaisons nerveuses devient un brasier. Elle se contorsionne ; elle est une immense vibration ; elle se consume de l'intérieur ; elle est une planète tellurique au bord de l'implosion. Son rythme cardiaque s'accélère. Elle transpire. Elle en veut toujours plus. Elle gémit. Elle voudrait manger le monde ; jouir pour l'éternité. Mais la main en décide autrement. Sans crier gare, elle glisse le long de ses jambes en devenant de plus en plus rêche et froide. Son contact est maintenant désagréable. Soudain elle se saisit d'une cheville et la tire violemment hors du lit. Sahora se met à crier. Elle s'accroche comme elle peut aux draps. Elle se débat, mais rien n'y fait, elle glisse inexorablement. La situation empire quand le lit se redresse droit contre le mur. Elle a une vue imprenable sur ce qui l'attend : un trou sombre et béant menace de la happer. À l'intérieur, un homme l'entraîne vers le bas. Elle le reconnaît. C'est Sauveur. Les traits sont les mêmes, mais il a quelque chose d'affreux sur son visage. Les orbites de ses yeux sont vides et sa bouche se déforme à mesure qu'il scande un prénom d'une voix d'outre-tombe…

LEILA. LEILA. LEILA.

Sahora hurle à son tour. *Je ne suis pas Leila. Laisse-moi tranquille. Je ne suis pas Leila.* Rien n'y fait. Elle tombe dans le trou. La chute dure quelques secondes. Son corps percute violemment le sol. Elle ouvre les yeux ; elle est étendue sur du carrelage. Au-dessus d'elle, son lit. Elle vient de faire un sale cauchemar.

Elle se relève lentement. Son téléphone indique 7 h 20. C'est encore tôt, mais elle n'a plus sommeil. Elle sort de la chambre. Tout est calme dans la maison. Jézabel dort encore. Il y a du mouvement dans la piscine. Sauveur fait des longueurs. Il paraît très concentré. Il sort de l'eau quelques minutes plus tard. Il se sèche avec une grande serviette, puis il enfile un short, un tee-shirt et une paire de baskets. Il s'apprête à aller courir. Disco Boy est avec lui. Il fait danser ses petites pattes. Il a l'air content.

Après la nuit mouvementée qu'elle vient de passer, une petite séance de sport ne serait pas si mal. Ça fait si longtemps qu'elle n'a pas couru. Ça lui manque tellement. Depuis qu'elle est toute petite, c'est comme une drogue. Elle retourne dans sa chambre ; elle enfile à toute vitesse une tenue adaptée. Quand elle revient devant la piscine, Sauveur n'est plus là. Il est déjà parti. Elle le voit courir au loin sur le chemin qui mène à la route, suivi de Disco Boy qui sautille en jappant.

Sahora démarre en trombe. Une poursuite pour débuter, c'est une bonne source de motivation. Elle ne met pas très longtemps à le rattraper. Quand elle arrive à son niveau, elle lui fait un large sourire. Il ne bronche pas. Il reste concentré sur son rythme et sa respiration. Sahora le dépasse. Finie la rigolade, elle accélère la cadence. Disco Boy souffre déjà. Il tire la langue. Au bout de quelques minutes, Sahora se retourne. Elle pensait avoir fait le trou, mais Sauveur est toujours derrière elle. Il transpire ; il grimace, mais il s'accroche. Sahora en a encore sous la pédale. Elle déroule maintenant une foulée ample. C'est si naturel pour elle. Elle ne sent aucune douleur. Elle est si heureuse.

Sauveur revient à sa hauteur. Il pointe du doigt un gros rocher en haut de la montagne. Pas besoin d'explication pour la compétitrice qu'elle est. Honte au dernier arrivé. Elle est d'abord surprise par l'accélération de son concurrent du jour. Il prend une dizaine de mètres d'avance. Elle peine même à combler l'écart, puis la gazelle se met en route. Foulées amples. Respirations maîtrisées. Le chemin s'élève. Sahora aime les dénivelés. Ça lui rappelle chez elle quand elle court dans le massif montagneux des basses terres. Sahora aime la difficulté ; c'est dans ces moments-là qu'elle donne la pleine mesure de son talent. Elle double Sauveur sur les pourcentages les plus élevés et le laisse sur place. Les deux cents derniers mètres, elle les fait sur un petit nuage. Elle touche le rocher la première. Elle lève les mains au ciel avant de se plier de douleur. L'effort a été intense. Elle n'a plus l'habitude, mais elle se sent revivre. C'est une évidence ; une révélation ; s'il y a bien une chose qu'elle a envie de refaire, c'est de courir et de gagner.

Sauveur arrive une dizaine de secondes plus tard. Disco Boy se pointe le dernier. Sa langue touche presque le sol. Il se couche à l'ombre du rocher et ventile, la gueule ouverte.

— Tu ne cours pas si mal pour un vieux, fait Sahora.

Elle a déjà repris son souffle. Sauveur a les mains sur les hanches. Ses poumons sont en feu. Il est à deux doigts de tout rendre.

— Jeune fille... Il y a quinze ans... Tu ne m'aurais pas suivi.

— Il y a quinze ans, j'en avais huit et même à cet âge-là, j'aurais fini par te lâcher. Je suis née pour courir. J'ai ça dans les gènes.

— Un peu de respect... Tu as devant toi... Un gars qui aurait pu devenir... Footballeur professionnel... Si ses ligaments croisés n'avaient pas pété... Au pire moment.

— Ouah ! Impressionnant le CV. Mais moi j'étais déjà championne sur 400 mètres quand je me suis pété le tendon d'Achille. Sans ça, je serais déjà la nouvelle Marie-José Perec. D'ailleurs, des blessures, j'en ai de partout. Une prise d'otage, ça laisse des traces.

Elle lui montre ses différentes contusions. Il les connaît ; il les a déjà vues après qu'il lui a fait prendre une douche de force sur le ferry, mais il trouve la discussion presque comique.

— Moi aussi j'ai été otage, rétorque Sauveur. Des trafiquants de drogue. Je peux te dire que c'était pas la même bière. Regarde ma jambe, c'est un bout de vitre de ma voiture qui m'a coupé. C'est moche hein, mais c'est pas fini.

Il enlève son tee-shirt et lui montre les différents bleus qu'il collectionne sur le torse, le dos, les bras et les jambes.

— J'ai le corps en vrac. C'est bien simple, je suis qu'un hématome ambulant. En plus, ces enfoirés de dealers m'ont fait prendre une drogue. Ça m'a retourné la tête. Je n'étais pas qu'un vulgaire punching-ball. Ça, c'est à la portée de tout le monde. Non, j'étais un cobaye et j'ai payé de ma personne pour l'avancée des divertissements chimiques.

La surenchère amuse Sahora, mais ce qu'elle n'a pas prévu, c'est que l'émotion s'invite dans sa voix.

— Oui, mais moi pour m'échapper, j'ai fait des choses vraiment terribles.

— On fait toujours des choses terribles quand il est question de survivre.

— J'ai tué un homme.

C'est sorti tout seul. Elle ne s'y attendait pas. Elle est encore plus surprise par la réplique de Sauveur.

— Moi aussi j'ai tué un homme. En fait, j'en ai tué trois pour être précis, dont deux sous l'effet de la drogue. C'est pas tout à fait pareil que de tuer de sang-froid, mais ça compte quand même, non ?

— Je suppose que ça compte, mais moi je les ai volés.

— Simple réparation pour le préjudice subi. J'ai fait pareil.

— Oui, mais j'ai foutu le feu à leur corps et j'ai menti à la police après.

— Tu connais des gens qui disent la vérité aux flics ?

— Mais merde, c'est mal ce que j'ai fait.

Sauveur prend un air songeur.

— Tu te sens coupable ?

— Pas vraiment. J'ai juste peur que ça me rattrape.

— Comme le Range Rover qui nous suivait hier ?

Sahora fait oui de la tête.

— Qui te colle aux basques ?

Sahora fait mine de chercher dans sa tête, mais elle l'a déjà, sa petite idée.

— Un flic. Celui qui a survécu à Babylone et qui m'a interrogée.

— Pourquoi il te suivrait ?

— Parce qu'il m'a pas crue.

— On dirait qu'on l'a semé. Écoute, Sahora, ce qui est fait est fait. Faut vivre avec. Tu es encore jeune. Fais ce que tu as à faire.

— Courir, c'est ma vie. Y a que comme ça que je suis heureuse. Je veux reprendre la compétition.

— N'abandonne pas ton rêve. Ne fais pas la même connerie que moi de tout lâcher. L'avenir t'appartient !

— Tu dis ça comme si c'était pas vrai pour toi.

D'un coup, Sauveur prend une expression grave et triste.

— J'ai trente-sept ans. Je suis alcoolique. J'ai fait des conneries toute ma vie. La femme que j'aime est lesbienne et elle est sans doute complètement tarée à cause des hommes. Le seul boulot que j'aie gardé plus d'une semaine, c'est à l'usine. J'arrive à la moitié de ma vie et je n'ai aucune perspective d'avenir, à part de retourner au turbin et travailler pour un con qui a autant d'estime de soi qu'une vulgaire machine fabriquée en Chine. Je suis désolé de te le dire jeune fille, mais ma vie est pire que la tienne.

Sauveur pointe du doigt Disco Boy. Le clebs fait le mort.

— On a un problème, fait Sauveur. Disco Boy est complètement out.

— L'excuse du chien, c'est pour éviter de prendre une nouvelle raclée au retour. J'accepte qu'on fasse le retour en marchant, mais tu portes Disco Boy et moi, je passe devant. Les femmes passent devant !

À leur retour, Jézabel les attend de pied ferme. Elle est d'une humeur massacrante. Son visage est encore plus fermé que d'habitude et ses yeux lancent des éclairs. Elle tient dans les mains le journal du jour qu'elle est allée chercher au village. Elle ne tarde pas à aboyer sur Sauveur.

— Tu devrais lire ça, espèce d'enfoiré.

Sauveur prend le canard et survole un article sur la découverte de quatre corps dans un gouffre et de trois autres dans une maison en Ardèche. Dans le lot des morts est mentionné un nom. Daoudi. Le nom de famille de Leila et de ses deux frères.

— Tu trouves pas ça bizarre, tous ces morts près de chez ton oncle ?

— Le journal parle d'un règlement de comptes entre dealers. J'y suis pour rien. Je suis pas un dealer.

— Mon cul, les amphétamines étaient chez ton oncle, et je sais que les frères de Leila étaient à ta poursuite.

— Tu le sais parce que c'est TOI qui les as appelés, après notre petite discussion à la sortie de l'usine, pour leur dire que j'étais dans le quartier. Ce que tu savais pas et eux non plus, c'est que j'avais des gars au cul. Des gars du style pas sympa du tout. Malik et Redouane sont intervenus pour me défendre, parce que TU les avais persuadés que je savais où était leur sœur. Ils sont morts à cause de TES mensonges.

Jézabel lâche un regard plein de haine. Elle se jette sur Sauveur en éructant comme une possédée.

— Sale crevure, je vais t'arracher la langue.

Sahora a toutes les peines du monde à s'interposer tandis que Disco Boy s'attaque aux mollets de Jézabel. Elle tente de contenir l'incendie en revenant à leur seul point commun : LEILA.

— Si Leila apprend la mort de ses frères, elle va réapparaître, c'est certain. Elle va reprendre contact avec le reste de sa famille.

— Son père, fait Jézabel. Elle n'a plus que lui. Je vais aller le voir.

— Nous irons voir tous les deux, rectifie Sauveur.

— Au lieu de vous chamailler, on devrait être déjà dans la voiture, fait Sahora. Vous aurez toujours le loisir de vous foutre sur la gueule quand vous l'aurez retrouvée.

— C'est clair, répond Sauveur en fixant Jézabel dans les yeux. L'amour est un sport de combat.

ULYSSE

Ulysse a conduit toute la nuit pour arriver à la première heure à l'institut médico-légal de Lyon dans lequel tous les corps ont été rapatriés la veille. Kowalski est sur place. Il y a passé la nuit. Il a bu du café et quelques bières. Il a des aigreurs dans l'estomac. Il est tendu à l'extrême. Il n'a pas fait de sport depuis plusieurs jours. Il est en manque. Il a envie de soulever de la fonte. Des tonnes de fonte. Il a discuté avec le médecin légiste. Il a fait le point avec ses hommes. L'enquête a bien avancé, très bien même, mais il reste des zones d'ombre et Ulysse n'est pas de trop pour les élucider. Il lui fait signe de le rejoindre. Il est près d'un corps. Taille moyenne, barbe et embonpoint ventral, voilà pour le pedigree.

— Je te présente Patron.

Ça tique illico dans la tête d'Ulysse.

— Le parrain du cannabis ?

— Lui-même. Il semblerait qu'il se soit lancé dans le commerce des amphétamines dernièrement. La pluriactivité, y a que ça de vrai. Le problème, c'est qu'il est tombé sur un os.

Il pointe du doigt deux nouvelles dépouilles un peu plus loin dans la salle.

— Les frères Daoudi. Deux petits dealers récemment convertis à un Islam, disons, ostentatoire. Barbe, djellaba, prêchi-prêcha. Le toutim quoi !

— Des radicalisés ?

— Ils sont pas fichés S. Après je suis pas foutu de faire la différence entre des fondamentalistes, des radicaux, des intégristes et des islamistes. Tout ça, c'est du charabia pour moi. Il paraît qu'il y a même les islamistes radicaux. Putain de merde, c'est une drôle d'époque qu'on vit. J'ai toujours eu du mal avec les bondieuseries.

— Je croyais que les Polaks en connaissaient un rayon question religion.

— Je suis un vieux Polak agnostique et angoissé.

— C'est pour cela que tu lis du Dostoïevski. Tu cherches toujours des réponses.

Ce que vient de dire Ulysse lui rappelle une phrase d'Ivan Karamazov : *Si Dieu n'existe pas, tout est permis.* Quand il voit la tonne de barbaque qu'il a sous les yeux, les attentats à la télé et toute cette merde capitaliste qui a noyé l'individu dans les biens de consommation, il se dit qu'il n'y a plus d'humanité depuis des lustres — il n'y a que des hommes et des communautés avec des intérêts contradictoires — et que Dieu est définitivement absent de ce monde.

— Ils ne sont connus de nos services que pour du commerce de cannabis, reprend le Polak. Des petits trafiquants. La deuxième division.

— Ils sont peut-être devenus gourmands ?

— C'est possible. En tout cas, ça ressemble à un règlement de comptes entre deux bandes rivales. D'après moi, ça s'est fait en deux temps. Il y a eu un match aller dans la maison isolée. Elle devait servir de laboratoire à Patron pour la fabrication du captagon. Les deux frères ont fait un carton en butant Rico et Daron, deux hommes de main de Patron. Match retour quelques jours après, près du gouffre, à une encablure de la planque des présidents braqueurs. Ça s'est soldé par un beau match nul. Deux morts partout.

— OK, mais qui a mis tous les corps dans le gouffre ?

— Ça, on n'en sait rien pour l'instant.

— Tu viens de dire que la planque des braqueurs n'était pas loin du gouffre. Et si c'étaient les présidents braqueurs qui avaient fait le sale boulot ? C'est possible qu'ils soient tombés sur les corps dans la forêt d'une façon ou d'une autre. Ils ont fait le ménage de peur que les cadavres soient découverts et qu'il y ait des flics et des journalistes qui débarquent dans le coin. Ils avaient sans doute dans l'idée de rester peinards, histoire de se faire oublier un peu.

— Ça se tient, mais on le saura jamais maintenant qu'ils sont morts.

— Sauf Chirac. D'après ce que nous a dit l'otage, ils se sont foutu sur la gueule et c'est Chirac qui a pris le dessus. Il a dû prendre le fric après avoir foutu le feu aux cadavres des deux frères.

— Il y a un hic dans ta théorie.

— Lequel ?

— Le jerrican d'essence.

— Quoi, le jerrican d'essence ?

— Pas d'empreintes de Chirac dessus. Mais celles de Bastien et de Sahora. Même si j'étais tiède avec ta théorie sur l'otage, j'ai quand même récupéré les empreintes qu'elle avait laissées sur un verre lors de son audition. On a eu le nez creux. Plus que tu crois encore.

Ulysse fait mine de ne pas comprendre. Kowalski développe son propos.

— On a trouvé ses empreintes sur la pelle qui a servi à cogner Willy. La question maintenant est de savoir si elle a fait tout ça sous la contrainte de Chirac.

— Ou sans Chirac.

— Qu'est ce que tu veux dire par sans Chirac ?

— Peut-être qu'on fait fausse route depuis le départ. Chirac est mort. On court après un fantôme. Les deux frères l'ont éliminé comme le chauffeur ou...

Il s'arrête devant l'énormité de ce qu'il s'apprête à dire.

— Sahora ! C'est ça que tu veux dire ?

Ulysse acquiesce.

— En plus, c'est commode d'accuser un mort, reprend Kowalski, surtout si on a volé le fric. Dans tous les cas, tu avais raison. L'otage est pas nette. Le problème, c'est qu'elle a disparu comme l'argent des braqueurs.

— Je sais où elle est.

Kowalski va de surprise en surprise.

— Ne me dis pas que la photo animalière en Corse, c'était elle ?

— Elle est dans une villa de location luxueuse au-dessus de Fozzano.

— Putain de merde, j'appelle tout de suite nos collègues corses.

Kowalski prend son téléphone et s'éloigne d'Ulysse. Il revient quelques minutes plus tard. Il semble encore chiffonné.

— Une dernière chose. Dans la fosse de la maison isolée, à côté de Rico, il y avait deux gars, deux marginaux. Je me demande ce qu'ils foutaient là.

— Ils faisaient partie de la bande de Patron.

— Patron s'entourait de gens solides, pas de poivrots.

— Des victimes collatérales ?

— Enquête sur eux. Il y a quelques semaines ils ont fait du grabuge dans un PMU de Valence. Tu devrais aller y jeter un œil.

Ulysse prend quelques photos des deux gars. Ils ne sont pas beaux à voir après leur première mise en bière, mais ça fera l'affaire.

Il passe chez lui pour prendre une douche et se change. Il constate que ses bonsaïs se portent comme des charmes. Helen a fait de l'excellent travail. Il y en a même un nouveau sur la table du salon, avec un mot griffonné à côté : *Nous avons déjà un rejeton. Il est un peu triste, mais il est très beau. Il vous ressemble.*

Quand il sort de la douche, Helen est devant lui avec un petit arrosoir. Elle pose sa main sur sa queue qui durcit aussitôt.

— Que diriez-vous d'une présentation en bonne et due forme ? fait-elle en souriant.

Une heure plus tard, Ulysse est dans le bar. Il a encore l'odeur d'Helen sur son corps. Elle contraste avec celle du marc de café mélangé au tabac froid qui vient saloper ses narines et quelques minutes de rêve.

La pêche aux informations est bonne. Paulo et Mycose étaient des habitués du PMU comme de tous les rades de la ville. Paulo s'est battu avec une ancienne connaissance pour une sombre histoire d'argent. Le gérant du bar hésite à le dire, puis il crache le morceau.

— Paulo a un autre petit vice que la gnôle. Il a une fâcheuse tendance à visiter des maisons l'été avec des complices, et pour le partage, il fait rarement des heureux. Le mécontent du jour a essayé de lui casser la gueule avant qu'un troisième larron intervienne et fasse le ménage, et quel ménage ! La vitre de la devanture pétée, une dizaine de chaises bonnes à jeter, le comptoir éventré.

Ulysse en demande plus sur ce troisième gars.

— Un mec, plus jeune que Paulo et Mycose, un peu basané et athlétique. Il les accompagnait depuis quelques semaines. Je ne connais pas son nom. D'habitude, il ne faisait pas trop de bruit. Il se contentait d'écluser les bières et de rigoler aux blagues de ces deux abrutis que sont Paulo et Mycose.

Ulysse sort du PMU et échafaude un tout autre scénario que Kowalski pour la maison isolée. Il ne s'agit pas d'un règlement de comptes entre les frères Daoudi et l'équipe de Patron. Il s'agit d'un cambriolage qui a mal tourné. Trois truffes sont tombées sur la planque de trafiquants de drogue. Pas de chance. Le troisième homme est arrivé à se dépêtrer de ce guêpier. Comment il a réussi son coup ? C'est comme pour Sahora avec les présidents braqueurs, ça reste un mystère total. Il a besoin de retourner à la ferme du vieux Franck. Il veut comprendre comment Sahora a éliminé les ennemis numéro un de France et de Navarre.

Arrivé devant la planque des bracos, Ulysse a la surprise de ne pas être seul. Un vieil homme fait travailler deux chiens dans la cour de la ferme.

— Candide, Walden. Allez, cherchez, cherchez !

Les chiens collent leur museau à une petite fenêtre qui donne sur la cave. Ils sont excités comme les flics le jour où ils ont cerné ce même endroit.

Ulysse s'approche du vieil homme. Il montre sa carte de flic et lui demande ce qu'il fait là. L'homme répond en haussant les épaules :

— Je traque la Bête, pardi.

Ulysse se souvient de plusieurs articles dans la presse régionale faisant écho d'un animal non identifié qui décime les troupeaux de la région.

— Qu'est-ce qui vous fait dire que la Bête est là ?

— Mes chiens. Ils reviennent toujours ici. La Bête est passée par là. Elle y dort peut-être. Il y a une semaine, elle était là. J'en mettrais ma main au feu, mais il y avait un gars dans la maison et il m'a poliment demandé de déguerpir.

Ulysse lui montre une photo sur son smartphone. Celle de Sahora devant la maison de Fozzano en compagnie de l'inconnu au chien et de la femme à moitié à poil.

— Est-ce qu'il y avait cette femme avec le gars qui vous a dit de partir ?

Les yeux du vieil homme s'illuminent. Il met un doigt sur l'écran.

— Pas celle qui a les seins à l'air, l'autre, fait Ulysse.

— Jamais vu cette gamine. Une fille de couleur dans le coin, je m'en souviendrais. Par contre, le gars qui est avec elle, je l'ai déjà vu. Bon Dieu. Oui, c'est bien ça, je l'ai croisé la semaine dernière sur le chemin qui longe la forêt, un peu plus haut dans la montagne.

Il montre du doigt les hauteurs boisées.

— C'est près du gouffre ?

— À moins d'un kilomètre. Il avait l'air mal en point. Il était couvert de sang et il boitait. Il avait la guibole en charpie. Il n'a pas voulu d'aide. Ça me revient maintenant, ce gars un peu bronzé, je le connais ; c'est le neveu de Luigi, le mec de la ferme qui est en contrebas.

— Il a un nom ?

— J'en sais fichtre rien. C'est le neveu de Luigi, c'est tout ! Ce que je sais, c'est que je l'ai vu plusieurs fois chez le vieux avec deux autres zigues. Des marginaux comme lui.

Ulysse sent qu'il est en veine. De ces putains de veines qui ne se présentent qu'une fois.

— Vous pourriez les identifier si je vous montre des photos ?

— Pour sûr.

Ulysse montre sur l'écran de son smartphone les photos des marginaux pris à la morgue.

— Oh bon Dieu, fait le vieux, ils sont salement amochés.

— Ils sont même salement morts. Alors, c'est eux ?

L'homme prend son temps. Il détaille les photos. Il met sa main à son menton et le gratte compulsivement.

— C'est moche la mort.

Ulysse montre de sérieux signes d'impatience.

— C'est bien les deux marginaux qui traînent avec le neveu de Luigi. Pas de doute. Des têtes de vainqueurs pareilles, on les oublie pas.

Ulysse prend le contact du vieil homme et l'invite à faire une déposition en bonne et due forme le plus rapidement possible. Le vieux appelle ses chiens et part en direction de la forêt. Il a l'air groggy, sonné par ce qu'il vient de voir.

Le scénario se précise dans la tête d'Ulysse. Ce n'est pas la drogue, le fil conducteur du carnage dans la maison isolée et dans la forêt. Ce n'est pas non plus Chirac et encore moins les autres présidents braqueurs. C'est ce troisième homme, le neveu de Luigi, l'homme au chien, le compagnon de route de Sahora. Et dire qu'il l'avait sous les yeux en Corse. Il se dirige vers la ferme de Luigi où l'attend ce qu'il pensait ne jamais retrouver.

JE

J'ai beau vouloir la quitter, je reviens toujours à la cité. Ce n'est pas exactement la ville. C'est à côté, comme une enclave, une verrue. On ne s'y promène pas. On trompe l'ennui devant les cages d'escaliers en se racontant le monde auquel on n'a pas droit, à part pour y foutre le bordel. Cette fois-ci, il n'y a pas de bande de jeunes devant la barre du père de Leila. Tout est calme.

Pendant le voyage, avec Jézabel, on s'est mis d'accord. On a décidé qu'on irait tous les deux chez le père de Leila. La paix est fragile, mais Sahora est une arbitre de choc. Elle reste dans la voiture avec Disco Boy.

Fati, le père de Leila, nous ouvre la porte. Il est petit, ramassé. Il a les traits marqués. Je ne l'avais jamais vu auparavant. Il n'a pas dormi depuis plusieurs jours. Quand il voit Jézabel, il l'étreint longuement. Elle lui glisse à l'oreille qu'elle est désolée pour ses deux fils. Elle l'est réellement. C'est la première fois que je vois Jézabel dans le registre de la sincérité et ça lui va plutôt bien. Ça ne dure pas. Elle me présente comme son petit ami. Ça lui écorche la gueule de le dire, mais c'est plus simple pour expliquer ma présence, car Leila n'a jamais parlé de moi à son père.

Fati me détaille de ses petits yeux. Je sens en lui une grande vivacité d'esprit, mais surtout une grande tristesse. Je lui tends la main. Il me la serre avec fermeté. Il nous fait entrer dans le salon. L'appartement est décoré modestement. Une étagère avec quelques livres, mais rien qui puisse faire penser que le père de Leila a été un grand universitaire. C'était une autre vie.

Il n'est pas tout seul. Son frère et sa belle-sœur ont fait le voyage depuis Alger pour venir le soutenir, et un ami de longue date, un professeur de fac installé dans le Midi depuis des années, et qui l'a beaucoup aidé quand il s'est installé en France, a aussi fait le déplacement. Aymeric Legrand. Le bienfaiteur du père de Leila, c'est lui.

Jézabel est tout d'un coup nerveuse. Elle n'est pas à l'aise. Elle demande au père de Leila un entretien en privé. Il accepte. On s'isole. Il s'assoit sur le lit en s'excusant. Il est fatigué. Il n'a rien pu avaler depuis deux jours. Il a du mal à tenir sur ses jambes.

— Avez-vous revu Leila ? demande Jézabel.

Fati fait non de la tête. Jézabel s'approche du père de Leila, s'agenouille et lui prend la main.

— On va la retrouver. Je vous le promets.

— À quoi bon. Je suis un mauvais père.

— Qu'est-ce que vous racontez là ?

— Tout est de ma faute. Mes enfants ont souffert de notre départ précipité en France. Je les ai arrachés à leur vie à cause de mes choix politiques et je n'ai pas eu la force de les aider à se faire une place ici. J'ai été un père démissionnaire toutes ces années. Voilà ce qui arrive quand on crée le malheur.

Je suis touché par la détresse du vieil homme. Il a tout perdu.

— Vous n'êtes pas responsable de la mort de vos fils ni de la disparition de votre fille, je fais.

Jézabel me lance un regard furibard, mais j'en ai rien à faire, je continue sur ma lancée :

— Ça fait des années que vos fils et Jézabel vous cachent la vérité.

— Arrête ça tout de suite, fait Jézabel.

— De quoi parlez-vous, jeune homme ?

— Leila a subi un viol qui est à l'origine de ses fugues successives.

— Ne l'écoutez pas, fait Jézabel. Il dit n'importe quoi. On va y aller maintenant.

Jézabel me tire violemment par le bras et me fait sortir de la chambre. J'ai à peine le temps de saluer le père de Leila qu'on est déjà dans la cage d'escalier qu'on dévale à grande vitesse. Dehors, la tigresse sort les griffes. Elle va me bouffer tout cru.

— Qu'est-ce qui t'a pris de lui raconter ça ?

— Il a le droit de le savoir. C'est son père.

— T'es vraiment trop con. Il va enterrer ses deux fils et toi, tu lui apprends que sa fille a été violée.

— C'est vrai, non ?

— Bien sûr que c'est vrai, mais ça sert à quoi qu'il le sache maintenant ?

— Ça sert à ce que la vérité éclate enfin. Tous ces silences, tous ces mensonges, ça a apporté quoi au final ? Au lieu de chercher à protéger à tout prix Leila ou son père, pourquoi ne pas avoir eu confiance en leur réaction ?

— Tu es si con parfois. T'imagines bien que la vérité, c'est à double tranchant. Parfois ça console, parfois ça fait encore plus mal.

— Bullshit !

— Ah oui, si je te disais qui a abusé de Leila ? Qu'est-ce que tu ferais ? Est-ce que tu serais capable d'agir avec intelligence ?

— C'est qui ?

Je commence à perdre patience. J'en ai marre de son petit jeu qui consiste à distiller les informations au compte-goutte. On n'est pas chez le père Fouras. Je l'attrape par le collet et la coince contre la voiture. Dans ses yeux, je vois de la haine. Dans les miens, elle voit la même chose. Sahora n'a pas eu le temps de réagir. Elle regarde la scène avec stupéfaction.

— On fait le pari que tu vas réagir comme le dernier des cons ?

Elle me nargue avec un air de défi.

— C'est qui ?

Elle fait un geste de la tête en direction de l'appartement du père de Leila.

— C'est qui, bordel ?

— Si Redouane et Malik étaient encore là, il ne serait jamais revenu. Ils avaient fait le nécessaire pour qu'il reste loin de leur sœur.

— L'oncle ?

— T'es bien un Français. Quand il y a un problème, c'est toujours la faute de l'Arabe de service.

— Putain, c'est le meilleur ami du père.

Jézabel fait un petit sourire.

Je la lâche et pars au quart de tour. Je remonte les escaliers quatre par quatre. Sahora m'a emboîté le pas, mais cette fois-ci, elle ne me rattrape pas. Je débarque de nouveau dans l'appartement. J'avise cette crevure d'Aymeric qui discute avec le frère de Fati et sans crier gare, je lui colle une méchante droite qui lui fait cracher plusieurs dents. Il tombe aux pieds du père de Leila. Sahora arrive trop tard. Elle ne peut que constater les dégâts. L'oncle s'est mis en retrait. Il protège sa femme dans un coin de la pièce.

— Dis ce que tu as fait à Leila quand elle était gamine, sale porc.

— Mais vous êtes fou ? fait Fati. Sortez de chez moi, sinon j'appelle la police.

Un moteur en surrégime dans la cour de l'immeuble. J'ai un mauvais pressentiment. Je me précipite à la fenêtre, suivi comme mon ombre par Sahora. On est en train de braquer la voiture de location.

— C'est Jézabel, je fais.

— T'es sûr ?

— Certain, elle n'a pas le permis. Elle conduit comme un manche.

La voiture s'éloigne dans un épais brouillard toxique.

— Elle va où ?

— Elle va rejoindre Leila chez mon oncle.

— Chez ton oncle ?

— Elle le sait depuis le début, qu'elle est partie là-bas. Elle attendait juste le bon moment pour nous fausser compagnie. Leila veut me revoir. Tu comprends ça ? Leila veut revenir vers moi.

J'arbore un sourire niais à faire blêmir les tenants de la positive attitude.

— Je vais vous la ramener votre fille, mais virez d'abord ce fils de pute de chez vous.

Je quitte l'appartement au pas de charge sans attendre la moindre réponse de la part de Fati. Sahora me suit avec Disco Boy dans les bras.

— Où on va ?

— À l'appart de mes parents, chercher ma voiture.

— C'est loin ?

— C'est de l'autre côté du quartier, en direction du centre-ville.

Après un bon quart d'heure de course intense, j'arrive à mon garage. La vieille Clio qui me traînait tous les matins à l'usine est fidèle au poste. J'espère qu'elle va démarrer, car je ne l'ai pas utilisée depuis plusieurs semaines. Elle ne fait pas d'histoire. Elle ronronne. Sahora s'apprête à monter à la place du passager. Je condamne la porte.

— Tu restes ici avec Disco Boy.

— Depuis quand tu décides de ce que je dois faire ?

— Depuis que je ne veux plus que tu sois dans mes pattes. Là où je vais, ça risque de péter sérieusement. J'ai pas envie qu'il t'arrive quoi que se soit.

— J'ai réchappé à trois braqueurs tarés. Je crois que je survivrai à deux lesbiennes.

— Tu ne comprends pas. Reste à l'écart. C'est pas ta place. Tu es une fille bien.

Je démarre en trombe. En la quittant, mon estomac se noue. Je sens que je fais une belle connerie et que je vais me jeter dans la gueule du loup.

LA BESTIA/LEILA

17 mai

Déposition de M. Courtecuisse, éleveur de chèvres à Toulaud.

Moi, Luc Courtecuisse, 57 ans, agriculteur de nationalité française, déclare ce jour les faits suivants : à 6 h 30 ce matin, j'ai constaté que sept de mes chèvres avaient été égorgées. Dix autres bêtes ont été blessées. D'après le vétérinaire, la déprédation serait l'œuvre d'un grand chien. Il y a de nombreux chiens laissés en liberté dans la commune et on dénombre de plus en plus de chiens errants. J'ai porté plainte contre X.

25 mai

Le Débinage libéré. Extrait de l'article « Déprédations en série ».

Dix chèvres ont été égorgées dans la nuit. Il s'agit là de la septième attaque depuis le début du mois de mai. La veille, la Bête a tué un veau de 100 kilos. Rien ne semble arrêter l'animal, pas même la proximité des hommes. Il a été aperçu plusieurs fois aux abords d'habitations isolées. Les témoins parlent d'un grand canidé à la robe gris et fauve. La Bête s'est déjà attaquée à des animaux domestiques. Plusieurs chiens ont été tués ces derniers mois. Les autorités recommandent la plus grande vigilance quant à la surveillance des enfants en bas âge. L'animal n'a jamais attaqué l'homme, mais son style de prédation opportuniste fait craindre le pire. La peur s'installe peu à peu dans les communes touchées. Une peur ancestrale que l'on pensait éteinte depuis longtemps : le retour d'une nature sauvage, la peur du loup, la peur des bêtes dévorantes. L'animal n'a pas été formellement identifié et ne cesse de surprendre par son comportement erratique. Certains l'appellent « la Bestia ». D'autres, « la Bête rousse »...

6 juin

Le préfet de l'Ardèche.

Depuis le début de mois de mai, un animal non identifié, chien errant, chien fou ou loup, commet de nombreuses déprédations. L'animal s'attaque aux troupeaux, aux animaux domestiques et au gibier. On a retrouvé récemment un cerf de 150 kilos, victime de la Bête. À ma demande, deux battues ont été organisées (le 26 mai et le 4 juin) en liaison avec les maires des communes touchées par les méfaits de la Bête et sous la conduite du lieutenant de louveterie. Nous avons pu compter sur l'appui de l'armée et des gendarmes. L'animal a été débusqué à deux reprises dans la journée et a essuyé plusieurs tirs, mais toujours à longue distance. Il n'a pu être abattu. Dès que l'animal sera de nouveau repéré, une nouvelle battue ad-

ministrative sera organisée. L'étendue de la surface à couvrir étant très importante, j'envisage de faire appel à des chasseurs triés sur le volet.

17 juin

Rapport du lieutenant de louveterie.

— 7 h : la Bête a attaqué un troupeau de moutons. Cinq brebis ont été égorgées et une douzaine d'autres ont été horriblement mutilées.

— Après discussion avec le maire de la commune, une battue est organisée avec vingt chasseurs.

— 11 h : la Bête est levée. Elle est tirée à trois reprises. Elle n'est pas touchée.

— 17 h : la Bête est de nouveau débusquée. Des chasseurs sortis de leur poste se sont retrouvés dans la ligne de tir. La Bête n'a pu être tirée.

— 18 h 30 : fin de la battue. L'indiscipline des chasseurs explique en partie l'échec des battues. J'envisage d'abandonner la tactique des battues, peu efficace jusque-là, au bénéfice d'une surveillance accrue des lieux de passage attestés de la Bête, avec quelques brebis parquées et sous la surveillance de personnes réquisitionnées à cet effet.

3 août

Le Globe. Extrait de l'article « Une partie de campagne tourne au drame ».

Après les méfaits d'un animal insaisissable qui décime les troupeaux de cinq communes ardéchoises depuis quelques mois, la découverte de plusieurs cadavres dans les bois et dans un pavillon isolé plonge la région dans la plus grande des confusions. La drogue semble être au centre de l'affaire. La piste d'un règlement de comptes entre deux bandes rivales est privilégiée. Contre toute attente, « la Bestia » (nom donné à l'animal) s'invite dans ce nouveau drame. L'un des corps retrouvés a été partiellement dévoré. Le foie, le cœur et une partie des viscères ont été prélevés […]. Les tragédies s'accumulent et se télescopent, laissant les autorités sans solutions et la population en état de choc. C'est dans l'air du temps que de s'en prendre à l'inefficacité des pouvoirs publics. Entendu hier matin sur le marché d'une des communes touchées par les attaques répétées de la Bête : « Même contre un simple animal, les politiques sont impuissants. Alors qu'est-ce qu'ils peuvent faire contre des trafiquants de drogue ? » Cambriolages à la chaîne, vols de voitures, trafic de stupéfiants, multiplication des agressions physiques et sexuelles, la délinquance est en hausse depuis plusieurs années dans les campagnes françaises, et ce malgré la présence accrue de la gendarmerie sur le terrain. On pensait que le pire danger pour le monde rural était la désertification et la longue érosion des activités. On se trompait. Les campagnes françaises deviennent des terres de violence.

⁂

Extrait du journal du docteur Véronique Dal Bo-Rohrer.
Patiente : Leila Daoudi. *La jeune femme en miettes.*

Séance 1

Leila Daoudi, 16 ans, m'a été envoyée pas son père pour des symptômes dissociatifs, en particulier des troubles de la mémoire, des absences et des fugues. Leila est une jeune femme timide, intelligente, en proie à des questionnements existentiels de son âge. Légèrement névrosée, elle se montre toutefois volontaire. Elle souhaite en particulier réussir sa scolarité et a un grand appétit pour découvrir le monde. Son père, qui a été universitaire en Algérie, est une figure centrale de sa psyché. Sa mère en est quasiment absente. Elle est morte l'année de sa naissance… L'amnésie et la fuite du milieu immédiat sont des symptômes bien connus, mais ils posent de sérieux problèmes de diagnostic. Je dois aller plus loin dans mes investigations… Leila ne semble pas avoir conscience de ses absences et elle est incapable de se souvenir d'événements ayant eu lieu avant ses neuf ans. J'envisage l'éventualité d'un traumatisme survenu un peu avant cet âge.

Séance 4

Lors de la séance précédente, je me suis montrée plus offensive, car Leila n'était guère coopérative. Avant de partir, Leila m'a fait part de son souhait d'arrêter la thérapie, car elle se sentait mieux. Une semaine plus tard, elle est pourtant dans la salle d'attente en compagnie de son père (j'apprendrai par la suite que son père l'y a traînée de force) ; mais dès qu'elle passe la porte de mon bureau, je vois s'opérer en elle des changements significatifs. Sa façon de se mouvoir, de me regarder, de s'asseoir, tout est différent. Décontraction, accent banlieusard marqué, elle dégage une force et une assurance que je ne lui connaissais pas. Elle me regarde avec un sourire mutin et me dit que Leila n'a pas pu venir aujourd'hui, car elle a très mal à la tête. Pour la première fois de ma vie, j'ai face à moi une personnalité alternative. Elle s'appelle Jessica et elle a pris le relais de la personnalité hôte. Elle a le même âge que Leila, mais la comparaison s'arrête là. Jessica n'aime pas les études. Elle préfère le sport et la compagnie des garçons. Elle est volontiers bagarreuse. Elle aime la boxe et regrette qu'il n'y ait pas de compétitions mixtes. Elle s'est découvert une nouvelle passion : les fêtes techno. Jessica a toujours été attirée par la fête, le monde de la nuit, et elle aime explorer ses limites. Elle apprécie tout particulièrement de consommer des drogues et de pousser toujours plus loin la transgression. Jessica semble être un moi hypertrophié de Leila. Je suppose que c'est cet alter qui prend le relais pendant les fugues et plus généralement quand Leila est soumise à un grand stress.

Séance 6

Depuis plusieurs semaines, Jessica a pris le contrôle des séances. Elle me raconte ses différents périples dans les technivals, ses premières relations sexuelles avec des garçons sous l'emprise de la drogue, la vie en communauté. Jessica est une personnalité fascinante. Elle est totalement autonome de Leila. Elle a ses propres souvenirs, sa propre représentation du monde, sa propre sexualité. La personnalité principale est bien Leila, mais la gardienne du temple, c'est Jessica. Elle est l'alter qui fait le lien avec toutes les autres personnalités. Elle est omnisciente. Elle les connaît toutes alors que Leila n'en a pas la moindre idée. Pourtant, comme la personnalité hôte, elle n'a pas trace d'un traumatisme initial et ses souvenirs commencent aussi à l'âge de neuf ans. Je cherche à développer la coopération avec elle en lui demandant si un autre alter ne pourrait pas m'aider. Pour la première fois, Jessica est mal à l'aise. Certaines personnalités ne souhaitent pas coopérer. Je lui rappelle que mes investigations n'ont qu'un seul but : aider Leila à se sentir mieux. La réponse de Jessica est sans appel. Leila n'a pas besoin d'aide, car elle et LA PETITE FILLE *l'aident déjà. Je me doutais bien qu'il y avait d'autres personnalités qui jouaient un rôle important dans la psyché de Leila. Je demande un peu plus d'informations sur l'identité de la petite fille. Elle me dit qu'elle s'appelle Laura, qu'elle a neuf ans et demi et qu'elle ne souhaite pas me parler. Laura n'aime pas se montrer. C'est une enfant sauvage. Elle boude souvent et peut faire des crises. Elle est violente, surtout quand elle se sent menacée. Elle a particulièrement peur des adultes. Quelque chose me dit que Laura a souvent le dernier mot dans la partition du moi chez ma patiente.*

Séance 7

Leila est de retour. Je ne suis guère surprise. Dès qu'une des personnalités est mise en difficulté, une autre la remplace... Leila s'est excusée pour les dernières séances qu'elle a manquées. Je lui dis qu'elle était bien présente, mais que c'était un alter qui avait pris sa place. Leila n'en a aucun souvenir. Elle reste incrédule devant mes explications. Elle n'accepte toujours pas mon diagnostic. Elle ne veut pas entendre parler de personnalités multiples. La discussion tourne autour de son attirance pour les hommes et les femmes. Elle a des sentiments pour sa meilleure amie Jézabel, mais elle est très attirée sexuellement par un garçon de son lycée. Elle l'a déjà embrassé. Elle aimerait aller plus loin.

Séance 9

Pour la première fois, je tente l'hypnose avec ma patiente. Je cherche à entrer en contact avec la petite fille, Laura. Je pense que la naissance de sa personnalité est en lien direct avec le traumatisme initial de Leila. Après plusieurs échecs, Laura se montre enfin. Je vois sous mes yeux des changements importants sur ma patiente. Elle se recroqueville sur son fauteuil et regarde ses genoux. Son visage est celui d'une petite fille apeurée. Elle me demande pourquoi je veux lui parler. Je suis stupéfaite. Sa voix est celle d'une enfant. Je prends une voix douce. J'essaye de la rassurer en lui expliquant que je le fais pour le bien de Leila, pour qu'elle se sente mieux. Laura me donne la même réponse que Jessica. Leila n'a pas besoin de moi. Les adultes ne font que profiter d'elle. Elle se contracte sur le fauteuil. Je la sens tendue à l'extrême. On dirait une petite pomme de pin prête à exploser sous le feu de mes questions. Je lui demande si des adultes se sont mal comportés avec Leila. Laura se masse la tête. Elle semble souffrir le martyre. Laura ne veut pas répondre. Elle ouvre la bouche et se met à hurler.

Séance 10

Leila n'est pas venue. Elle ne s'est pas excusée. Je ne suis pas surprise. Je suis en revanche sidérée par la complicité entre Leila et ses alters pour ne pas approcher la vérité. Au fond, qui tire les ficelles ? Est-ce Leila ou les autres personnalités ? Je ne vais pas avancer aujourd'hui, mais je facture quand même la séance.

*
**

Leila regarde son reflet dans le miroir de la salle de bains. Elle est fatiguée. Ses cheveux sont coupés court. Elle ne se souvient pas d'être allée chez le coiffeur ni de les avoir coupés. Elle a mal à la tête. Elle regarde autour d'elle. Elle reconnaît l'endroit. Elle y est venue la semaine dernière. Elle y a retrouvé…

Elle a honte. Elle l'a braqué ; elle l'a volé ; LUI qui s'est toujours montré si gentil avec elle. Elle a fait une erreur. Une erreur monumentale. Elle l'a compris. Elle a envie de lui dire : *C'est avec toi que je me sens bien. Tu es un grand enfant et moi, je suis une petite fille.*

Ce qu'elle ne sait pas, c'est comment elle est revenue là. Tout est si confus dans sa tête. Et cette douleur dans les tempes qui ne passe pas. Elle fait des efforts pour se souvenir des dernières heures. Elle était en Corse. C'est ça. Avec Jézabel. À Fozzano, sur les terres de Colomba. Son rêve. Elles ont pris de la drogue puis tout se nimbe de brouillard. Des toilettes. Oui, les toilettes de la maison de location. Elle a passé un bon moment dedans. Elle se rappelle maintenant. Elle a vécu une sale expérience. Elle a cru mourir. Son corps s'est liquéfié à mesure qu'une angoisse sourde montait en elle. Puis, d'un coup, un bout de conversation qu'elle avait surpris entre Redouane et Jézabel, il y a longtemps, lui est revenu en tête. *Leila ne doit surtout pas savoir. Jamais. Ça serait terrible pour mon père. Il ne s'en remettrait pas.* Le mélange d'alcool, d'herbe et d'amphétamines a provoqué bien plus qu'un mauvais trip ; il a entamé provisoirement la digue dans son esprit. Leila voulait savoir. Jézabel a refusé la discussion. Leila a menacé de repartir, puis elle s'est isolée dans une chambre. Elle ne supportait plus la présence de Jézabel. Elle supportait à peine la sienne. Quand elle s'est réveillée, elle était en Ardèche, dans la ferme de Luigi, à cinq cents kilomètres de là où elle s'était couchée. Incompréhensible. Une histoire de dingue.

Leila veut se rafraîchir le visage. Elle pose les mains sur le robinet. Du sang. Elles sont recouvertes de sang. Sa robe a aussi des taches pourpres. Elle sort de la salle de bains en mode panique. Elle a besoin d'air. Elle étouffe. Elle a la sensation de devenir folle. Le grand air lui fait d'abord du bien, puis elle se rend compte qu'elle n'est pas au bout de ses surprises. Deux voitures sont garées devant la ferme : la voiture de son père qu'elle a utilisée pour aller en Corse avec Jézabel — et qu'elle a sans aucun doute conduite pour revenir ici, même si elle ne s'en souvient pas —, et une autre qu'elle n'a jamais vue.

Elle regarde autour d'elle.

Personne.

Juste une légère brise qui fait frémir les feuilles du tilleul à l'entrée de la maison.

Elle sent quelque chose dans la poche de sa robe.

Un couteau.

Il est couvert de sang.

Qu'as-tu fait, Leila ? À qui est ce sang ?

La tête lui tourne. Elle s'assoit sur une chaise. Elle se rappelle. Elle a fait l'amour il n'y a pas si longtemps sur cette même chaise avec LUI. Sur la table de jardin, un petit miroir et à terre, une paire de ciseaux avec des grappes de cheveux noirs. Ses cheveux.

Je fais un cauchemar. Je vais me réveiller. Ce n'est pas la première fois que ça lui arrive. Des absences. *Qu'est-ce qui cloche chez moi ? Pourquoi je ne me rappelle pas ce que j'ai fait ?*

Un grand chien à la robe rousse vient à sa rencontre. Il sort de nulle part et s'approche tranquillement. Il est magnifique. Il semble la connaître. Il présente sa large tête et se laisse caresser. L'animal lèche le sang sur les mains de Leila. Elle a l'impression d'avoir déjà caressé cette Bête.

La nuit commence à tomber. L'animal reste couché auprès de Leila. Il est si beau. Si calme. Leila est habitée par un sentiment d'irréalité et elle se sent étrangère à elle-même. Elle regarde ses mains, ses bras, ses jambes. Elle ne les reconnaît pas.

L'animal dresse les oreilles. Il renifle l'air.

Leila entend le bruit d'un moteur. Une voiture s'approche. La Bête se lève. Leila aussi. Elle regarde droit devant elle. Elle passe une nouvelle fois sa main sur ses tempes. Les douleurs recommencent. Ça lance ; ça cogne. De terribles coups de marteau. ÇA devient violent ; ÇA devient sauvage. Elle se retourne. La Bête n'est plus là !

Elle n'a jamais existé. Tout est dans ma tête.

La voiture s'arrête. La portière claque. Leila n'est déjà plus vraiment là.

JE

Jézabel ne sait peut-être pas conduire, mais elle a pris de l'avance. Je n'ai qu'une crainte ; c'est qu'elle retourne une nouvelle fois la tête de Leila et que je doive faire face à deux amazones prêtes à en découdre avec la gent masculine. Il me vient à l'esprit qu'en frappant son violeur, j'ai accompli d'une certaine manière la vengeance de Leila, comme dans la nouvelle de Mérimée où Colomba est vengée de la mort de son père par son frère, Orso.

Quand j'arrive devant la ferme de Luigi, Leila est adossée à la voiture de location que nous a piquée Jézabel. C'est comme si elle m'attendait. J'ai du mal à la reconnaître. Elle a coupé ses cheveux, une coupe garçonne qui met en valeur le bel arrondi de son visage et ses jolies fossettes. Elle me sourit, la robe maculée de sang.

— Tu vas bien ? Tu es blessée ?

Leila me regarde avec un air amusé.

— On t'attendait, fait-elle avec un timbre de voix que je ne lui connaissais pas.

— Jézabel et toi ?

— Non, moi — Jessica — et la petite fille.

Elle le dit le plus naturellement du monde.

Leila n'a pas l'air d'être elle-même. Je regarde autour de moi. Il n'y a pas de petite fille. Elle sourit.

— Laura ne se montre pas facilement.

— Où est Jézabel ?

Elle fait un geste en direction du jardin. Un corps allongé dans l'herbe, pas très loin de la tombe de mon oncle. J'essaye de garder mon calme.

— Elle est morte ?

— Jézabel voulait dire des choses à Leila, mais Laura n'a pas voulu. Elle était très en colère. Elle m'a demandé de faire taire Jézabel. Je l'ai fait. La Bête m'a aidée.

— Quelle Bête ?

— Celle qui est derrière toi.

Je me retourne. Deux yeux me fixent. La Bête n'est qu'à une dizaine de mètres de moi. Je ne l'ai pas entendue arriver. Je la reconnais. Je l'ai déjà vue une fois dans les bois avec Disco Boy. Elle a une beauté magnétique, mais elle fout les foies. Elle est prête à bondir. Jessica s'avance vers moi à son tour. Elle a tiré un couteau de sa robe. La lame est baignée de sang. Je suis pris en tenaille entre deux folies. J'essaye de gagner du temps pour trouver le moyen de m'en sortir.

— Je veux juste discuter, Jessica.

Elle rit une nouvelle fois.

— C'est pas avec moi que tu veux discuter. C'est avec Leila. Mais elle est trop lâche pour affronter ses problèmes. La sale besogne, c'est toujours pour moi et

Laura. C'est dommage, parce que moi, je t'aime bien. Même Laura t'aime bien. Elle trouve que pour un adulte, t'es pas si mal. T'es comme un grand enfant. Mais Jézabel nous a dit que tu savais tout. Alors, on peut pas te laisser vivre.

Je n'ai pas le temps d'argumenter, qu'elle et la Bête passent à l'attaque simultanément. La Bête grogne dans mon dos. Je me retourne. Jessica en profite pour se jeter sur moi. Elle me plante le couteau dans le thorax. La douleur me foudroie. Elle est terrible. Je tombe à la renverse. Mon corps claque sur le sol. Je me vide de mon sang. Je cligne des yeux. J'ai l'impression qu'il y a une éternité qui passe à chaque fois.

Du mouvement à ma droite. J'entends des cris. Je tourne la tête ; elle pèse une tonne. Il y a une mêlée. Leila est à califourchon sur quelqu'un. C'est Sahora qui se débat comme une diablesse. La bataille est âpre, sauvage. Sahora est en mauvaise posture.

Des jappements. Disco Boy entre dans la danse. Il tire sur la robe de Leila en grognant. Elle le repousse d'un violent coup de main. Il revient à la charge (bon chien !), mais la Bête lui fait obstacle. Elle est immense. Disco Boy paraît une toute petite chose insignifiante en comparaison. Mais c'est un sale clébard. Il se jette au niveau de l'encolure de la Bête qui s'ébroue violemment. Disco Boy ne tient pas longtemps. Il est éjecté comme un fétu de paille et retombe sur le flanc à quelques centimètres de mon visage. Il n'a pas le temps de se remettre sur ses quatre pattes que la Bête a déjà fondu sur lui. Elle plonge ses crocs dans son encolure en me regardant. La

Bête emporte dans sa gueule mon pauvre chien. J'ai envie de crier. Aucun son ne sort de ma bouche à part quelques sifflements ridicules. Merde, j'ai du vent dans les bronches pour seule arme.

Une silhouette s'avance vers moi.

Ma fin est proche.

Des caresses sur mon visage.

Une voix inquiète.

Des larmes coulent sur mon visage comme des gouttes de pluie.

Je règle la mire.

Sahora !

Son visage est couvert de griffures.

— Tiens le coup, fait-elle. Je vais appeler les secours.

Je suis calme. Je n'ai plus mal. J'ai juste un peu froid. Mes yeux se ferment. Je me sens partir. Je vais dormir longtemps.

SAHORA

Sahora est sous le choc. Elle sent encore dans sa main le poids de la pierre qui a fracassé le crâne de Leila. Elle tremble. Son visage est brûlant. Cette salope l'a écorchée avec ses ongles. Une pierre. Un pauvre caillou l'a sauvée. Elle a tapé trois fois avec une violence inouïe. Elle a entendu les os se briser. Elle a vu les yeux de Leila se révulser. Elle a poussé le corps sur le côté. Elle s'est relevée, a pris le couteau et l'a serré fort. Très fort.

Trompe la mort, Sahora.

Des corps partout. Jézabel, la gorge tranchée dans le jardin, Leila, la tête broyée ; Sauveur, le thorax à ciel ouvert ; et Disco Boy, emporté dans la forêt par la Bête. Elle pense à son père. Elle a été dure avec lui la dernière fois qu'elle l'a eu au téléphone. Elle devrait plutôt le remercier. Il l'a forcée à se dépasser constamment, à être combative devant l'adversité, à s'adapter aux nouvelles situations. Il a fait d'elle une guerrière, une amazone. Une SURVIVANTE. Elle n'est pas qu'une pleureuse de Dieu ; elle sait se battre et gagner.

Devant elle, le puits où elle a jeté les sacs des présidents braqueurs. Elle n'a pas compté l'argent, mais dans son souvenir, il y en avait beaucoup. De quoi voir venir. Une maigre consolation (ça ne fera pas revenir Sauveur ni Disco Boy), mais c'est une consolation quand même.

Elle repense à ces dernières minutes. De la folie pure. Elle a le tournis. Avant de rejoindre Sauveur, elle a braqué une voiture. Elle a fait sortir un gars obèse deux fois plus grand qu'elle de sa caisse. Elle a vu la peur dans ses yeux. Le mec s'est chié dessus. Quelque chose a définitivement changé en elle. Elle n'est plus la même et dans sa tête, elle se dit qu'elle ne vaut pas mieux que les braqueurs.

Elle ne pensait pas revenir récupérer les sacs de si tôt. Elle voulait laisser du temps, mais dans ce cimetière à ciel ouvert, le ménage doit être fait au plus vite avant que les flics rappliquent. Ils finissent toujours par rappliquer. Elle se dirige vers le puits. Elle enlève la planche. Elle regarde. Les sacs ne sont plus là.

Quelqu'un les a trouvés. Si c'est Jézabel ou Leila, ils ne doivent pas être très loin. Dans une des voitures garées devant l'entrée de la ferme, dans la maison ou ailleurs. Qu'importe, elle les trouvera.

Un bruit sourd.

Elle sursaute.

Quelque chose s'écrase au sol derrière elle.

Elle se retourne.

Les deux sacs des présidents braqueurs.

Elle lève les yeux.

Un homme. Le visage triste. Elle le reconnaît. C'est Ulysse.

— C'est ça que tu cherchais ?

Sahora reste muette.

— Je suis vraiment impressionné. Éliminer les présidents braqueurs, voler leur butin, mettre le feu à leur corps, ce n'est pas donné à tout le monde. Tu es vraiment surprenante.

— J'ai essayé de survivre.

Ulysse montre du doigt le corps sans vie de Sauveur.

— Un peu comme lui. À part qu'il a eu moins de chance que toi. Dommage, parce que je lui aurais bien posé quelques questions. La vie est étrange. En enquêtant sur toi, je tombe sur lui et je résous une enquête à dix morts dans une maison isolée et dans la forêt, et en enquêtant sur lui, je tombe sur l'argent des présidents braqueurs que tu avais planqué. Il y a comme qui dirait un drôle de lien entre vous deux.

— Nous sommes des victimes.

— Les victimes ne volent pas. Les victimes ne mentent pas. Les victimes ne tuent pas.

Ulysse tente de s'approcher, mais Sahora tend le couteau devant elle.

— Il y a eu déjà bien assez de morts, fait Ulysse. Lâche ce couteau.

— Je veux pas aller en prison.

— Tout peut encore s'arranger, mais pour cela, il va falloir que tu me fasses confiance.

Sahora est acculée contre une porte. Elle se retrouve exactement dans la même situation et au même endroit que quelques jours auparavant. Ulysse continue d'avancer lentement.

— Tout va bien se passer, fait-il. Tu as des circonstances atténuantes. Les juges ne seront pas sévères. Tu ressortiras très vite et tu pourras reprendre une vie normale. Tu es jeune. Tu as encore toute la vie devant toi.

Sauveur lui a dit la même chose. Résultat des courses, elle l'a suivi alors qu'il ne voulait pas, et elle a été entraînée dans sa chute, comme dans son rêve à Fozzano. La vérité lui saute aux yeux maintenant. C'est fini. FINI. Elle ne sera jamais championne d'athlétisme. Sahora sent une incroyable fatigue l'envahir en même temps qu'un profond dégoût d'elle-même. Elle n'est pas loin de l'état de Mouchette qui finit par se suicider dans le roman. Elle se dit qu'elle aurait dû avoir plus de compassion pour l'histoire de cette pauvre gamine. Son corps subit les lois de l'attraction combinée aux emmerdes qui le tirent irrémédiablement vers le bas.

Tu as perdu, Sahora. C'est l'heure de payer.

C'est la petite voix sournoise qui reprend du service. La salope, elle se délecte ; elle jubile. Elle n'avait pas disparu ; elle s'était juste tue en attendant son heure. Sahora sait maintenant qu'on ne tue pas l'ennemi de l'intérieur. Il est là, tapi dans l'ombre ; il ne demande qu'à s'épanouir quand l'occasion se présente. Il est comme le mal. Il est né pour grandir.

Au loin, les sirènes. Les flics sont en approche. Ulysse est venu en éclaireur. Il a beau être un franc-tireur, il soigne ses arrières. La respiration de Sahora se bloque quand il met les mains à plat sur la lame du couteau. Elle ne réagit pas. Elle reste bloquée sur le visage d'Ulysse. Il a un regard presque doux.

Un coup de feu. La tête d'Ulysse explose.
Il s'effondre à ses pieds, un trou béant dans le crâne.
Son corps couvre les sacs de billets.
Une ombre s'avance vers elle.
Un fantôme.
Un masque.
Macron !

— Les visages changent, mais la fonction reste, fait l'homme avant d'enlever son masque.

Il lui sourit. Un sourire carnassier.

Tristan est devant elle, le canon de son fusil est encore fumant.

— Tu ne viens pas embrasser ton braqueur préféré ?

Sahora ne réagit pas.

— Il y a pas mal de gens qui rêveraient de me voir mort. Toi la première, mais c'est raté.

Il lui jette le fusil qu'elle rattrape de justesse. Elle ne sait pas quoi faire de cette arme. Il se marre.

— T'inquiète, je suis un président qui prévoit tout. Je suis Jupiter. L'arme n'est plus chargée.

Il pousse le corps d'Ulysse et avec ses gants noirs, il ramasse les deux sacs.

— T'as bien joué avec le sachet de drogue. Je ne sais pas comment tu t'es démerdée pour mettre la main dessus, mais chapeau bas. Le coup était presque parfait. Le truc, c'est que Bastien a été incapable de me descendre. Par contre, toi, ça ne t'a pas posé de problème d'éliminer les deux frères.

Il lui fait un clin d'œil.

— Avec ton air de ne pas y toucher, t'es une vraie garce. Tu sais quoi, je t'aime bien.

Sahora a un haut-le-cœur.

Les sirènes se rapprochent. La cavalerie va débouler d'un instant à l'autre.

— C'est l'heure du choix, ma belle. C'est très simple. Soit tu pars avec moi, soit tu restes ici et tu devras expliquer tous ces cadavres autour de toi et tes empreintes partout.

Elle regarde le fusil. Le salaud. Il a des gants. Pas elle. Elle pense au couteau. Elle l'a manipulé aussi. Elle a déjà menti aux flics. Ils ne la croiront plus maintenant. Elle va avoir tous ces morts sur les bras.

Sahora reste figée. Elle qui a toujours trouvé des solutions, elle est sans ressource. Tristan hausse les épaules. Il s'en fout.

— Bienvenue en enfer, Sahora.

Tristan s'enfonce dans la forêt avec les deux sacs remplis de biffetons. Il ne se retourne pas une fois. Il disparaît dans la nuit comme un mauvais rêve.

ÉPILOGUE

Les flics déboulent dans la cour dans un nuage de poussière. Les portières claquent. Les hommes avancent sur Sahora avec des lumières éblouissantes. Elle est au sol, effondrée, le fusil et le couteau devant elle.

Une immense silhouette se découpe dans la nuit. C'est Kowalski. Il l'observe. Il secoue la tête quand il voit le corps sans vie d'Ulysse. Il est triste et grave. C'est la pire nuit de sa carrière. Il est l'heure. Il est temps de raccrocher.

— C'est fini, fait-il en s'adressant à Sahora et à lui-même.

Les flics ceinturent la jeune femme. Elle se laisse faire. La nuit est chaude. C'est fini. Oui, c'est fini.

Pour l'instant.

Découvrez une nouvelle inédite de Williams Exbrayat

L'EMPIRE DU VIDE

Cela a commencé comme ça, exactement.

Un samedi comme un autre à Toulouse. Les Gilets jaunes défilaient pour la soixante-dix-septième fois. La rue Alsace-Lorraine, l'artère centrale dédiée aux commerces, était devenue le terrain privilégié de la vindicte populaire. La crise s'était installée. Elle existait depuis des décennies, mais jusqu'ici, elle se vivait entre quatre murs dans la solitude et la honte. Une augmentation de la taxe sur le carburant avait mis le feu aux poudres.

Des ouvriers, des retraités, des étudiants, de petits artisans, des chômeurs s'étaient donné rendez-vous dans la rue, autour de ronds-points. La bonne vieille opération déstabilisation pour se faire entendre. Depuis, le mécontentement s'était transformé en une bête féroce aux mille visages et aux mille doléances. L'objectif était simple : faire plier le gouvernement et se payer le président. Macron concentrait une haine inédite. Les lésés de la croissance, les grands baisés de la politique libérale détestaient ce banquier devenu président et tout ce qu'il représentait : le jeunisme triomphant, la réussite tapageuse et le libéralisme décomplexé. Le mouvement ne se réduisait pas seulement à des revendications fiscales. Il arborait les couleurs sociales, politiques et contestataires. Il ne se laissait guère appréhender facilement et refusait de rentrer dans la moindre case. Peu avare en contradictions, il voyait défiler en son sein des militants pour un pouvoir d'achat accru et d'autres, contre le libéralisme. Les pourfendeurs des taxes, des charges et des impôts tenaient la main à ceux qui réclamaient plus d'aides sociales. Le pays était plongé dans une atmosphère étrange, délétère. Le samedi était marqué par le sceau de la colère. Journée noire. Les pro-Gilets jaunes partageaient l'idée que les réformes fiscales et la politique d'austérité ne devaient pas reposer uniquement sur les foyers les plus modestes, tandis que les anti-Gilets jaunes ne retenaient que le bordel, le mobilier urbain en feu et les affrontements violents entre manifestants et forces de l'ordre. Il y avait enfin le camp de ceux qui s'en foutaient ; ils voyaient ça de haut et ils préféraient disserter sur Trump, l'incarnation commode du vulgaire, de la connerie universelle, et qui avait le plus grand des mérites : ne pas être français. La France se vivait à plusieurs vitesses. Des univers parallèles se côtoyaient, mais ne se fréquentaient jamais.

Et puis la violence devint banale. Des blessés chaque semaine. Des manifestants engagés. Des manifestants enragés. Des casseurs. Des cocktails Molotov. Des vitrines brisées. Des flics. Des bouquets de nerfs à chaque coin de rue. Des salves de coups de matraque. Le gaz généreux. Les bavures devant des caméras. Des yeux perdus, des mains arrachées, des pieds broyés faisaient exploser les statistiques des violences policières. La presse internationale s'indignait que dans une démocratie libérale, la police soit si généreuse dans l'effort. Des victimes. Des coupables. Des gentils. Des méchants. Le manichéisme ne faisait plus foi en France. Les chaînes d'infos s'en faisaient l'écho en se pourléchant les babines. L'amplification du pire. Le bruit et l'émotion. La vacuité était à la portée de tous les cerveaux.

Tristan habitait au dernier étage d'un vieil immeuble à une encablure de la place du Capitole. Les ravalements de façade successifs en avaient fait un objet fascinant pour les historiens de l'art, mais pour ses habitants, c'était juste un bâtiment mal branlé, inadapté au confort moderne ; impossible à chauffer en hiver et étuve infernale en été. De minuscules fenêtres donnaient sur la rue. Elles apportaient un peu de lumière à un deux-pièces défraîchi sous les toits. Tristan s'en foutait royalement. Il vivait comme un pauvre ; il l'avait choisi. Dans la merde, il s'y était mis tout seul. Comme un grand. Pas besoin d'un gouvernement ou d'une politique libérale pour subir le déclassement. C'était sa décision. La plus évidente à ses yeux. Une nouvelle période s'ouvrait à lui : l'ultime stade de son existence. La fin des mensonges qu'il distillait depuis toujours.

Tristan visait la décroissance. Une décroissance totale, ultime, inédite qui passait par la liquidation d'un porte-monnaie bien rempli, l'éradication du dispensable et enfin l'arrêt progressif puis définitif de ses fonctions vitales. Le but recherché : la complète disparition.

Tristan avait enseigné la philosophie pendant sept ans à l'Université Jean-Jaurès. « Philosopher, c'est apprendre à mourir » dixit Montaigne. Pour lui, philosopher n'avait qu'un but : apprendre à COMMENT bien mourir.

Tristan avait vu un psy dernièrement, à la demande insistante de sa mère inquiète de constater que son fils dépiautait consciencieusement tout ce qu'il avait entrepris jusque-là. C'était un bon garçon d'après elle ; pas d'une grande expressivité, mais il réussissait tout ce qu'il entreprenait avec une facilité déconcertante. Diagnostic : dépression indifférente. Rare et joli cas d'étude, mais le psy se trompait dans les grandes largeurs. Tristan ne traversait pas un épisode dépressif qui l'empêchait de ressentir la moindre émotion. Il avait toujours été comme ça. Une coquille vide. Son état au naturel, il l'avait dissimulé à ses proches. Il était un excellent acteur. Un magnifique menteur. Un très mauvais vivant. Durant toute sa scolarité, puis devant ses élèves, il faisait semblant. Il ne vivait rien de l'intérieur. Que dalle. Du plexiglas entre lui et les autres, entre lui et ses émotions. Il jouait la vie par mimétisme.

Grâce à un sens de l'observation aigu et une intelligence vive, il assimilait toutes les informations. Il feignait la chaleur, l'amitié, l'amour, la colère, la déception. Il brillait dans la supercherie. Sa réussite, elle, était bien réelle. Son doctorat en poche avec les félicitations du jury — une thèse mémorable sur les concepts de responsabilité et d'angoisse chez Soren Kierkegaard — il décrocha un poste de maître de conférences à l'université Jean Jaurès. Il acheta un SUV qu'il n'arrivait jamais à garer tellement il était massif et une maison de rupin dans la campagne du Lauragais battue par le vent d'Autan. Il y casa ses livres et Sarah, sa copine du moment. Elle exerçait le métier de plasticienne. Une chouette fille. Belle comme une rose noire avec de grosses épines. Talentueuse par ses partis pris. Malheureuse par conviction. Son travail portait sur l'expressivité du corps, en particulier la danse. Un choix logique. Gamine, elle avait pratiqué la danse classique. Elle avait arrêté au bout de quelques années. Des tortionnaires avaient revêtu des habits de professeur. Discipline, souffrance, détermination. Elle avait été marquée au fer rouge et entretenait depuis un rapport étrange à la chair et à la douleur. Elle avait des dispositions toutes naturelles pour se compliquer la vie et se faire du mal. Elle partageait les indignations universelles ; participait à tous les combats. Une femme en guerre. Une amazone. La période était propice : #balancetonporc #féminicide #girlpowernibsàlair. Elle organisait des happenings sauvages, tentait des coups de force. Violence de l'art. Politisation du corps. Elle était prête à tous les sacrifices pourvu que cela passe par la peau, les os, les viscères, les entrailles.

Tristan supposait que ce rapport sacrificatoire aux choses s'expliquait par son besoin d'adhérer à fond à des concepts, à des idées plus grandes qu'elle pour se sentir vivante, comme si sa frêle existence ne se suffisait pas à elle-même. Tristan tenait un rôle précis dans l'écosystème de Sarah. Il était le frigo, le régulateur de température nécessaire pour éviter l'implosion, l'autocombustion. Mais le frigo se lassa. Tristan se montra sous son vrai jour : froideur hivernale, mornes sentiments et paroles glaçantes. Elle déguerpit avec ses quelques affaires et une chiée de nouvelles blessures narcissiques. Tristan projetait autre chose dans sa tête. Il avait besoin de toutes ses forces vives. Une phrase tournait en boucle. *Il est temps d'en finir*. Il s'était toujours senti étranger à ce monde. Il ne ressentait rien. Il le vivait comme une malédiction. Inhumain. Trop inhumain.

Tristan pianotait sur le clavier de son ordinateur. Il écrivait son ultime post. Il gérait un blog, *Ma vie est pire que la tienne*, depuis qu'il avait démissionné de la fonction publique. Il avait revendu sa caisse, sa maison et était revenu habiter au centre-ville. Il avait rédigé une centaine d'articles sur l'ironie de l'existence, le non-sens du monde et sa propre indigence face à la culture de l'émotion et de la sentimentalité de l'époque. Dans son dernier post, il détournait une célèbre citation de Camus : « L'absurde naît de cette confrontation entre l'appel humain et le silence déraisonnable du monde » pour la faire sienne. Il démontrait que l'absurdité de son existence prenait sa source dans le bruit insolent du monde en rapport au silence absolu en lui-même. L'existentialisme demeurait pour lui une impossibilité… par essence. Le blog n'était qu'une vaine tentative d'expliquer ce qu'il était vraiment avant l'effacement ; une confession intime ouverte au regard des autres par l'entremise d'internet et des réseaux sociaux.

Son blog connaissait une belle audience. Simples curieux, spécialistes de la sérendipité, oisifs cérébraux, détraqués du bulbe ou naufragés numériques, tous y trouvaient leur compte. La reconnaissance, certainement, mais aussi une somme d'emmerdes. Des adolescents menaçaient de se suicider, des parents s'activaient pour faire fermer le site web, des associations l'accusaient d'inciter à l'apologie du dégoût de soi. La pression des autres laissait Tristan totalement froid. Il était arrivé au bout. Il le sentait. La fin d'un système. La fin du GRAND TRUCAGE. Il était temps de tirer un trait sur cette mascarade. Une vie sans goût, ce n'était pas exactement la vie.

Cela a commencé comme ça, exactement.

16 h. La charge des CRS. Comme chaque semaine, intense. Des métronomes de la bataille rangée. Matraques en l'air. Casques à bande jaune. Plastiques noirs. Boucliers antiémeutes. Ils éventaient la foule après l'avoir travaillée au gaz lacrymogène et à la grenade d'encerclement. La BAC attendait dans les rues parallèles. Unité mobile, elle ratissait les Gilets jaunes nerveux de la caillasse et les malheureux passants qui s'étaient retrouvés au mauvais endroit au mauvais moment. Le politique vivait sur les nerfs, les flics avaient la dent dure. La haine était consommée. L'impossible réconciliation était en marche.

Tristan quitta son ordinateur pour mettre le nez à la fenêtre. Des relents de gaz lacrymogène montaient au ciel. À croire qu'il était capital pour une démocratie libérale en crise d'emmerder les oiseaux de passage. Tristan retourna à son écran, les yeux tuméfiés. Un message dans sa boîte mail. L'adresse de l'expéditeur lui était inconnue. Un titre. *L'Alliance*. Le message semblait énigmatique. *Nous savons qui tu es. Nous savons ce que tu t'apprêtes à faire. Fais de ton geste un ACTE utile.* Tristan pensa à un spam envoyé par de jeunes cracks russes ou par de sympathiques brouteurs africains. Il s'apprêtait à l'effacer quand un deuxième message apparut. *Nous souscrivons à ton projet. Nous avons aussi un projet. Convergence des luttes*. Tristan sentit la curiosité poindre dans son esprit. Une centaine d'é-mails défilèrent sur son écran. Quatre mots, pas un de plus, répétés à l'infini : *Désordre. Chaos. Réconciliation. Renaissance.* Son smartphone vibra. Un SMS lapidaire. *Rejoins l'Alliance.*

Une explosion dehors. Un bruit assourdissant. Les murs de l'appartement se mirent à trembler. Des cris. Une clameur. Une bombe artisanale. Des vitrines explosées. Les Gilets jaunes ripostaient. La guérilla urbaine dans un pays riche à l'aide sociale généreuse et au progressisme affiché ne manquait pas de sel. Un nouveau SMS. *La fin de ce monde, la fin du vôtre parce que c'est notre projet*. Son ordinateur se mit à diffuser des images de sa rue en feu. Des Gilets jaunes éructant, d'autres en sang, des flics en repli, blessés.

Des hurlements. Des pleurs. La haine. Le chaos. La guerre civile circonscrite à une rue. Ailleurs, la majorité des habitants continuaient à faire leurs emplettes dans les magasins et considéraient cela comme un épiphénomène, une crise d'adolescence. Puis le visage de Macron apparut sur son écran. L'assistant Google de l'ordinateur de Tristan prit la parole : *L'Alliance est ta solution ; tu es la solution pour l'Alliance.* Le cœur de Tristan se mit à battre la chamade. Il transpirait. Il avait les mains moites. Il resta de longues minutes à ressentir ce bruissement de vie. Dehors, le calme était revenu. Les clients ressortaient des boutiques dans lesquelles ils s'étaient réfugiés pendant l'assaut, tandis que d'autres s'y engouffraient pour reprendre leur shopping, l'air de rien et vaguement concernés par ce qui venait de se produire.

Cela a continué comme ça, exactement.

Les mails et les SMS se succédèrent à intervalles réguliers. Le jour. La nuit. Souvent quelques mots. Parfois des phrases entières. Surtout des injonctions. Tristan se sentait comme une pucelle courtisée. L'*Alliance* lui proposait la réponse à sa question : une fin honorable. Il s'en foutait de savoir qui était l'*Alliance*, ce qu'elle représentait — la politique partisane ne l'avait jamais intéressé et puis connaître les éléments chimiques d'un médicament ne facilitait en rien la guérison.

Quand il rendit visite à sa mère une dernière fois, elle le trouva ragaillardi, presque enjoué. Elle le mit sur le compte des séances de psy ou d'une médication secrète. Tristan l'informa qu'il allait reprendre bientôt les cours et que cet état de repli n'était que passager. Tristan lui offrit son plus beau sourire : dents-blanches-et-pommettes-ultra-saillantes ; une magnifique grimace en guise de mensonge. Il singea dans une remarquable interprétation la chaleur humaine. Il prit sa mère dans ses bras et la rassura. Sa voix sonna comme une douceur. Il sentit sa mère se décontracter. Dans sa tête, il se tramait toute autre chose. Les mots de l'*Alliance* résonnaient et tournaient en boucle comme une routine informatique. *Mourir. Ton choix. Notre bataille. Notre victoire.*

La perspective d'une fin proche provoqua un effet inattendu sur Tristan. Il se sentait vivant. Pas exactement comme tout le monde, mais quelque chose qui y ressemblait et qui n'était pas feint, pour une fois. Il découvrit des sensations inédites. Un début. Un frétillement. Un printemps. Comme un membre amputé se rappelant à son bon souvenir.

À l'occasion d'une balade au jardin des plantes, il se surprit à apprécier les rayons du soleil sur sa peau. La proximité de grands arbres le rendit tout chose tandis que les cris des enfants qui jouaient l'agacèrent au plus haut point. Il était pour une fois ancré dans le monde. Il était en interaction avec lui. Il en percevait la mystérieuse attraction. Il pensa à Sarah, conscient de sa propre monstruosité ; il l'avait quittée salement. Pourtant, en cet instant, il aurait aimé jouir de sa présence. Il imaginait une promenade romantique en sa compagnie.

Un peu plus tard, il mangea un burger à un truck installé sur les allées Jules Guesde. Il prit un malin plaisir à mordre dans la viande rouge encore saignante et à tremper ses frites dans une sauce ketchup maison. Il aimait particulièrement cet endroit vaste, vide où il manquait l'essentiel : du sens. Ce réveil ne dura pas. Un petit exercice mental suffit à le ramener à sa froide existence.

Sans la perspective de mourir prochainement, la magie n'opérait plus. Le grand hiver reprenait ses droits. Vivre sans exister, c'était déjà être mort.

Cela a continué comme ça, exactement.

L'*Alliance* se manifesta. Physiquement, cette fois. Il ne vit aucun visage, mais *elle* se cachait dans la foule. Tout près de lui. *Elle* n'avait jamais été aussi proche. Il marchait dans la rue du Taur, puis il déboucha sur la place du Capitole. Il sentit une présence dans son dos. Il se retourna. Il n'y avait personne. Son sac était ouvert. Il bâillait nonchalamment. Un carton d'invitation avait été glissé dedans. Quelques mots griffonnés. *Prépare-toi. Le temps est venu. Le tien. Le nôtre. L'Alliance vaincra.* Tristan était habitué à ces mystères. Parfois, il imaginait que l'*Alliance* n'existait pas, que tout se jouait dans sa tête ou qu'il perdait la raison. Quand il était encore gamin, il imaginait que sa vie était scrutée par des caméras et que le résultat était diffusé à la télévision dans le cadre d'un programme scientifique secret. Temps réel. Pas de scénarisation. Aucun montage. La télé-réalité avant l'heure, sans la plastique en toc et la bêtise assumée d'apprentis acteurs. Juste la vie au scalpel d'un homme qui avait la particularité de ne pas se sentir vivant. Une aberration. Un monstre. Regarder exister une coquille sans substance ne manquait pas d'ironie.

Les fantasmes étaient une chose, mais le carton d'invitation était bien réel. Il était une preuve irréfutable. L'*Alliance* avait tout étudié de lui. Il en était certain.

Elle avait cherché, compilé, analysé ses faits et gestes. Elle avait compris qui était Tristan, ce qu'il attendait et elle lui avait apporté sur un plateau. Il incarnait le candidat idéal. Dans une entreprise terroriste, le plus dur n'a jamais été de faire adhérer à la « grande idée », mais de trouver la bonne formulation pour pousser le candidat au passage à l'acte. Cela passait par le dialogue et non le prêche. Il fallait toucher à l'intime de l'être, à sa problématique existentielle pour l'amener à offrir sa vie. L'acte final devait avant tout résoudre une tension interne. Bien entendu, Tristan se savait instrumentalisé, mais il n'avait adhéré à aucune idéologie, aucune cause. Il n'avait fait allégeance à personne. Les conséquences de son acte, il s'en foutait royalement. Il suivait son chemin, sa logique interne. La perspective d'une fin spectaculaire l'excitait intellectuellement.

Tristan passa les journées suivantes à entreprendre des démarches administratives. Il se désabonna d'internet, de son smartphone et d'EDF. Il envoya sa lettre de résiliation de bail à son propriétaire, clôtura ses comptes en banque, fit des dons à des associations prises au hasard, supprima toutes ses traces numériques et effaça le contenu de son blog. Ce qui lui demanda le plus d'efforts consista en la rédaction d'une lettre à l'attention de sa mère pour expliquer son geste. Finalement, elle finit à la poubelle. Tout s'apparenterait à de la déception pour elle. Comment lui dire qu'il était d'une nature incomplète, doublé d'un imposteur patenté ; un glaçon dénué d'empathie et n'ayant jamais développé la moindre sympathie pour personne ? Il garda le cap.

Détricoter. Disparaître.

Puis l'inquiétude surgit :

L'angoisse, il la connaissait académiquement par l'entremise des grands textes de la doxa de l'histoire de la philosophie. Il en avait fait d'ailleurs son fonds de commerce universitaire alors que dans la vraie vie, il ne la ressentait pas. À l'école, on l'appelait déjà l'animal à sang-froid. Rien ne le déstabilisait. Il n'avait peur de personne. Même Madame Limon, marâtre infâme du CE2 qui prenait un malin plaisir à humilier ses élèves, ne provoquait aucun émoi en lui. Au lycée, il était le gardien de l'équipe de handball. Il ne craignait ni les coups ni les intimidations. Il ne doutait jamais. Il rentrait sur le terrain sans se poser de questions. Doté d'une souplesse remarquable et excellent techniquement, les statistiques s'envolaient avec lui. Elles étaient tout bonnement stratosphériques. Elles lui conféraient un statut particulier. Il était aimé et respecté par tout le monde, non pas pour ce qu'il était, mais pour ce qu'il était capable de réaliser. Après les matchs, il buvait des bières et fumait des pétards avec, à chaque fois, la même déception : les autres restaient un univers hors d'atteinte.

L'incident :

Tristan contemplait son visage dans la vitrine d'une boutique de prêt-à-porter pour femme. Il avait les traits fatigués, presque inquiets. Depuis quelques jours, il ne se sentait pas bien. Il avait l'impression d'être espionné, suivi. Il faisait l'objet d'une perfide attention. Les flics. Oui, les flics étaient à ses trousses. Pas de doute possible.

On le pistait. Ses sens et sa capacité à analyser froidement le réel l'avertissaient du danger. Tout s'expliquait. Plusieurs fois dans la semaine, il avait croisé des têtes qui lui paraissaient familières. À chaque fois, les regards se dérobèrent. Dans le reflet de la vitrine, il vit un gars au visage rond et glabre, clope au bec, imitant à la perfection l'attente façon l'air de rien. Tristan en aurait mis sa main au feu, il l'avait déjà vu devant chez lui. Il sentit un shoot d'adrénaline monter en lui. Il se retourna et croisa le regard de l'homme. Comme prévu, celui-ci bada ailleurs, envoyant des volutes âcres dans le ciel.

— Pourquoi tu me reluques comme ça ? demanda Tristan d'un air sauvage et énervé en s'approchant de lui.

L'individu fit mine de ne pas comprendre. Il écrasa son mégot sous la semelle de sa chaussure et mit les mains dans ses poches.

— Oui, c'est à toi à qui je parle, reprit Tristan.

Il s'étonnait des mots qui sortaient de sa bouche, du ton qu'il employait et des gestes nerveux qui s'imposaient à lui. Il perdait le contrôle. Surprenant, grisant, mais aussi inconfortable.

— Je ne vous regarde pas, fit l'inconnu sans se départir de son calme. Je reluque la boutique.

— Qu'est-ce qu'elle a de spécial ?

— Il y a ma femme dedans. Elle essaye une robe et moi, j'attends dehors parce que j'en ai marre.

Tristan se retourna. Plusieurs clientes s'activaient dans la boutique. L'explication paraissait plausible, mais il resta sur ses gardes.

Il enchaîna :

— Je vous ai croisé hier devant chez moi. Qu'est-ce que vous me voulez ?

L'homme haussa les sourcils et le regarda comme s'il avait un grain.

— Ça m'étonnerait. Je n'étais pas sur Toulouse. Je bossais à Saint-Gaudens. Qu'est-ce qui ne tourne pas rond chez vous ?

La circonspection de Tristan redoubla quand une femme sortit du magasin avec un sac contenant des achats.

— Que se passe-t-il, chéri ? fit-elle.

— Rien, répondit l'homme. Ce monsieur m'a pris pour un autre. Il va partir.

Tristan se donnait en spectacle. Il tourna les talons, accéléra le pas, puis se mit à courir. Il rentra chez lui, ferma sa porte à double tour et se cloîtra dans le noir. Pour la première fois de sa vie, il ne maîtrisait plus rien.

Cela finit comme cela, exactement.

Six heures du matin. On frappait à la porte. Tristan se leva en catastrophe. Le temps qu'il arrive, une enveloppe avait été glissée à l'intérieur de son appartement par le jour de la porte. Il la ramassa. Elle était vierge de toute inscription. Il la décacheta. À l'intérieur, un billet de train pour Lyon accompagné d'un message lapidaire : *Le changement, c'est maintenant ! L'Alliance*. Le départ du train était programmé à sept heures le jour même. Il avait juste le temps de prendre une douche, de s'habiller et de rejoindre la gare. À Matabiau, il acheta un pain au chocolat qu'il dévora en deux bouchées, puis il dévalisa le coin presse. Le voyage allait être long. Il voulait s'occuper l'esprit. Il gardait encore en mémoire son délire paranoïaque de la veille et les frémissements de vie qui le perturbaient. Il se cala dans son siège et étala les journaux devant lui. Il se plongea dans une lecture attentive. Il ne fut guère surpris de ce qu'il lisait. Le mouvement des Gilets jaunes était analysé essentiellement par le prisme socio-économique. Le marasme économique, le tour de vis fiscal et la *râlitude* toute française suffisaient à expliquer le mouvement, mais pour Tristan, il manquait un élément crucial à la bonne compréhension de l'ensemble.

Il pensa aux banlieues, à ses flambées de violence. De l'argent public avait été investi dans des quartiers sensibles pour offrir des infrastructures modernes à une population démunie, mais dès qu'il y avait des tensions, des problèmes, elles étaient les premières à cramer, comme les vitrines avec les Gilets jaunes. Cela surprenait toujours les commentateurs et l'opinion publique. La portée de ce geste était pourtant simple à comprendre. Rien n'achetait le ressentiment. Une population qui se sentait négligée, mal-aimée, problématique au regard du politique, en marge du reste de la masse était marquée au fer rouge et revenait dans la gueule de la société comme un boomerang. Les Gilets jaunes — comme les habitants des quartiers sensibles — avaient le sentiment tenace de ne pas compter, d'incarner les boucs émissaires de l'époque et de fournir le gros du bataillon des baisés de l'ère ultralibérale. Des citoyens de seconde zone réduits à quémander les miettes au grand capital entraient en rébellion tandis que le reste de la population dépensait son énergie à dilapider son argent. Le MÉPRIS était le plus grand des coupables.

Tristan regardait le paysage défiler à grande vitesse. Ses yeux n'avaient pas le temps de capter tous les éléments du décor. Tout allait trop vite. L'approche de sa finitude faisait tout accélérer. Son cœur cognait dans sa cage thoracique. Il avait peur. Un sentiment étrange pour lui. Une réflexion s'imposa peu à peu dans sa tête. Il en vint à se demander s'il ne s'était pas raconté une histoire toute sa vie. Ne s'était-il pas imaginé insensible juste parce qu'il avait pressenti très tôt que l'existence supposait des contreparties inacceptables comme l'inquiétude, la douleur, la souffrance ? L'angoisse ! Tout était storytelling ; à l'échelle d'un individu, d'un pays. Tristan percevait le grand mensonge universel. On se racontait plus qu'on vivait, parce que vivre simplement, pleinement, pour beaucoup, demeurait une difficulté voire une impossibilité. Il fallait autre chose. Ajouter du sens là où il n'en existait pas. Se raconter une histoire pour mieux s'endormir.

Tristan avait son avatar : le personnage froid que rien ne touche ; Sarah était la passionaria douloureuse. La France n'échappait pas à cela. Elle proposait un discours sur elle-même : l'État social dans toute sa splendeur, mais la vieille trame sociale, partageuse, intégrative ne passait plus. Elle était remplacée par des récits atomisés, discordants. Individualismes, communautarismes, identitarismes et raz-le-bolismes se tiraient la bourre pour prendre la place laissée vacante par le politique. La carte du territoire était simple à dessiner. Il y avait les intégrés, ceux qui réussissaient, et les autres, ceux qui naviguaient à vue, ceux qui frappaient à la porte. Depuis longtemps, il n'y avait plus aucune trace de valeurs partagées censées transcender un pays chez les politiques, encore moins chez les individus. Devant la complexité du monde, le repli sur soi était devenu un habitus, la norme. L'ego remplaçait les derniers oripeaux de l'intelligence. Plus aucun élément positif de langage ne venait cimenter l'appartenance à un pays. Tout était problème. Le récit d'une nation moderne, progressive, inclusive, tournée vers un avenir commun radieux restait à écrire.

Tristan secoua la tête. Cette réflexion combinant sa propre expérience personnelle et celle de son pays le menait au bord de l'abîme. Ce n'était pas le moment de flancher. Il était si près du but. Il reprit la lecture des journaux comme pour anesthésier la dissonance dans sa tête. Il s'attarda sur les pages dédiées au sport. L'équipe de foot qui disposait du plus d'oseille avait encore gagné. Elle bénéficiait d'au moins trente points d'avance au championnat. Elle ne portait qu'une valeur, celle du fric et faisait rêver ceux qui n'en avaient pas. L'empire du vide s'immisçait partout, à tous les étages.

Cela finit comme cela, exactement.

Arrivé à la gare Part-Dieu de Lyon, Tristan ne savait pas ce qui l'attendait. L'*Alliance* avait écrit pour lui le scénario depuis longtemps et il ne le découvrait qu'au fur et à mesure. Il y a toujours une forme d'abandon quand on marche sur les pas de la mort.

Sur le quai, un petit homme, l'air jovial, habillé comme n'importe quel quidam, tenait une pancarte portant le nom de Tristan. Ce dernier se présenta à lui. L'individu lui fit un sourire et lui tendit la main pour le saluer. Ils n'échangèrent aucun mot. Tous deux prirent la sortie La Villette. Une Audi A5 les attendait sur le parking. Tristan monta à l'arrière. Un sac à bandoulière était posé sur la banquette. À l'intérieur : un appareil à photo professionnel Canon EOS 5D, une carte de presse avec un nom d'emprunt, une accréditation et un vieux téléphone portable Nokia. La voiture démarra. Le chauffeur conduisait avec assurance et sérénité. Autour, un bâti récent se déployait devant ses yeux ; un spectacle froid, sans aspérité ni charme ; à croire que le maître étalon de la construction moderne était le moche, le fadasse. Les piétons ressemblaient à de jeunes cadres dynamiques aux visages gris et mangés par le stress des tâches à accomplir dans la journée. Ils pressaient le pas, engoncés dans leur costume anthracite, mallette simili cuir à la main. De gros nuages boursouflés formaient une chape de plomb sur les buildings. La lumière paraissait étrange, irréelle. La grisaille ambiante se mélangeait à une teinte jaune pisse sépia. Ambiance on-va-tous-crever-un-jour-et-ce-jour-est-arrivé.

Un écran encastré au verso du siège du conducteur diffusait en boucle un diaporama reprenant les différentes étapes qui attendaient Tristan.

Slide 1 : rendez-vous au FabLab. Boulevard Édouard Herriot. Saint-Priest.

Slide 2 : s'installer avec les journalistes dans la grande salle.

Slide 3 : attendre les instructions via le Nokia qui devra rester dans votre poche.

Le trajet dura une vingtaine de minutes. Quelques gouttes tombèrent sur le pare-brise, mais le ciel refusait d'exploser vraiment. Il se plaisait à pratiquer la rétention d'eau. Le chauffeur s'arrêta à un arrêt de bus. Il sortit du véhicule et invita Tristan à faire de même. Il lui montra la route à prendre. Tristan avait cinq cents mètres à parcourir avant d'arriver à la destination finale. Le chauffeur lui serra la main, puis retourna à la voiture. Tristan regarda l'Audi A5 faire demi-tour et s'éloigner tranquillement. Les indications du chauffeur étaient claires. Il se retrouva rapidement devant le FabLab. Il présenta sa carte et son accréditation à un agent de sécurité. Ce dernier inspecta avec minutie le sac. Il passa une lingette sur tous les objets. Puis, avec un petit appareil, il analysa le résultat. Tout était en ordre. Aucune trace d'explosif. Tristan referma le sac et entra dans le FabLab. La fin était proche. Il le sentait. Une évidence. Les doutes, les questionnements, la gêne des jours précédents avaient disparu comme par enchantement. Il se sentait tel un athlète dans la course de sa vie. Tout était redevenu limpide. Il n'avait plus qu'à exécuter une partition parfaite pour atteindre son but. Il avait retrouvé le chemin pour mener à bien son histoire.

Le Fablab était composé d'un grand atrium bourré de vide et de courbes fuyantes. Les journalistes rivalisaient pour dénicher la petite phrase qui ferait les gros titres dans la presse du lendemain. Les politiques étaient des bêtes faciles à traquer tant ils aimaient se répandre sur eux-mêmes et leurs semblables. Les mots justes, les quolibets, les prises de position outragées constituaient autant de traces nauséabondes qui scarifiaient toujours plus une république au bord du gouffre. Sur le côté, une salle accueillait le président Macron, le secrétaire d'État chargé du numérique, une demi-douzaine de conseillers et trois Gilets jaunes. La discussion d'avant émission battait son plein. Un des Gilets jaunes, la seule femme de l'aréopage, tournait le dos à la petite troupe. Elle était en communication téléphonique et se bouchait une oreille pour mieux entendre son interlocuteur. En face, un parterre de journalistes était prêt à immortaliser cette nouvelle séquence élyséenne. Après le tour des maires, les rencontres avec les collégiens, les lycées, les étudiants et l'abandon des attributs jupitériens pour les guenilles de l'humilité, les conseillers de Macron avaient décidé d'orienter la stratégie de communication présidentielle. Nouvelle cible : les réseaux sociaux. Quand Assane Diouf, un jeune issu de la diversité, spécialiste de la vignette d'humeur (et accessoirement sympathisant du mouvement Gilets jaunes) avait proposé au Président de la République de venir répondre aux questions des six millions d'abonnés de sa chaîne YouTube, l'Élysée avait tout de suite saisi l'opportunité d'une séquence de réconciliation nationale dans un cadre jeune, moderne, et bien plus décontracté qu'un discours ampoulé devant des élus politiques ou des téléspectateurs gavés à la publicité et à l'information émotionnelle. En direct sur YouTube et relayé sur l'ensemble des réseaux sociaux, des radios et des chaînes de télévision, ce programme médiatico-politique d'un nouveau genre était très attendu. Pour l'Élysée, le pari fleurait bon la victoire. Macron se retrouvait partout, dans tous les foyers. Un jalon capital dans la reconquête des électeurs en vue de la prochaine élection était en MARCHE. Tristan trouva la situation ironique. Il y avait bien un storytelling à l'œuvre, mais elle ne concernait que la présidence, pas le pays et encore moins ses habitants. C'en était croquignolesque et pathétique à la fois.

Le Nokia sonnait. Il le retira de sa poche et prit la communication. Une voix étrange, sans doute le fruit d'un algorithme, se fit entendre. *Il est temps d'aller faire vos besoins. Après il sera trop tard.*

Un cerbère — massif, la gueule des mauvais jours, le geste nerveux comme si tout ce qui transitait par lui revêtait une importance cruciale — bloquait l'accès aux toilettes. Il pointa du doigt le sac de Tristan.

— Ouvrez-le, ordonna-t-il d'une voix de stentor.

— Je l'ai déjà fait à l'entrée.

— Il faut me le présenter quand même et encore une fois à votre sortie des gogues. C'est la règle. Capiche ?

Tristan acquiesça mollement et obtempéra. L'agent de sécurité regarda attentivement tous les éléments.

Puis il fit un mouvement de la tête pour signifier qu'il pouvait disposer. Il pénétra dans les commodités. Il y avait trois cabines. Celle du milieu était hors service. Le temps pressait. L'émission allait commencer. Fallait s'activer sérieusement sous peine de tout rater. L'échec était impossible. Il n'était pas inscrit dans l'ADN de Tristan.

Un premier SMS s'afficha sur le Nokia. *Rentrer dans les toilettes condamnées.*

Tristan s'exécuta.

Deuxième SMS. *Monter sur la cuvette et retirer le faux plafond.*

Tristan s'exécuta.

Troisième SMS. *Intervertir l'appareil photo de votre sac avec celui du faux plafond.*

Tristan s'exécuta.

Quatrième SMS. *Quand la marche funèbre retentira, prendre une photo. Pas avant. Pas après.*

L'agent de sécurité refouilla le sac à sa sortie des toilettes. Il arborait toujours une expression de toute-puissance doublée d'une face simiesque. Il ne trouva rien à dire. Tristan non plus. S'accommoder des cons constituait une compétence essentielle à la vie en société et Tristan était devenu maître en la matière. Feindre la docilité ; singer l'intérêt. Il incarnait l'homme moderne dans toute sa splendeur.

L'émission allait commencer. Tristan joua des coudes pour se retrouver en face de Macron. Il n'était pas au premier rang, mais de stature assez grande, il avait le président dans le viseur. La presse régionale, nationale et les caméras des chaînes TV, personne ne manquait à l'appel. Macron commença son show politico-médiatique. Il excellait sous la mitraille des questions des internautes. A contrario, Assane Diouf, d'habitude si à l'aise devant sa caméra, semblait emprunté. Il avait perdu toute sa verve, sa bonhomie. Il jouait le rôle attendu : le faire-valoir. La moulinette du politique ne laissait rien au hasard. Puis le regard de Tristan fut happé par ce qui se passait derrière le pauvre Youtubeur qui se décomposait à mesure qu'il prenait conscience d'être le dindon de la farce. Tristan n'en crut pas ses yeux. La fille Gilet jaune qui était de dos tout à l'heure, il la connaissait. Pire que cela, il avait partagé sa vie pendant plusieurs années. C'était Sarah. Leurs regards se croisèrent. La surprise fut partagée ; la gêne aussi. Tristan s'attarda sur son ventre. Il avait pris des formes. Pas de doute possible. Elle était enceinte. Tristan saisit l'ironie de l'instant. Il allait se faire sauter en compagnie de son ex et de leur futur enfant. Il crut déceler de subreptices mouvements sur le visage de Sarah. Elle hochait la tête de droite à gauche comme si elle savait ce qu'il s'apprêtait à commettre. C'était impossible. Elle ne pouvait pas savoir. À moins que l'*Alliance* ait tout manigancé depuis le départ. Mais quel départ ? Tristan fut saisi par un abîme de questionnements. Il n'eut pas le temps de sentir le vertige monter en lui, car tout s'accéléra. Les premières notes de la marche funèbre retentirent. S'en suivit une déflagration. Le grand boom. L'explosion.

Tristan ouvrit les yeux. Des agents de sécurité et des journalistes accouraient de l'atrium à la recherche du président et des survivants. Macron demeurait introuvable. Volatilisé. Tristan se leva, encore chancelant sur ses jambes. Il avait toujours son appareil photo autour du cou. L'air était irrespirable. De la poussière partout. Des bouts de plâtre. Des viscères. Des lambeaux de chair. Du sang projeté sur les murs. Tristan était vivant. Les journalistes du premier rang l'avaient involontairement protégé. Ils étaient désormais réduits à l'état de meubles Ikea avant montage. Un agent de sécurité le prit par l'épaule et le sortit dehors. On pouvait saisir l'effroi sur son visage. Tristan se retrouva assis par terre en compagnie d'autres victimes. Un homme pissait le sang à côté de lui. Il marmonnait des borborygmes. Un autre le regardait avec un trou béant dans le visage. Une femme avec un bras arraché agonisait sous ses yeux. Le vigile posa une couverture sur les épaules de Tristan et lui demanda si tout était OK. Sa voix était douce et concernée. Tristan fit oui de la tête, mais c'était faux. Il allait mal. Très mal. On venait de lui voler son final. On venait de lui voler sa mort. Il n'avait pas eu le temps d'appuyer sur le bouton de l'appareil photo. Il y avait quelqu'un d'autre dans la salle qui s'était fait sauter avant lui. Tristan cliqua sur son appareil photo. Il voulait savoir. Il n'explosa pas. Il se mit à rire puis appuya compulsivement sur l'appareil. Il s'était fait baiser dans les grandes largeurs. L'*Alliance* l'avait dupé. Il n'était pas l'élu ; il n'avait servi que de leurre. Le vrai kamikaze, c'était Sarah. Il l'avait parfaitement vue exercer une légère pression sur son ventre dès que la musique avait retenti dans la pièce.

La rue était battue par de terribles trombes d'eau. Un vent violent s'était levé. Le ciel grondait tandis qu'au loin, des hélicoptères survolaient la ville en zigzaguant. Des sirènes hurlaient dans tout Lyon. Des troupes de badauds se formaient dans les rues. Les yeux hagards, ils contemplaient les gueules cassées, alignées contre le mur du Fablab. Ils avaient devant eux une bien belle catastrophe comme à la télé à une différence près : il n'y avait pas de zapping possible, pas de retour en arrière et encore moins d'arrêt sur images. Tout avait changé en un claquement de doigts. Ils étaient les premiers témoins d'un nouveau monde.

Remerciements de l'auteur

Ce livre est un travail d'équipe. Merci à Nicolas Barbey, Jean-Paul Basly, Anne Bonpain, Chloé Bourbon, Sébastien Chastanet, Myriam Morand, André Kowalski, et Christian Vair d'avoir pris de votre temps pour faire des lectures et des relectures. Je vous suis éternellement reconnaissant. Sans vous, ce projet n'aurait jamais abouti.

Merci Pierre Faverolle, Frédéric Fontes et Chris Simon d'avoir répondu à mes trop nombreuses questions un peu avant la sortie du livre.

Merci aux lecteurs, blogueurs qui ont porté *Ma vie sera pire que la tienne* dans sa première vie en autoédition. L'accueil a été incroyable ! Il continue l'aventure avec les Éditions IFS dans la collection Phénix Noir. Merci de leur confiance.

Merci à mes potes auteurs édités et auto-édités. On est une belle famille !

À Cici.

Dans la même collection

Claustrations, Salvatore Minni, 2019 (Prix Mot Passant 2018 * Coup de Coeur du Jury du Prix du Balai d'Or 2019)
La Catabase, Jack Jakoli, 2019
Les Parapluies noirs, Chris Loseus, 2019
La Parole du chacal, Clarence Pitz, 2020
Ma Vie sera pire que la tienne, Williams Exbrayat, 2020 (Prix du Balai de Diamant 2019)
L'Ange du mal, Gilles Caillot, 2021
Réminiscence, Gilles Caillot, 2021
Immondanités, Gilles Caillot, 2021
Les Ailes arrachées des anges, Gilles Caillot, 2021

Phénix Noir